JESSICA BROCKMOLE | Eine Liebe über dem Meer

Günter

JESSICA BROCKMOLE

Eine Liebe über dem Meer

ROMAN

Aus dem Englischen
von Susanne Goga-Klinkenberg

Diana Verlag

Die Originalausgabe erschien 2013 unter dem Titel *Letters from Skye*
bei Ballantine Books, an imprint of The Random House Publishing Group,
a division of Random House, Inc., New York

FSC www.fsc.org MIX Papier aus verantwortungsvollen Quellen FSC® C014496

Verlagsgruppe Random House FSC® N001967
Das für dieses Buch verwendete
FSC®-zertifizierte Papier *Holmen Book Cream*
liefert Holmen Paper, Hallstavik, Schweden.

Taschenbucherstausgabe 9/2015

Redaktion | Lisa Scheiber
Umschlaggestaltung | t mutzenbach design, München
Umschlagmotiv | © Mark Owen, Lesley Aggar/Trevillion Images
Satz | Leingärtner, Nabburg
Druck und Bindung | GGP Media GmbH, Pößneck

Printed in Germany
ISBN 978-3-453-35763-1

www.diana-verlag.de

Mein Atem,
mein Licht,
der, dem mein Herz entgegenfliegt.

Für Jim

1. Kapitel

Elspeth

Urbana, Illinois, USA, 5. März 1912

Sehr geehrte Miss Dunn,

ich hoffe, Sie halten mich nicht für aufdringlich, aber ich schreibe Ihnen, um meine Bewunderung für Ihr Buch *Aus einem Adlerhorst* auszudrücken. Ich gestehe, dass ich gewöhnlich keine Lyrik lese. Eher findet man mich mit einer eselsohrigen Ausgabe von *Huckleberry Finn* oder etwas Ähnlichem, in dem es um Flucht und tödliche Gefahren geht. Doch etwas in Ihren Gedichten hat mich mehr berührt als alles, was ich seit Jahren gelesen habe.

Ich liege seit einiger Zeit im Krankenhaus, und Ihr Büchlein hat mich mehr aufgeheitert als alle Krankenschwestern. Vor allem mehr als die Krankenschwester mit dem Schnurrbart, der mich an meinen Onkel Phil erinnert. Sie hat mich ebenfalls berührt, wenn auch auf sehr viel weniger aufregende Weise. Gewöhnlich dränge ich die Ärzte, damit sie mich entlassen und ich mich wieder meinen Umtrieben widmen kann. Erst letzte Woche habe ich das Pferd des Dekans blau angemalt und gehofft, seinem Terrier die gleiche Behandlung zukommen zu lassen. Doch mit Ihrem Buch in der Hand bin ich zufrieden und bereit, länger zu bleiben, solange sie mich weiter mit orangefarbener Götterspeise versorgen.

In den meisten Ihrer Gedichte geht es darum, die Ängste des Lebens niederzutrampeln und den nächsten Gipfel zu erklimmen. Wie Sie sich vermutlich denken können, gibt es nur wenige Dinge, die meine Nerven erschüttern können (abgesehen von einer stark behaarten Krankenschwester und ihrem unvermeidlichen Thermometer). Doch einer veröffentlichten Autorin wie Ihnen unaufgefordert einen Brief zu schreiben – das scheint meine bisher kühnste Tat zu sein.

Ich sende diesen Brief an Ihren Londoner Verlag und drücke die Daumen, dass er seinen Weg zu Ihnen findet. Und falls ich Ihnen Ihre inspirierenden Gedichte je vergelten kann – beispielsweise, indem ich ein Pferd anmale –, müssen Sie es mir nur sagen.

In großer Bewunderung
David Graham

Isle of Skye, 25. März 1912

Lieber Mr. Graham,

Sie hätten den Aufruhr in unserem winzigen Postamt sehen sollen. Alle hatten sich versammelt, um mitzuerleben, wie ich den allerersten Brief eines »Fans« las, wie Sie als Amerikaner es wohl ausdrücken würden. Ich glaube, die armen Seelen haben gedacht, außerhalb unserer Insel hätte niemand jemals einen Blick auf meine Gedichte geworfen. Ich weiß nicht, was aufregender für sie war – dass jemand tatsächlich eines meiner Bücher gelesen hatte oder dass es ein Amerikaner ist. Das sind doch lauter Gesetzlose und Cowboys, oder?

Ich gebe zu, ich selbst bin überrascht, dass meine bescheidenen kleinen Werke es bis nach Amerika geschafft haben. *Aus einem Adlerhorst* ist eines meiner neueren Bücher, und ich hätte nicht gedacht, dass es schon seine Flügel ausgebreitet hat und über den Ozean geflogen ist. Wie immer Sie es auch erworben haben, es freut mich zu erfahren, dass ich das verfluchte Ding nicht als Einzige gelesen habe.

In Dankbarkeit
Elspeth Dunn

Urbana, Illinois, USA, 10. April 1912

Sehr geehrte Miss Dunn,

ich weiß nicht, was schwindelerregender ist – zu hören, dass *Aus einem Adlerhorst* eines Ihrer »neueren Bücher« ist, oder von einer so geschätzten Dichterin überhaupt eine Antwort zu erhalten. Gewiss sind Sie sehr damit beschäftigt, Metren durchzuzählen oder eine Liste brillanter Synonyme (funkelnder, blendender, überwältigender Synonyme) zu erstellen. Ich hingegen bringe meine Tage damit zu, mit der James-Bande und den übrigen Gesetzlosen und Cowboys Banken auszurauben.

Ich habe Ihr Buch von einem Freund bekommen, der in Oxford studiert. Zu meinem Schock und Entsetzen konnte ich Ihre Werke hier in den Vereinigten Staaten noch nicht entdecken. Selbst eine gründliche Suche in meiner Universitätsbibliothek hat nichts ergeben. Nun, da ich weiß, dass weitere Werke in den Regalen englischer Buchhandlungen schlummern, werde ich meinen Freund bitten, mir mehr zu schicken.

Es hat mich erstaunt, dass meiner Ihr erster »Fanbrief« war. Ich war mir sicher, dass er auf einem ganzen Stapel landen würde, darum habe ich mir auch solche Mühe gegeben, faszinierend und witzig zu schreiben. Vielleicht waren andere Leser nicht so kühn (oder impulsiv?) wie ich.

Viele Grüße
David Graham

PS Wo um Himmels willen liegt die Isle of Skye?

Isle of Skye, 1. Mai 1912

Mr. Graham,

Sie wissen nicht, wo meine reizende Insel liegt? Lächerlich! Das ist ja, als würde ich sagen, ich hätte noch nie von Urbana, Illinois, gehört.

Meine Insel liegt vor der Nordwestküste Schottlands. Ein wilder, heidnischer grüner Ort, von einer solchen Schönheit, dass ich mir nicht vorstellen kann, irgendwo anders zu leben. Beiliegend finden Sie ein Bild von Peinchorran, wo ich wohne. Mein Cottage liegt inmitten der Hügel, die den *loch*, wie wir hier einen Fjord nennen, umgeben. Sie sollten wissen, dass ich einmal um den ganzen *loch* wandern, den Schafspfad am gegenüberliegenden Hügel hinaufsteigen und mir ein Fleckchen Gras suchen musste, das nicht mit Heidekraut oder Schafexkrementen bedeckt war, um diese Ansicht für Sie zu zeichnen. Ich erwarte, dass Sie sich die gleiche Mühe geben, wenn Sie mir ein Bild von Urbana, Illinois, schicken.

Sind Sie Dozent in Urbana? Oder Student? Ich weiß leider nicht, was Amerikaner an einer Universität so treiben.

Elspeth Dunn

PS Ich bin übrigens »Mrs.« Dunn.

Urbana, Illinois, USA, 17. Juni 1912

Sehr geehrte Mrs. Dunn (bitte verzeihen Sie mir die Anmaßung!),

Sie schreiben also nicht nur, sondern können auch noch zeichnen? Das Bild, das Sie mir geschickt haben, ist grandios. Gibt es etwas, das Sie nicht können?

Da meine Zeichenkünste nichts taugen, schicke ich Ihnen stattdessen zwei Ansichtskarten. Die eine zeigt den Hörsaal der Universität, die andere den Turm der Bibliothek. Nicht schlecht, was? Vermutlich haben Illinois und die Isle of Skye nichts, aber auch gar nichts gemeinsam. Kein Berg weit und breit. Wenn ich das Universitätsgelände verlasse, sehe ich nur Maisfelder, so weit das Auge reicht.

Ich tue vermutlich das, was jeder amerikanische Student tut: lernen, zu viel Kuchen essen, den Dekan und sein Pferd quälen. Ich bin kurz davor, mein naturwissenschaftliches Studium abzuschließen. Mein Vater hofft, dass ich danach an die medizinische Fakultät gehe und eines Tages mit ihm in seiner Praxis arbeite. Was meine Zukunft angeht, bin ich mir weniger sicher als er. Zunächst einmal muss ich mein letztes Collegejahr überstehen, ohne den Verstand zu verlieren!

David Graham

Isle of Skye, 11. Juli 1912

Mr. Graham,

»Gibt es etwas, das Sie nicht können?«, haben Sie mich gefragt. Nun, ich kann nicht tanzen. Oder Leder gerben. Oder Fässer herstellen oder eine Harpune abschießen. Und ich koche auch nicht sonderlich gut. Neulich habe ich sogar *Suppe* anbrennen lassen! Aber ich singe nicht schlecht, kann mit dem Gewehr schießen, Kornett spielen (wer könnte das nicht?), und ich bin auch eine Art Amateurgeologin. Obwohl ich keinen anständigen Lammbraten hinbekäme, selbst wenn mein Leben davon abhinge, ist mein *Christmas pudding* ganz wunderbar.

Verzeihen Sie meine Offenheit, aber warum widmen Sie Ihre Zeit (und Vernunft) einem Studienfach, an dem Sie nicht mit Leib und Seele hängen? Wenn ich die Gelegenheit gehabt hätte, eine Universität zu besuchen, hätte ich nicht eine Sekunde meiner Zeit an ein Studienfach verschwendet, das mich nicht interessiert.

Ich stelle mir gerne vor, dass ich mein Studium damit verbracht hätte, Gedichte zu lesen, da es keinen besseren Zeitvertreib gibt, doch nachdem ich mich seit vielen Jahren als »echte Dichterin« tarne, könnte mir ein Professor vermutlich nicht mehr viel beibringen.

Nun, sowenig damenhaft es auch klingen mag, ich hätte wohl Geologie studiert. Mein älterer Bruder Finlay ist immer draußen auf dem Wasser und bringt mir Steine mit, die das Meer glatt gewaschen hat. Ich frage mich unwillkürlich, woher sie gekommen und wie sie auf den Hebriden gelandet sind.

Na bitte, jetzt kennen Sie meine geheimen Wünsche! Dafür müssen Sie mir Ihr erstgeborenes Kind schenken. Vielleicht gebe ich mich auch mit einem Ihrer Geheimnisse zufrieden. Wenn Sie nicht Naturwissenschaften studierten, was würden Sie dann tun? Was würden Sie am allerliebsten mit Ihrem Leben anfangen?

Elspeth

Urbana, Illinois, USA, 12. August 1912

Liebes Rumpelstilzchen,

wenn Sie mir Kornett spielen beibringen, lehre ich Sie das Tanzen!

Ich finde nicht, dass Geologie undamenhaft ist. Warum sind Sie nie von Ihrer Insel geflohen, um zu studieren? Hätte ich an einem geologisch interessanteren Ort als Illinois gelebt, hätte ich vielleicht ein ähnliches Studium in Erwägung gezogen. Ich hatte immer gehofft, amerikanische Literatur zu studieren – Twain, Irving und dergleichen –, aber mein Vater weigerte sich, dafür zu bezahlen, dass ich vier Jahre lang »Geschichten lese«.

Was ich am allerliebsten machen möchte? Die Frage ist einfach, aber die Antwort möchte ich nicht preisgeben. Tut mir leid, Sie werden wohl doch mein erstgeborenes Kind akzeptieren müssen.

David

Isle of Skye, 1. September 1912

Mr. Graham,

jetzt haben Sie mich aber neugierig gemacht! Was wollten Sie als kleiner Junge immer werden? Ein Schiffskapitän? Ein Akrobat im Zoo? Ein Parfumvertreter? Sie müssen es mir unbedingt sagen, sonst stelle ich eigene Theorien auf. Immerhin bin ich eine Dichterin und lebe inmitten von Menschen, die an Feen und Geister glauben. Ich habe eine ziemlich blühende Fantasie.

Sie haben gefragt, weshalb ich die Insel nicht verlassen habe, um irgendwo zu studieren. Ich muss ein Geständnis ablegen. Ein ziemlich peinliches obendrein.

So, erst einmal tief Luft holen.

Ich war noch nie weg von Skye. Mein ganzes Leben lang nicht. Ehrlich! Der Grund ist … ich habe Angst vor Booten. Ich kann nicht schwimmen und fürchte mich sogar, ins Wasser zu gehen, um es zu lernen. Vermutlich fallen Sie jetzt vor Lachen vom Schreibtischstuhl. Ein Mensch, der auf einer Insel lebt und abgrundtiefe Angst vor Wasser hat? Aber so ist es. Nicht einmal die Verlockung eines Studiums konnte mich davon überzeugen, ein Boot zu betreten. Oh, ich habe es versucht. Ganz ehrlich! Ich hatte sogar vor, mich um ein Stipendium zu bewerben und eine Prüfung dafür abzulegen. Mein Koffer war schon gepackt. Finlay und ich wollten zusammen fahren. Doch als ich die Fähre sah – sie kam mir einfach nicht seetüchtig vor. Es erscheint mir nicht *richtig*, dass Schiffe auf dem Wasser schwimmen. Ich könnte gar nicht genug Whisky trinken, um das zu wagen.

Na bitte! Jetzt kennen Sie schon *zwei* meiner Geheimnisse. Sie wissen von meinem lächerlichen Ehrgeiz in Sachen Geologie und meiner noch lächerlicheren Angst vor Wasser und Booten. Nun dürften Sie sich doch sicher genug fühlen, um mir Ihr Geheimnis anzuvertrauen. Sie können sich auf mich verlassen, allein schon aus dem Grund, dass ich (außer den Schafen) niemanden habe, dem ich es weitersagen könnte.

Elspeth

PS Nennen Sie mich bitte nicht »Mrs. Dunn«.

2. Kapitel

Margaret

The Borders, Dienstag, 4. Juni 1940

Liebste Mutter,

ich habe wieder einen Schwung abgeliefert! Ich schwöre Dir, wir haben so viele Kinder aus Edinburgh aufs Land evakuiert, um sie vor den Bomben zu schützen, dass kein einziges mehr übrig sein kann. Diese drei waren braver als die meisten; immerhin konnten sie sich selbst die Nase putzen.

Ich muss diese Gruppe unterbringen, und dann habe ich Mrs. Sunderland versprochen, ihrer Brut in Peebles einen kleinen Besuch abzustatten. Hat Paul geschrieben?

Liebe und Küsse
Margaret

Edinburgh, 8. Juni 1940

Margaret,

Du übernimmst Dich; Du bist doch gerade erst aus Aberdeenshire zurückgekommen! Die meisten Mädchen bleiben an Ort und Stelle, rollen Verbände oder bauen Schlachtschiffe oder was immer ihr jungen Frauen heutzutage so macht. Du hingegen läufst wie der Rattenfänger von Hameln durch ganz Schottland, gefolgt von lauter armen Kindern. Wissen die denn nicht, dass Du Dich nicht mal mit einem Kompass in der Hand zurechtfinden würdest? Und dass Du Dir auch erst seit Kurzem allein die Nase putzen kannst?

Nein, Liebes, keine Briefe von Paul. Hab Vertrauen. Wenn Du etwas von diesem Jungen erwarten kannst, dann einen Brief. Und noch hundert weitere.

Pass auf Dich auf!

Deine Mutter

The Borders, Mittwoch, 12. Juni 1940

Liebe Mutter,

wenn mein bester Freund mit der Royal Air Force in Europa herumfliegen kann, warum sollte ich dann nicht durch Schottland fliegen?

Du hast nichts von ihm gehört, oder? Alle behaupten, die R. A. F. sei in Dünkirchen nicht dabei gewesen, aber Paul hat gesagt: »Ich bin bald zurück«, und seitdem nicht mehr geschrieben. Wo sonst hätte er hinfliegen sollen?

Also hat er entweder keine Briefmarken mehr, oder er ist nicht aus Frankreich zurückgekommen.

Ich versuche wirklich, mir keine Sorgen zu machen. Die Kleinen leiden schon genug ohne ihre Mütter; ich möchte sie nicht noch mehr beunruhigen.

Morgen früh fahre ich nach Peebles und von dort aus nach Edinburgh. Sieh zu, dass zu Hause Tee und Kuchen aus Mackies Bäckerei auf mich warten! Sonst bleibe ich einfach im Zug und fahre weiter nach Inverness …

Liebe und Küsse

Margaret

Edinburgh, 15. Juni 1940

Margaret,

wenn ich gewusst hätte, dass ein Teller Kuchen von Mackies ausreicht, um Dich nach Hause zu locken, hätte ich das schon vor Jahren versucht, Zuckerrationierung hin oder her!

Noch immer nichts von Paul. Aber in Kriegszeiten ist auch kein Verlass auf die Post. Früher hast Du Dir nicht solche Sorgen um ihn gemacht. Ist er mehr als nur ein Brieffreund?

Mutter

Peebles, Montag, 17. Juni 1940

Mutter,

ja, ich bin immer noch hier in Peebles. Bei der Bahn herrscht Chaos, und eine sehr hartnäckige Annie Sunderland wollte mich davon überzeugen, sie in meinen Koffer zu stecken und mit nach Edinburgh zu nehmen. Wenn ich ihr damit drohe, sie mit den Füßen an den Boden zu kleben, bettelt sie, ich solle ihr noch eine Geschichte erzählen. Und schaut mich aus großen braunen Augen an. Wie kann ich da widerstehen? Natürlich vermisst sie ihre Mama, aber die Familie, bei der Annie und die Jungs untergebracht sind, ist einfach wunderbar. Ich kann Mrs. Sunderland nur Gutes berichten.

Ich sollte Dir wohl erklären, dass Paul vielleicht ein bisschen mehr als ein Brieffreund ist. So sieht er das jedenfalls. Er glaubt, er sei in mich verliebt. Ich finde es eher lächerlich und habe ihm das auch gesagt. Wir sind nur Freunde. Sicher, beste Freunde. Du weißt ja noch, wie wir immer zusammen gewandert und geklettert sind und uns dann ein Sandwich geteilt haben. Aber verliebt? Ich habe Dir nichts davon erzählt, weil ich mir sicher war, dass Du darüber lachen würdest. Es ist doch auch lächerlich, oder?

Ich müsste eigentlich morgen oder übermorgen zu Hause sein, und wenn ich von Peebles aus zu Fuß laufe. Los geht's!

Liebe und Küsse

Margaret

TELEGRAMM
18.06.40 PLYMOUTH

MARGARET DUNN, EDINBURGH

KEINE SORGE MAISIE BIN IN SICHERHEIT =
KURZER AUFENTHALT IN PLYMOUTH =
DENKE AN DICH =
PAUL+

Mutter!

Er hat geschrieben!

Ich habe das Telegramm auf dem Tisch gesehen und konnte nicht abwarten, bis Du aus der Kirche heimkamst. Ich hatte Sorge, den Zug nach Süden zu verpassen. Habe den Kuchen eingepackt. Als Überraschung für ihn. Ich hoffe, es macht Dir nichts aus.

Mein Koffer und ich sind schon wieder unterwegs zur Waverley Station. Ich schreibe Dir, sobald ich dort bin.

Er hat geschrieben.

Margaret

Edinburgh, 18. Juni 1940

Oh, meine Margaret,

ich weiß, ich kann diesen Brief niemals abschicken; er wird im Kamin landen, sobald ich die Worte zu Papier gebracht habe. Wenn Du wüsstest, wie es mir das Herz zerrissen hat, als ich Deine Nachricht auf dem Tisch fand, zwischen den Krümeln auf dem leeren Kuchenteller. Wenn Du wüsstest, wie es sich anfühlt, jemandem für kurze Zeit nachzulaufen, wie die Welt einen Moment lang stehen bleibt, wenn man sie in Armen hält, und sich dann so schnell weiterdreht, dass einem schwindlig wird und man zu Boden fällt. Wenn Du wüsstest, wie es sich anfühlt, wenn jedes Hallo mehr schmerzt als hundert Lebewohl. Wenn Du wüsstest.

Aber Du weißt es nicht. Ich habe es Dir nie erzählt. Du hast keine Geheimnisse vor mir, aber ich habe einen Teil von mir weggesperrt, schon immer. Einen Teil von mir, der an der Wand zu kratzen begann, als dieser neue Krieg ausbrach, der heulte und hinauswollte, als Du weggelaufen bist, um Dich mit Deinem Soldaten zu treffen.

Ich hätte Dir beibringen sollen, wie man sein Herz dagegen wappnet. Hätte Dir beibringen sollen, dass ein Brief nicht immer nur ein Brief ist. Worte auf Papier können die Seele durchdringen. Wenn Du nur wüsstest.

Mutter

3. Kapitel

Elspeth

Urbana, Illinois, USA, 21. September 1912

Liebe Elspeth,

wenn nicht »Mrs. Dunn«, wie denn dann? Wie werden Sie von Ihren Freunden genannt? Ellie? Libby? Elsie? Ich bin hier in der Gegend als »Mort« bekannt (fragen Sie mich nicht, warum), aber meine Mutter ruft mich »Davey«.

Sie waren noch nie weg von Skye? Ich weiß nicht, weshalb ich das so unglaublich finden sollte. Es wird immer Menschen geben, die Angst vor dem Meer haben, und wer ihm wie Sie so nahe ist, weiß aus eigener Erfahrung, wie schrecklich es sein kann. Sind Sie denn schon mal über eine Brücke gegangen?

Na schön, Sie wollen wirklich mein Geheimnis erfahren? Meine Eltern haben keine Ahnung, und meine

Freunde würden bestimmt vor Lachen platzen, wenn sie es wüssten. Also: Wenn ich mir aussuchen könnte, was ich sein möchte, wäre ich Tänzer. Ein Balletttänzer wie Nijinsky. Ich habe ihn in Paris tanzen sehen, es war hinreißend! Eigentlich ist »hinreißend« nicht das richtige Wort. Ich bin hingegangen, wann immer ich eine Karte bekommen konnte, egal, wie weit der Platz von der Bühne entfernt war. Ich wusste nicht, dass ein Mensch so hoch springen und durch die Luft wirbeln kann. Und es sah so mühelos aus! Ich habe niemals Unterricht genommen, mich aber immer für einen recht guten Tänzer gehalten. Vielleicht für den nächsten Nijinsky?

So! Jetzt wissen Sie es! Sie halten meine gesellschaftliche Zukunft in Händen.

Ich glaube, ich kann das Gelächter von Schottland bis hierher hören …

Ich muss jetzt los – die Baumkriege fangen an!

Viele Grüße

David

Isle of Skye, 10. Oktober 1912

Davey –

wunderbar! Die Welt braucht mehr Balletttänzer, ebenso wie Geologinnen.

Erklären Sie mir bitte, was ein Baumkrieg ist. Ist Urbana, Illinois, so dünn bewaldet, dass seine Bürger um Bäume kämpfen müssen? Auch auf Skye gibt es kaum Wald, aber wir tragen deswegen keinen Krieg aus. Falls die Situation wirklich so ernst ist, lassen Sie es mich wissen. Ich schicke Ihnen dann ein oder zwei Schösslinge.

Im Meer hier lebt angeblich das *each uisge*, ein Seepferd, das seine Opfer unter Wasser zieht und sie mit den Fängen zerreißt, bis nur die Leber übrig ist, die seltsamerweise wieder an die Oberfläche steigt. Wer kann es mir verdenken, dass ich Angst habe, einen Fuß ins Wasser zu setzen, wenn ich mit solchen Geschichten aufgewachsen bin?

Aber ich habe wirklich meine Gründe. Das Meer kann Furcht einflößend sein. Mein Vater ist Fischer. Mein Bruder Alasdair war auch einer, aber er ist eines Tages nicht mehr nach Hause gekommen. Man fand sein zerschmettertes Boot auf dem Kiesstrand. Daher weiß ich durchaus um die Gefahren des Meeres.

Wenn es eine Brücke zwischen Skye und dem Festland gäbe, wäre ich vielleicht von hier weggegangen. Doch solange ich auf die Fähre angewiesen bin, werde ich wohl eine Gefangene meiner Insel bleiben.

Elspeth

PS So seltsam es klingen mag, meine Freunde nennen mich »Elspeth«. Doch da Sie mich nicht gut genug kennen, um mein Freund zu sein, können Sie mich nennen, wie immer Sie wollen.

Urbana, Illinois, USA, 3. November 1912

Wie immer ich will? Dann heißen Sie Sue!

Baumkriege? Das sind alberne Streiche. Jeder Jahrgang pflanzt auf dem Universitätsgelände einen Baum, und die anderen versuchen, ihn zu zerstören. Mein Jahrgang hat schon einen verloren. Wir haben einen neuen gepflanzt und hoffen nun auf das jüngste Mitglied der 1913er. Wir bewachen ihn schichtweise, bewaffnet mit Eiern und Papiertüten voller Wasser. Danny Norton hat den Baum mit einer Formel gedüngt, auf die er schwört, aber ich glaube, es ist hauptsächlich Bier mit einem bisschen Lorbeerspiritus, um den Geruch zu überdecken. Es scheint zu funktionieren, da der Baum noch nicht tot ist. Neulich haben wir den Baum der 1914er samt Wurzeln und allem ausgerissen!

Trotz der Baumkriege ist nicht alles nur Vergnügen hier. Dieses Semester ist ganz schön schwer. Meine Freunde meinen, das Abschlussjahr wäre am einfachsten, aber ich habe so viel Unterricht. Ich sitze ständig in der Bibliothek, sodass ich schon überlege, ob ich Kopfkissen und Zahnbürste mitnehmen soll. Was soll daran einfach sein? Ich habe schon Angst vor den Prüfungen.

In solchen Zeiten zweifle ich manchmal an der Zukunft. Ich habe immer gehofft, dass der richtige Professor oder das richtige Seminar eine Leidenschaft in mir wecken könnten, so wie die anderen sie auch empfinden. Dass ich plötzlich erkennen würde, womit ich den Rest meines Lebens verbringen möchte. Aber hier bin ich nun, im letzten Collegejahr, und habe immer noch keine Ahnung.

Ich habe immer angenommen, dass ich wie mein Vater Medizin studieren würde. Nun, jedenfalls hat *er* das angenommen, und ich habe mich einfach gefügt, weil ich keine eigenen Vorstellungen hatte. Mir ist jedoch klar geworden, dass ich nicht sonderlich wild darauf bin. Sosehr ich das Studium hasse – ich würde am liebsten hierbleiben. Dann müsste ich nicht hinaus in die »große, weite Welt«.

So, jetzt kennen Sie meine Sorgen und Zweifel. Vielleicht bin ich auch nur missmutig, weil es auf die Prüfungen zugeht. Es tut mir leid, dass ich Sie mit solch düsteren Überlegungen belaste. Ich muss diesen Brief rasch abschicken, bevor ich es mir anders überlege.

Müde
David

Isle of Skye, 23. November 1912

Davey,

bitte springen Sie nicht vom Turm der Bibliothek!

Wir sind nicht alle für die gleichen Dinge geschaffen. Mein Bruder Finlay könnte die Mona Lisa in eine Eichel schnitzen, bei mir würde nur ein Splitter übrig bleiben. Ich könnte niemals ein Nijinsky sein, sosehr ich mich auch bemühe. Ihre Kommilitonen, die Leidenschaft und Geschick für ihr Fach mitbringen, wurden eben dafür geschaffen. Davey, Sie können sich nicht dazu zwingen, genauso zu sein. Auch Sie sind für etwas geschaffen, aber es ist vielleicht nicht das, woran Ihr Vater denkt. Ahnt er eigentlich, wie unglücklich Sie sind?

Meiner Ansicht nach liegt Ihre Begabung darin, eine schottische Einsiedlerin daran zu hindern, im Winter auf einer Insel verrückt zu werden. Die Schafe sind bei Weitem nicht so faszinierend.

Trotzdem haben auch Sie irgendeine Leidenschaft. Da draußen gibt es irgendetwas für Sie. Geben Sie die Hoffnung nicht auf. Sie werden es finden.

Elspeth

Urbana, Illinois, USA, 11. Dezember 1912

Sue,

Ihr Brief war eine willkommene Abwechslung zum Studium. Er hat sogar dazu beigetragen, das Hämmern in meinem Kopf zu mildern. Ich war kürzlich im Krankenhaus und bin noch nicht ganz wiederhergestellt.

Ich bin mir nicht sicher, ob meine Eltern wissen, wie ich über das Studium denke. Als ich aufs College ging und erwähnte, dass ich gern amerikanische Literatur studieren würde, lachte mein Vater. Er schaute nicht mal von seiner Zeitung auf. Lachte einfach nur und sagte »albern«. Er hat einen großen Schnauzbart wie ein Walross und macht kein Geräusch, wenn er lacht. Man weiß es nur, weil die Enden seines Schnurrbarts zucken. Er saß da, schnaubte und ließ seinen Schnurrbart zucken, während er Dinge wie »albern« und »Damit kann man keine Karriere machen« brummte. »Aber ich mag Literatur«, widersprach ich. »Medizin. Das musst du studieren. Du wirst mir später dankbar sein. Es gibt nichts Erfüllenderes.«

Sue, ich habe wirklich versucht, es ihnen zu sagen, ganz ehrlich. Aber es endete im Streit, und meine Mutter rang die Hände und flehte mich an, »es doch einfach mal zu versuchen«. Schließlich warf mein Vater die Zeitung hin und verkündete, er werde für diesen Unsinn nicht bezahlen, und wenn ich etwas so Frivoles wie Literatur studieren wolle, dann nicht auf seine Kosten.

Sie sehen, weshalb ich nicht mit meinen Eltern sprechen kann. Ich muss einfach weitermachen. Das College beenden, das Medizinstudium abschließen. Wenn ich einen Job gefunden habe, kann ich meine eigenen Entscheidungen treffen. Vielleicht.

Ich sollte mich wieder um mein Studium kümmern. Ich freue mich auf die Ferien, weil ich mich dann ausruhen und erholen kann, bevor das nächste Semester beginnt.

Mit verschwimmendem Blick

David

Isle of Skye, 5. Januar 1913

Lieber David,

ein frohes neues Jahr! Es ist so kalt, dass ich mich kaum von meinem Platz am Kamin wegrühren mochte. Als ich mich schließlich warm eingepackt hatte und zum Postamt gegangen bin, wartete dort ein Brief von Ihnen. Also hat sich der beschwerliche Weg gelohnt.

Wie waren Ihre Ferien? Wir haben versucht, es uns schön zu machen. Ich habe meinen berühmten *Christmas pudding* gemacht, und wir hatten einen sehr hübschen kleinen Weihnachtsbaum, der mit Girlanden aus getrockneten Blumen geschmückt war. Über dem Kamin und den Türen hingen immergrüne Zweige. Ich bekam ein paar Handschuhe, einen neuen Wasserkessel und ein Buch von Robert W. Service. Kennen Sie seine Gedichte? Einfach wunderbar. Falls Ihnen meine kleinen Verse gefallen, sollten Sie es mal mit seinen versuchen.

Welches sind Ihre Lieblingsbücher? Wie alle Menschen, die schottisches Blut in sich haben, vergöttere ich W. S. Ich glaube nicht, dass ich mich eine Inselbewohnerin nennen könnte, ohne *The Lord of the Isles* gelesen zu haben. Seine Romane sind ein bisschen zu schaurig für meinen Geschmack, aber die Gedichte fangen Schottland in all seinen wechselhaften Stimmungen ein. Ich hänge auch mit zärtlicher Liebe an meiner zerfledderten Ausgabe von *Alice im Wunderland*, dem ersten Buch, das ich je besessen habe. Meine Brüder und ich veranstalteten am Strand Caucus-Rennen, bei denen wir die trockensten Dinge, die uns einfielen, in den Wind brüllten. Und ich schäme mich beinahe zu gestehen, dass ich kürzlich *Three Weeks* gelesen und es durchaus genossen habe. Vermutlich hätten Sie nicht gedacht, dass ich Spaß an Elinor Glyn finde.

Elspeth

PS Es tut mir so leid, dass Sie im Krankenhaus waren. Nichts Schlimmes, hoffe ich. Ihnen scheint so etwas erschreckend häufig zu passieren.

Urbana, Illinois, USA, 1. Februar 1913

Liebe Sue,

die Ferien waren herrlich! Ich war mit meinen Eltern in Chicago. Meine Schwester Evie und ihr Mann sind aus Terre Haute gekommen, und so konnte ich zum ersten Mal meine kleine Nichte Florence sehen. Sie ist jetzt fast ein Jahr alt. Sie lächelte ständig und kicherte ansteckend, während sie an meinen Hosenträgern zerrte. Ich habe ihr eine Puppe in einem Seidenkleid gekauft, für die sie offenkundig noch zu jung ist, denn sie hat nur auf der Hand der Puppe herumgekaut und mich angelacht. Vermutlich werde ich ihr auch noch Puppen in Seidenkleidern kaufen, wenn sie viel zu groß dafür ist, und dann wird sie mich immer noch auslachen.

Zu Weihnachten habe ich eine Boxkamera bekommen. Hier ist ein Bild von mir, damit Sie Ihren bescheidenen Korrespondenten einmal sehen können. Jetzt müssen Sie mir aber auch eins schicken! Außerdem bekam ich von meiner Mutter mehr Taschentücher, als ich hoffentlich jemals brauchen werde, von meinem Vater eine nagelneue Ausgabe von *Gray's Anatomy* und einen Satz Stereogramme der Britischen Inseln. Die hatte ich mir gewünscht, weil ich mehr von dem Land sehen möchte, in dem Sie zu Hause sind. Und von meiner Schwester bekam ich schließlich eines Ihrer älteren Bücher, das sie wie durch ein Wunder irgendwo aufgetrieben hat. Sie hatte einen Blick hineingeworfen, bevor sie es einpackte, und ich fürchte, Sie haben eine weitere Anhängerin gewonnen! Nun, da das Semester begonnen hat, gönne ich mir jeden Abend ein

Gedicht. Wenn ich die Prüfungen nach der Hälfte des Semesters bestanden habe, belohne ich mich mit dem ganzen Buch.

Meine Lieblingsbücher? Mein Lieblingsautor ist zweifellos Mark Twain, aber ob ich mich für ein Buch von ihm entscheiden kann? Natürlich lässt sich nichts mit *Huckleberry Finn* vergleichen, aber *Ein Yankee am Hofe des Königs Arthus* ist hinreißend. Ich vermute, es hat so gar nichts mit Ihrem Lewis Carroll gemein, obwohl ich gestehe, dass ich *Alice hinter den Spiegeln* vorwärts und rückwärts gelesen habe. Ich mag Jack London, Wilkie Collins und H. Rider Haggard. Geschichten voller Geheimnisse und Abenteuer. Wenn es um das Aufregende und Unheimliche geht, ist Poe unschlagbar. Ich lese gern gute Western von Zane Grey, wenn ich eine Pause von der »Literatur« brauche. Und wer ist W. S., wenn nicht Will Shakespeare? *The Lord of the Isles* habe ich leider nie gelesen.

Nein, ich hätte nicht vermutet, dass Sie Elinor Glyn mögen. Ich habe mit ihren Büchern nur flüchtig Bekanntschaft gemacht. Und das meine ich wörtlich, da *Three Weeks* bei uns im Wohnheim von Zimmer zu Zimmer weitergereicht wurde. Ein besonders erfinderischer junger Mann legte ein unechtes Tigerfell bei sich auf den Boden, wohl in der Hoffnung auf die »Sünderin namens Elinor Glyn«. Sie hat unser Wohnheim allerdings nie besucht, und ich kann mich auch nicht erinnern, dass andere Damen seiner Einladung gefolgt wären.

Wie ich im Krankenhaus gelandet bin? Nun … ich wollte auf einer Kuh reiten und bin heruntergefallen. Kuhreiten ist an sich kein riskanter Sport – ich habe es mehr als ein Mal gemacht –, aber wir führten die Kuh gerade die Treppe des naturwissenschaftlichen Gebäudes zum Büro des Präsidenten hinauf. Sie war von dieser Idee wenig begeistert. Ich kann nur sagen, dass ich diese Form der Fortbewegung nicht empfehlen kann. Und was soll das heißen, ich würde häufig im Krankenhaus landen?

Zurück in die Tretmühle, ein neues Semester. Ich kann nicht behaupten, dass es mir leichter erscheint als das letzte, aber ich bin immerhin fast fertig mit dem Studium!

Erfrischt

David

Isle of Skye, 27. Februar 1913

Lieber David,

vielen Dank für das Bild. Sie sehen so ernsthaft aus! Und viel jünger, als ich dachte. Doch da ist so ein Funkeln in Ihren Augen, und ich erkenne den Jungen, der fähig ist, Bäume zu stehlen oder auf einer Kuh zu reiten. Was ist eigentlich aus Ihrem Jahrgangsbaum geworden?

Ich habe kein Bild von mir geschickt. Wir haben keine Kamera, und ich könnte mich selbst wohl kaum objektiv zeichnen. Ich würde so lange daran herumändern und radieren, bis Sie eine Prinzessin Maud bekämen. Wir wollen doch immer attraktiver erscheinen, als wir eigentlich sind, nicht wahr? Mal ehrlich, wenn Sie sich gezeichnet hätten, statt ein Foto zu machen, hätten Sie wohl kaum dieses furchtbare karierte Jackett gemalt.

Nun, da ich Sie gesehen habe, kann ich mir vorstellen, wie Sie und Ihre Freunde *Three Weeks* herumreichen. Sie warten gespannt, dass Sie endlich an der Reihe sind, und sobald Sie das Buch in Händen halten, rennen Sie in Ihr Zimmer, und das Studium ist für den Abend vergessen. Und sobald Sie zu lesen beginnen, werden Ihre Wangen ziemlich rosig, weil Ihnen klar wird, dass es so gar keine Ähnlichkeit mit Henry James hat.

Ich habe Mark Twain nie gelesen, stimme aber zu, dass Poe aufregend ist. Ich weiß noch, wie ich als Mädchen abends im Bett im Licht eines Kerzenstummels, den ich in der Kirche geklaut hatte, *Das verräterische Herz* gelesen habe. Nachdem ich das Buch ausgelesen und die Kerze ausgepustet hatte, konnte ich kein Auge zutun. Ich war mir sicher, dass ich unten im Haus das Herz schlagen hörte. Ich lag hellwach und umklammerte meine Decke, fest davon überzeugt, dass Gott mich strafte, weil ich gesündigt hatte, indem ich eine Kerze vom Altar gestohlen hatte. Und wie habe ich am nächsten Sonntag Buße getan? Indem ich eine Kerze aus unserem Schrank geklaut und in die Kirche gebracht habe!

Mein lieber David, W. S. ist natürlich Walter Scott. Ich bin mir sicher, dass in Ihrer gewaltigen Universitätsbibliothek einige seiner Bücher herumstehen. Egal, falls Sie *Alice hinter den Spiegeln* mehr als ein Mal gelesen haben, werden wir beide wunderbar miteinander auskommen. Mein Lieblingsgedicht ist das vom »Jabberwocky«.

In Ihrem allerersten Brief (ja, ich habe alle Ihre Briefe aufgehoben!) erwähnten Sie, dass Sie vor Kurzem im Krankenhaus gewesen seien. Welches Viehzeug hatten

Sie damals in unverantwortlicher Weise missbraucht? Wollten Sie mit einem Pferd Walzer tanzen? Oder mit einem Schafbock Football spielen?

Elspeth

Urbana, Illinois, USA, 21. März 1913

Liebe Sue,

ich musste augenblicklich meine Bücher beiseitelegen, um Ihnen zu antworten und mich und mein armes kariertes Jackett zu verteidigen. Sie haben auf Ihrer Isle of Skye offenbar keinen Sinn für Mode, da mein Jackett und ich hier der letzte Schrei sind! Und ich musste auf dem Bild ernsthaft aussehen; immerhin ist es mein erster Schnurrbart. Aber Sie haben mich neugierig gemacht. Wie alt sehe ich Ihrer Meinung nach aus?

Na schön, falls Sie sich nicht vor den Spiegel setzen und ein Bild von sich zeichnen wollen, setzen Sie sich bitte vor den Spiegel und zeichnen mit Worten ein Bild von sich. Schauen Sie in den Spiegel, genau jetzt, und sagen Sie mir, was Sie sehen. Dann kann ich es mir selbst ausmalen.

Nein, kein früherer Missbrauch von Viehzeug, jedenfalls keiner, der mich ins Krankenhaus gebracht hätte. Der erste Krankenhausaufenthalt kam zustande, nachdem ich versucht hatte, an den Mauern des Frauenwohnheims hochzuklettern und in Alice McGintys Zimmer zu schleichen. Ich hangelte mich am Regenrohr hinauf und war beinahe oben angelangt, als meine Hände abrutschten.

Ich habe mir das Bein gebrochen und gleichzeitig auch das Herz, da Alice meine Mühe nicht zu schätzen wusste. Ich kann ihr Missfallen verstehen, da sie wegen des Vorfalls beinahe aus dem Wohnheim geworfen wurde. Und wissen Sie, was am schlimmsten war? Ich war schon mehr als ein Mal an ebendiesem Regenrohr hinaufgeklettert, bewaffnet mit einem Marmeladenglas voller Grashüpfer oder, an einem besonders denkwürdigen Abend, einem Sack voller Eichhörnchen.

Und unser Baum (wir haben ihn »Paulie« getauft) wächst noch immer. Vielleicht gewinnen wir dieses Jahr den Krieg!

Ich war ziemlich schockiert, weil Sie noch nichts von Mark Twain gelesen haben. Was für eine Bildung bekommen Sie nur in Schottland? Das ist ein Mangel, den ich beheben muss. Bitte nehmen Sie diese Ausgabe von *Huck Finn* als verspätetes Weihnachtsgeschenk an, und entschuldigen Sie den mitgenommenen Zustand. Ich habe sie in einem Antiquariat gefunden. Sie scheint sehr geliebt worden zu sein, auch wenn man sie kürzlich aussortiert hat. Ich konnte ihr kein Zuhause bieten, da schon ein Exemplar im Regal über meinem Schreibtisch steht. Ich weiß, dass Sie gut für sie sorgen werden.

Bis zum nächsten Mal
David

Isle of Skye, 9. April 1913

Lieber David,

und was für ein prachtvoller Schnurrbart das ist!

Ich bin ganz *schrecklich* schlecht darin, das Alter von jemandem zu schätzen. Mit den runden Wangen (wie geschaffen, um hineinzukneifen, Davey Boy) und der Haarsträhne, die Ihnen ins Gesicht fällt, sehen Sie wie achtzehn aus. Eine Dame verrät ihr Alter nicht, aber ich bin nicht sehr viel älter.

Nun, Sir, ich nehme Ihre Herausforderung an. Und werde versuchen, bei meiner Beschreibung möglichst ehrlich zu sein.

Was sehe ich, wenn ich in den Spiegel schaue? Ich habe ein schmales Gesicht und ein ziemlich spitzes Kinn. Kleine Nase, schmale Lippen. Mein Haar ist braun und vollkommen glatt. Ich trage es in einem Knoten tief im Nacken, so straff, wie es nur geht, aber es ist so fein, dass sich immer wieder Strähnen lösen und mir ins Gesicht fliegen. Meine Augen sind bernsteinfarben, so wie der gute Malt Whisky meines Vaters. Obwohl Màthair (das ist Gälisch für »Mutter«) mich gerne nett und ordentlich hätte, trage ich lieber die alten Pullover meiner Brüder und Röcke, die viel zu kurz sind, um modisch zu sein. Verraten Sie es keinem, aber ich habe sogar eine Hose, die für mich abgeändert wurde und die ich beim Wandern anziehe.

So! Was halten Sie davon? Können Sie mich jetzt vor sich sehen? Hätte ich mich gezeichnet, wäre meine Brust sicher runder ausgefallen.

Ein Sack voller Eichhörnchen, Davey? Sie sind vielleicht ein Schlingel! Die armen Frauen. Warum tun Sie so etwas, wenn Sie danach doch nur wieder die ausgezeichneten medizinischen Einrichtungen von Urbana, Illinois, beehren?

Ich bin sehr aufgeregt wegen *Huckleberry Finn*. Ich habe keine nennenswerte Bibliothek, daher sind mir alle Bücher, so mitgenommen sie auch sein mögen, willkommen. An den langen schottischen Winterabenden werden sie wieder und wieder gelesen.

Elspeth

4. Kapitel

~

Margaret

Plymouth, Mittwoch, 19. Juni 1940

Liebe Mutter,

schimpfe ruhig mit mir. Ich bin weggelaufen, ohne mich von Dir zu verabschieden. Zu einem Jungen, der bis vor Kurzem nicht mehr als ein Brieffreund war. Und ein schlechter Brieffreund obendrein, da er wochenlang nicht von sich hat hören lassen. Aber wenn Du wüsstest, wie süß und schuldbewusst er am Bahnhof auf mich gewartet hat, würdest Du ihm auch verzeihen!

Es geht ihm gut, er ist knapp davongekommen. Nur ein paar Kratzer und ein verstauchtes Handgelenk, doch er will mir nicht sagen, wie es passiert ist. Nur dass er froh ist, mich zu sehen, und sich schon besser fühlt.

Ich muss im Augenblick keine Evakuierten begleiten.

Wenn Du nichts dagegen hast, bleibe ich ein bisschen hier unten. Paul weiß nicht, wann er das nächste Mal Urlaub bekommt, und, Mutter, er braucht mich.

Liebe und Küsse

Margaret

Edinburgh, 21. Juni 1940

Meine Margaret,

Du ahnst nicht, welche Sorgen ich mir gemacht habe, weil Du ganz allein bis nach Plymouth gefahren bist.

Vielleicht solltest Du nicht länger bleiben. Du bist hingefahren, hast Deinen Freund aufgeheitert und Dich davon überzeugt, dass es ihm so gut wie nur irgend möglich geht. Du hast ihm den kostbaren Kuchen mitgebracht, den ich für meine Lebensmittelkarten bekommen habe. Du solltest jetzt nach Hause kommen. Du solltest nach Hause kommen, bevor etwas Ernstes daraus wird. Bitte.

In Liebe

Mutter

Plymouth, Donnerstag, 27. Juni 1940

Mutter,

ich weiß, dass Du mich liebst, aber ich bin alt genug, um selbst zu entscheiden. Außerdem ist es schon ernst geworden. Paul hat mich gebeten, ihn zu heiraten.

Margaret

Edinburgh, 1. Juli 1940

Margaret,

Du solltest nichts überstürzen. Nicht um meinetwillen, um Deinetwillen. Seit einem halben Jahr habt ihr euch kaum gesehen. Zuvor gab es Tage, an denen ihr nur gestritten habt. Und dann auf einmal Liebe und Heirat, aus heiterem Himmel?

Es liegt am Krieg, das weiß ich aus eigener Erfahrung. Sie laufen los, unbesiegbar, als läge die Zukunft wie ein goldener Teich vor ihnen, in den sie nur hineinspringen müssen. Und dann passiert etwas – eine Bombe, ein verstauchtes Handgelenk, eine Kugel, die zu knapp an ihnen vorbeisaust –, und sie klammern sich an alles, was sie greifen können. Der goldene Teich wirbelt um sie herum, und sie fürchten zu ertrinken, wenn sie nicht aufpassen. Sie halten Dich ganz fest und versprechen, was ihnen gerade in den Sinn kommt. Du kannst nichts glauben, was Menschen in Kriegszeiten sagen. Gefühle sind so flüchtig wie eine stille Nacht.

Sei bitte vorsichtig. Letzte Woche sind Flugzeuge über uns hinweggeflogen. Eins hat fünf Bomben und mehr als hundert Brandgeschosse über Craigmillar Castle abgeworfen. Zum Glück nicht auf die Stadt, Gott sei Dank, aber die Maschinen fliegen genau über uns hinweg. Zwei Nächte habe ich im Morgenmantel im Luftschutzbunker gehockt, habe den Fliegeralarm gehört und die donnernden Motoren und das Rattern der Flak, ohne zu wissen, was wirklich passiert. Es zehrt an mir. Ich will nur meine Margaret an meiner Seite haben.

Bitte entscheide nichts, was Du später bereuen könntest. Bitte gib Dein Herz nicht gedankenlos weg, denn Du bekommst es vielleicht nie zurück, mein liebes Mädchen.

In Liebe

Mutter

Plymouth, Freitag, 5. Juli 1940

Mutter,

Du hast immer gesagt, ich soll zugreifen und das Glück mit beiden Händen packen. Andere Mütter drängen ihre Töchter auf die Universität oder in die Fabrik oder in eine NAAFI-Kantine, wo sie Tee ausschenken. Das alles hast Du nicht getan. Du wusstest, es würde mich unglücklich machen. Stattdessen hast Du dafür gesorgt, dass ich Kinder aufs Land begleiten kann. Ich konnte der Stadt entkommen, als sie sich mit Bunkern und Schutzhütten aus Wellblech füllte und die Bürgerwehr im Park zu üben begann. Die Reisen ins Grenzland oder ins Hochland sind das pure Glück.

Ich habe nicht gesagt, dass ich Pauls Angebot angenommen habe. Ich muss darüber nachdenken. Verstehst Du? Ich überstürze nichts. Aber ich bin *glücklich*, Mutter. Genau so, wie Du es Dir für mich gewünscht hast. Ich komme bald nach Hause.

Liebe und Küsse

Margaret

Edinburgh, 9. Juli 1940

Liebe Margaret,

Nachdenken ist gut. Es unterscheidet Menschen von Küchenschaben.

Mutter

Plymouth, Samstag, 13. Juli 1940

Liebe Mutter,

es wird Dich freuen zu hören, dass Paul wiederhergestellt und ausgeruht ist und ab morgen wieder unserem schönen Land dienen kann. Ich mache mich dann auf den Weg nach Norden, obwohl ich nicht versprechen kann, wie zuverlässig die Bahn zurzeit ist.

Liebe und Küsse

Margaret

Edinburgh, Donnerstag, 18. Juli 1940

Paul,

Mutter ist unglaublich wütend auf uns. Na ja, eigentlich auf mich. Es ist absurd! Schließlich haben wir nichts Schlimmes getan. Es ist nur ein Ring. Ein Ring und ein Versprechen.

Aber wir hatten furchtbaren Streit deswegen, also sitze ich jetzt mit diesem Brief oben auf dem Dach und habe keine Ahnung, wie ich mich entschuldigen soll. Sie hat gesagt, ich hätte mich lächerlich verhalten, weil ich zum erstbesten Jungen Ja gesagt hätte. Gleich darauf behauptete sie, im Krieg sei das Glück schwer zu finden. Ich habe entgegnet, dass *sie* sich lächerlich mache und sie sich schon für eins entscheiden müsse. Wenn der erstbeste junge Mann nun derjenige sei, der mich glücklich machen könne? Daraufhin warf sie einen Löffel nach mir und sagte, sie wisse auch nicht auf alles eine Antwort.

Also bin ich aufs Dach geschlichen, um vor mich hin zu schmoren. Irgendwann hat sie sich aus ihrem Schlafzimmerfenster gelehnt und gesagt, der Krieg bringe sie durcheinander. Sie habe schon einen erlebt, doch dieser Krieg bedeute ständige Angst, vor allem in den Nächten, ob mit oder ohne Fliegeralarm. »Der Krieg ist launisch. Du solltest nicht den Rest deines Lebens damit verbringen, nach Geistern zu suchen.«

Ich fragte, was um Himmels willen sie damit meine, doch sie wandte sich nur ab und schwieg. »Du redest von meinem Vater, nicht wahr?«

»Ich habe dir schon einmal gesagt, dass es nichts gibt, was du über ihn wissen musst.«

»Und wieso nicht? Er ist mein Vater.«

Du weißt Bescheid, Paul. Du hast erlebt, wie oft ich getobt habe, weil sie mir nie ein Wort über meinen Vater sagen wollte. Wie sie meine Fragen immer abwehrt und erklärt, die Vergangenheit sei vorbei. Und ich verstehe, was sie meint. Ganz ehrlich. Sie hat mich allein aufgezogen; sie will, dass ich damit zufrieden bin. Dass ich die Zeit schätze, die wir miteinander verbringen. Aber nicht zu wissen, woher ich komme und wie ich so geworden bin … Du kennst die ganzen Fragen, die ich mit mir herumtrage.

Das alles sagte ich, während sie am Schlafzimmerfenster stand. Sie versuchte, es mit einem Scherz abzutun, den ich schon oft gehört habe. »Der erste Band meines Lebens ist vergriffen.«

Aber diesmal ließ ich es nicht durchgehen. Ich wehrte mich. Bedauern? Geister? So hatte sie noch nie mit mir gesprochen. »Warum willst du nicht über ihn reden?«, fragte ich. »Was an ihm ist so schrecklich, dass du ihn aus deinem Gedächtnis gestrichen hast?«

Ich dachte, sie würde auf und ab laufen und die Hände ringen, aber sie stand ganz still. »Ich habe ihn *nie* vergessen«, sagte sie schließlich. »Aber ich erinnere mich für uns beide.« Ihre Augen glänzten, als sie das Zimmer verließ.

Jetzt kann ich sie in der Küche rumoren hören. Der Versuch, etwas zu kochen, ist (leider) ihre Art, sich zu entschuldigen. Was immer sie kocht, es riecht furchtbar. Ich möchte lieber gar nicht wissen, welches Gemüse sie gerade ruiniert.

Ich sollte zu ihr gehen und mich entschuldigen, weil ich sie als lächerlich bezeichnet habe. Weil ich diesen Streit überhaupt angefangen habe. Weil ich sie gedrängt habe, von meinem Vater zu erzählen, von der Reue, von den Geistern. Ich weiß, sie meint es gut und ist müde und vermisst mich einfach oft. Sie tut ihr Bestes. Ich weiß unsere gemeinsame Zeit zu schätzen.

Vielleicht kann ich sie zu einem Spaziergang überreden. Es dauert noch ein paar Stunden, bis die Sonne untergeht. Wir könnten hinunter zum Holyrood Park gehen und zwischen den Ginsterbüschen umherklettern. Über Gott und die Welt schwatzen. Oder vielleicht ist sie jetzt bereit, mit mir zu sprechen. Ich frage mich wirklich …

Du meine Güte, Paul, ich weiß gar nicht mehr, was ich vorhin schreiben wollte. Ich kann kaum fassen, was gerade passiert ist. Ich habe die Flugzeuge gehört und konnte gerade noch das Notizbuch in meine Bluse stecken, bevor die Bombe einschlug. Mutter hatte mir von den Luftangriffen und den Flugzeugen geschrieben, doch ich konnte es mir einfach nicht vorstellen. Ich weiß, dass sich Dein Leben verändert hat; Du bist in viel zu vielen Nächten von Flugzeugen und Sirenen geweckt worden. Aber ich – und eine Bombe? Auf der Straße, in der ich als Kind seilgesprungen bin?

Ich habe sie fallen sehen – sie kreiselte genau auf den Gehweg, draußen vor dem Haus. Ich konnte mich gerade noch hinter die Gaube ducken. Steine und Erde wurden umhergeschleudert. Wo gerade noch Straßenpflaster war, klaffte ein rauchender Krater. Ich habe keine Ahnung, wie ich das Gleichgewicht gehalten habe, dass mich die Druckwelle nicht vom Dach gerissen hat. Es gab nicht mal einen Alarm.

Dann fiel mir Mutter ein. Das Schlafzimmerfenster war zerbrochen, drinnen war alles still. Ich rief nach ihr. Ich wusste nicht, wie ich ins Zimmer gelangen sollte, im Rahmen steckten lauter Splitter. Drinnen herrschte Chaos. Das Bett war bis an die andere Wand gerutscht, der Nachttisch umgekippt. Ein Pflasterstein war in perfekter Linie durchs Fenster geflogen und hatte ein Stück der Täfelung weggerissen. Im Zimmer flatterte Papier umher, weiß im Licht der untergehenden Sonne.

Ich rief sie noch einmal und entdeckte ihren Schatten in der Tür. Sie kam langsam herein, schob das Papier mit ihren blauen Satin-Hausschuhen beiseite. Aber sie kam nicht bis ans Fenster. Sie blieb einfach stehen, starrte auf die zerschmetterte Täfelung und das Papier, das das Zimmer wie Schnee bedeckte.

Ich riss einen der Verdunkelungsvorhänge herunter, wickelte ihn um meine Hand und klopfte von draußen die Splitter aus dem Rahmen, damit ich hineinklettern konnte.

Mutter sagte kein Wort. Sie sank zu Boden und schaufelte Papier auf ihren Schoß. Ich bückte mich und hob ein Blatt auf. Ein Brief, vergilbt und geknickt, der an eine Frau namens Sue gerichtet war. Und weil er so sehr nach Dir klingt, Paul, habe ich ihn abgeschrieben.

Chicago, Illinois, USA, 31. Oktober 1915

Liebe Sue,

sei bitte nicht mehr wütend auf mich. Du erwartest doch nicht, einmal abgesehen von dem Gerede über »Pflicht« und »Patriotismus«, dass ich mir dieses ultimative Abenteuer entgehen lasse?

Meine Mutter schwebt mit roten Augen und schniefend durchs Haus. Mein Vater spricht noch immer nicht mit mir. Und doch ist mir, als hätte ich etwas richtig gemacht. Ich habe mein Studium vermasselt. Ich habe meine Arbeit vermasselt. Verdammt, sogar mit Lara habe ich es vermasselt. Ich dachte schon, dass es für einen Kerl, dessen größte Leistung im Leben mit einem Sack lebender

Eichhörnchen zu tun hatte, überhaupt keinen Ort auf dieser Welt gibt. Bisher hat sich niemand für mein Draufgängertum und meine impulsive Art interessiert. Du weißt, dass es richtig für mich ist. Gerade Du, die immer Dinge über mich zu wissen scheint, bevor ich sie selbst bemerke. Du weißt, dass es richtig ist.

Ich reise morgen nach New York und verlasse mich darauf, dass meine Mutter den Brief abschickt. Wenn Du ihn liest, befinde ich mich auf einem Schiff irgendwo auf dem Atlantik. Obwohl wir einen Nachlass für die Fahrkarte bekommen, wenn wir mit der französischen Linie fahren, wollen Henry und ich lieber zuerst nach England. Er hat seine Minna dort drüben. Und ich – habe Dich. Wie die Ritter aus alter Zeit kann keiner von uns in den Kampf ziehen, ohne ein Pfand seiner Liebsten in den Ärmel zu stecken.

Ich werde irgendwann Mitte November in Southampton ankommen und von dort aus nach London fahren. Sue, bitte sag mir, dass wir uns diesmal treffen. Ich weiß, für mich ist es leichter, darum zu bitten, sehr viel leichter als für Dich, weil Du Deine Zuflucht auf Skye aufgeben musst. Lass mich nicht an die Front gehen, ohne Dich zum ersten Mal berührt zu haben, ohne zu hören, wie Du meinen Namen sagst. Lass mich nicht an die Front gehen, ohne eine Erinnerung an Dich im Herzen zu tragen.

Für immer und ewig der Deine

Davey

»Die gehören mir.« Mutter schnappte nach den anderen Briefen, die um sie herumflatterten. »Du hast kein Recht, sie zu lesen.«

Ich fragte, was für Briefe das seien, wer Sue sei, doch sie antwortete nicht. Sie saß nur mit feuchten Augen da und stapelte mit zitternden Händen das vergilbte Papier. Draußen ertönten endlich die Sirenen.

»Geh«, sagte sie schließlich und drückte die Umschläge fest an sich. »Geh endlich.«

Unter dem Lärm der Sirenen und dem Knattern der Geschütze stolperte ich aus dem Haus in den Bunker. Ich wusste, dass ich den Brief an Dich zu Ende schreiben musste, dass es niemanden sonst gab, dem ich von diesem Abend erzählen konnte. Und dass nichts daran wirklich schien.

Ich habe nie Geheimnisse vor meiner Mutter gehabt. Das weißt Du, Paul. Doch als ich mich in den Bunker hockte, mein Notizbuch noch in der Bluse und den Brief in der Hand, fragte ich mich, was sie mir verschwiegen hatte.

Margaret

5. Kapitel

Elspeth

Chicago, Illinois, USA, 17. Juni 1913

Liebe Sue,

ich bin fertig!

Es tut mir leid, dass ich so lange mit der Antwort gewartet habe, aber ich wollte Ihnen schreiben können, dass ich mit allem ganz und gar durch bin. Was für ein Luxus, dass ich mich jetzt hinsetzen und einen Brief schreiben kann, ohne dass mich ein Stapel Bücher auf meinem Schreibtisch anstarrt! Stattdessen sitze ich im Haus meiner Eltern, bei offenen Fenstern, der warme Sommerwind weht durch die Spitzengardinen, und ich sehe nichts Vorwurfsvolleres als die *Chicago Tribune*. Einfach zurücklehnen, kühle Limonade trinken und an Sie schreiben – der pure Genuss!

Sie werden ziemlich stolz auf mich sein, wie ich glaube. Ich habe nämlich meinem Vater die Wahrheit gesagt. Sie werden sich fragen, woher ich den Mut genommen habe. Ganz einfach: indem ich meine Prüfungen nur gerade so bestanden habe! Er hat einen Blick auf meine Noten geworfen und die Nase gerümpft. »Erwartest du etwa, mit diesen Noten zum Medizinstudium zugelassen zu werden?«, wollte er wissen. »Das erwarte ich nicht. Ich erwarte es nicht, und es ist mir im Übrigen auch egal.« Er verschluckte sich fast an seinem Morgenkaffee. »Was soll das heißen, es ist dir egal?« »Genau das, was ich sage, Vater. Ich wollte nie Medizin studieren. Und jetzt ist es zu spät, um mich vom Gegenteil zu überzeugen.« Er stand auf, schob seinen Stuhl mit einem Knall an den Tisch und hat seither nicht mit mir gesprochen. Ich glaube, ich habe es nur meiner Mutter zu verdanken, dass er mich nicht aus dem Haus geworfen hat.

Meine Schwester verbringt den Sommer hier bei meinen Eltern, wodurch ich mit der schlechten Laune meines Vaters besser umgehen und mehr Zeit mit meiner Nichte Florence verbringen kann. Im Wohnzimmer gibt es ein Fleckchen am Fenster, auf das am Nachmittag das Sonnenlicht fällt. Florence und ich sitzen dann in diesem Lichtkreis und beobachten einander. Wenn sie es müde wird, mich aus großen blauen Augen anzuschauen, kriecht sie auf meinen Schoß, zieht an meinen Hosenträgern und bettelt: »Onkel Day! Schichte, bitte.« Wie kann ich da widerstehen? Ich erzähle ihr ein Märchen und sehe zu, wie ihre Augen an den unheimlichen Stellen ganz groß werden und die äußeren Winkel sich nach oben kräuseln, wenn sie lacht. Es ist wunderbar, die unverfälschten Gefühle im Gesicht eines Kindes zu betrachten. Kein Versuch, sie zu verbergen oder als etwas anderes zu verkleiden. Wir werden dicke Freunde, meine Nichte und ich, das weiß ich jetzt schon.

Noch eine Neuigkeit: Ich habe ein Mädchen kennengelernt. Lara. Sie ist wirklich nett, studiert deutsche Literatur. Wir sind uns auf einer Party begegnet, einer dieser langweiligen gesellschaftlichen Veranstaltungen, die man gelegentlich besuchen muss. Ich bin nur hingegangen, um meiner Mutter eine Freude zu machen. Dort habe ich Lara getroffen, und nachdem wir uns eine Zeit lang unterhalten hatten, stellte ich fest, dass sie meine Eltern kennt. Eine dieser Bekanntschaften um drei Ecken – ihre Mutter spielt mit der besten Freundin von Mutters Tante Vivian Bridge oder irgend so ein Unsinn. Wie immer die Bekanntschaft auch sein mag, meine Mutter ist damit einverstanden.

Sie sehen, es läuft im Augenblick sehr gut für mich. Zwei Mädchen in meinem Leben, ein Zimmer für mich allein und keine Prüfungen mehr!

O ja, der Abend, an dem ich die Eichhörnchen im Frauenwohnheim ausgesetzt habe, ist ein Klassiker! Können Sie sich eine bessere Kombination vorstellen als eine gefährliche Kletterpartie, einen Trupp orientierungsloser Eichhörnchen und kreischende, mehr oder weniger entkleidete Frauen? Allerdings enden diese Eskapaden nicht immer im Krankenhaus. Aber die Möglichkeit, dass es passieren *könnte*, macht diese Streiche für mich so reizvoll.

Daher kommt übrigens auch mein Spitzname. Die Jungs nennen mich »Mort«, da sie davon überzeugt sind, dass meine Mätzchen irgendwann die Mortalitätsrate in Illinois erhöhen. Nett von ihnen, was?

Wie steht es denn bei Ihnen auf Skye? Sie müssen glücklich sein, nun, da der Schnee getaut ist. Ich kann mir vorstellen, wie Sie in Ihrer Hose und dem Hut fröhlich über die Hügel wandern, unter einem Arm das Notizbuch, den Stift hinters Ohr geklemmt. Ach, der Sommer!

Sie haben mein Alter übrigens falsch geschätzt. Ich bin schon einundzwanzig! Jetzt sehen Sie, weshalb ich so wild auf den Schnurrbart war …

Entspannt und weiterhin entspannend

David

PS Hier ist ein Foto von mir in Talar und Barett. Der stolze Schössling neben mir ist Paulie. Der Baum und ich haben wie durch ein Wunder das Jahr überstanden!

Isle of Skye, 7. Juli 1913

Lieber David,

Sie klingen so überschwänglich! Ich weiß gar nicht, wer stolzer oder gerader dasteht – Sie oder der Baum. Ich bin froh, dass es sich so gut für Sie anlässt.

Ihre Nichte scheint wunderbar zu sein, und Sie haben Glück, dass Sie so viel Zeit mit ihr verbringen können. Mein Bruder Alasdair ist vor einigen Jahren gestorben, und seine Witwe ist mit den Kindern nach Edinburgh gezogen. Seither habe ich Chrissie, meine Nichte und die Neffen nicht mehr gesehen. Meine beiden anderen Brüder,

Finlay und Willie, leben noch zu Hause, dort sind noch keine Kinder zu erwarten (das hofft Màthair jedenfalls). Finlay hat allerdings ein Mädchen, mit dem es ihm ziemlich ernst ist, es wird vielleicht nicht mehr so lange dauern. Kate ist ein süßes Ding; wir drücken alle die Daumen.

Womit verbringen Sie Ihre Zeit, wenn nicht mit dem Medizinstudium? Haben Sie sich schon den Ballets Russes angeschlossen? Oder Kornett spielen gelernt? Den großen amerikanischen Roman begonnen?

Ich bin mir sicher, dass es viel leichter ist, eine Liebste zu haben, wenn Sie abends nicht mehr lernen müssen. Sie haben geschrieben, dass Lara die Universität besucht. Ist das bei amerikanischen Frauen üblich? Alle Mädchen, mit denen ich zur Schule gegangen bin, haben nur daran gedacht, zu heiraten, Vorhänge auszusuchen und zehn oder zwölf Jahre Unterricht aus ihrem Kopf zu vertreiben. Sie hielten mich für völlig verrückt, weil ich Bücher lesen wollte, die nicht im Lehrplan standen, von einem Studium ganz zu schweigen.

Elspeth

Chicago, Illinois, USA, 27. Juli 1913

Liebe Sue,

nein, ich habe mich nicht den Ballets Russes angeschlossen. Ehrlich gesagt, ich weiß nicht, was ich jetzt anfangen soll. Ich muss zugeben, es war schon auch ziemlich beruhigend, dass mein Vater meine ganze Zukunft geplant hatte. Ich habe die Stellenangebote in der Zeitung gelesen und mich gefragt, was ich eigentlich machen möchte. Ich bin mir nicht einmal sicher, welche Richtung ich einschlagen soll. Meine Mutter hält es für würdelos, in der Zeitung nach Arbeit zu suchen, und hat sich auf ihren Bridge-Partys diskret nach etwas »Respektablem« umgehört.

Nein, ich glaube, es ist nicht sehr üblich, dass Frauen studieren. An der University of Illinois gab es Studentinnen, aber nicht viele und vor allem nicht in Biologie. Obwohl sie die Universität besuchten, schienen sie sich auf weibliche Fächer wie moderne Sprachen, Literatur und Hauswirtschaft zu beschränken. Keine einzige Geologin, tut mir leid!

David

Isle of Skye, 14. August 1913

Mein lieber David,

warum sind Fächer wie Sprachen und Literatur eigentlich »weiblich«? Ich will Sie nicht kritisieren, David, immerhin haben Sie nur eine allgemeine Wahrheit wiederholt – wenn auch eine fragwürdige. Wir leben in einem Zeitalter, in dem Frauen Berufe ausüben können, die ihnen früher verwehrt waren. Obwohl es noch immer wenige sind, haben Frauen ihr Können als Ärztinnen, Wissenschaftlerinnen und Geschäftsfrauen unter Beweis gestellt. Warum drängen nicht mehr Frauen hinein, nun, da ihnen die Türen offen stehen? Stattdessen werden sie häuslich und sagen: »Wer will denn schon wie Marie Curie den Nobelpreis gewinnen? Es ist doch viel befriedigender, wenn man lernt, wie man ein Huhn vor dem Braten ausnimmt.« Natürlich sollte jeder Mensch seinen eigenen Interessen nachgehen, und vielleicht gibt es Frauen, die wirklich nichts lieber lernen möchten als das Ausnehmen von Hühnern oder Hauswirtschaft. Aber weshalb ist eine Frau, die Chemie oder Geologie studiert hat, weniger als Gefährtin geeignet als eine Frau, die Literatur studiert hat? Ich bin keine Suffragette, aber wenn es um Frauen und Bildung geht, werde ich wütend.

Elspeth

Chicago, Illinois, USA, 4. September 1913

Liebe Sue,

endlich habe ich bezahlte Arbeit gefunden! Ich habe mir eine Stelle als Lehrer für Biologie und Chemie an einer Privatschule hier in Chicago gesucht. Lara sagt, dass bis zum Ende des Schuljahres alle Mädchen in mich verliebt sein werden und alle Jungs mich als Kumpel werden haben wollen.

Mir fällt keine gute Erklärung dafür ein, weshalb manche Studienfächer als »weiblich« gelten. Sie haben recht, wir bewegen uns allmählich in aufgeklärteren Zeiten, sind aber noch weit vom Ziel entfernt. Wenn es erst mehr gemischte Universitäten gibt, kann eine Frau studieren, was immer ihr gefällt. Sie kann sogar eine »radikal« neue Stelle finden und als Wissenschaftlerin oder Akademikerin arbeiten. Aber nur unter der Voraussetzung – oder mit der Erwartung –, dass sie alles aufgibt, sobald sie Mutter wird.

Gleichheit und Bildung müssen immer hinter der Mutterschaft zurückstehen.

Nun scheint es so, als wären Frauen viel besser geeignet, um Kinder aufzuziehen. Gott weiß, mein eigener Vater hätte ein furchtbares Chaos angerichtet, wenn er für uns verantwortlich gewesen wäre. Aber Kinder werden groß und ziehen weg. Weshalb sollte eine Frau später im Leben nicht in der Lage sein, einen Beruf auszuüben?

Sue, Sie haben gute Argumente. Ich wünsche mir jedenfalls eine Frau, die über interessantere Dinge sprechen kann als das Braten von Hühnern. Eine Frau, die die gleichen Bücher liest wie ich und sich die gleichen Fragen stellt. Oder sogar jemanden, der völlig anders denkt als ich, aber eine lebhafte Debatte schätzt und mich dennoch liebt.

David

Isle of Skye, 30. September 1913

David,

was, bitte schön, führt Sie zu der Annahme, dass Frauen besser Kinder aufziehen können? Es hört sich an, als würde Ihre Nichte Sie vergöttern, also machen Sie mit dem Kind irgendetwas richtig. Vertrauen Sie nicht auf Ihre Fähigkeit, Kinder aufzuziehen und länger für sie zu sorgen, als es dauert, ein Märchen zu erzählen?

Elspeth

Chicago, Illinois, USA, 17. Oktober 1913

Liebe Sue,

würden Sie mir nicht zustimmen, dass Frauen die angeborene Fähigkeit besitzen, Mutter zu sein? Ich bin mir nicht sicher, was genau es ist. Frauen sind viel selbstloser als Männer. Sie sind geduldig und großzügig. Eine Frau kann alle Abschlüsse der Welt in Hauswirtschaft haben, ist aber selbst ohne Studium in der Lage, einen Haushalt zu führen und Mutter zu werden.

David

Isle of Skye, 31. Oktober 1913

David,

Ihre Briefe entwickeln sich von nur ärgerlich hin zu regelrecht empörend. Es gibt keine angeborene Fähigkeit, die uns zu Ehefrauen, Müttern oder Hausfrauen macht. Werden wir mit einer besonderen Eigenschaft geboren, die uns zum Kochen oder Sockenstopfen befähigt? Meinen Sie, der Allmächtige hätte in weiser Voraussicht dessen, was man im 20. Jahrhundert von einer Hausfrau erwartet, einen ganz bestimmten Teil ihres Gehirns fürs Pastetenbacken reserviert? Denn ich sage Ihnen, ich kann nichts davon. Weder kochen noch Pasteten backen und schon gar nicht Socken stopfen. Vielleicht wurde ich mit einem halben Gehirn geboren, in dem ein wichtiger Teil fehlt. Wollen Sie das damit andeuten?

Sie sagen, dass Frauen, vor allem Mütter, selbstlos sein

müssen. Diese Eigenschaft ist nicht angeboren, und doch setzt man sie voraus. Niemand missgönnt einem Mann sein Bier nach einem langen Arbeitstag oder die Gelegenheit, die Füße vor dem Kaminfeuer hochzulegen, oder auch nur die Möglichkeit, morgens die Zeitung zu lesen. Wenn eine Mutter hingegen eine Stunde spazieren gehen oder in Ruhe ihren Tee trinken oder (Gott behüte) eine Freundin besuchen möchte, gibt es einen empörten Aufschrei. Mütter müssen immer bei ihren Kindern sein wollen. Sie müssen gänzlich selbstlos sein. Eine gute Mutter würde *niemals* das letzte Stück Kuchen essen.

Ich bin mir nicht sicher, ob ich Kinder haben möchte. So selbstlos kann ich nicht sein. Wenn ich einen Knirps hätte, der sich ständig an meine Beine klammert, könnte ich nicht durch die Berge streifen. Ich könnte nicht stundenlang dasitzen und auf die Wellen schauen und Gedichte schreiben. Ich könnte mich nicht darauf beschränken, nur Würstchen und *Christmas pudding* zu machen. Ich könnte nicht lange aufbleiben und beobachten, wie sich die Sterne über den Himmel bewegen, oder früh aufstehen, um über die Hügel zu laufen, bis die Sonne über dem Horizont explodiert. Sie können mir nicht weismachen, dass all das mit Kindern im Schlepptau möglich wäre. Und ich würde ganz gewiss nicht auf das letzte Stück Kuchen verzichten.

Unabhängigkeit macht Frauen gierig.

Elspeth

6. Kapitel

Margaret

Edinburgh, Freitag, 19. Juli 1940

Lieber Paul,

sie ist weg.

Am Morgen, nachdem die Bombe gefallen war, bin ich nach Hause gegangen, um mich mit ihr zu versöhnen. Ich hatte die ganze Nacht nicht geschlafen und an unseren Streit gedacht und wie sie mich weggestoßen hatte, nachdem die Briefe aus dem Loch in der Wand gefallen waren.

Doch als ich in die Wohnung kam, war sie leer. Die Täfelung klaffte noch offen, alle Briefe waren verschwunden. Und meine beiden Koffer.

Meine Mutter, die das Haus nie länger als ein paar Stunden verlassen hat, hat gepackt und ist verschwunden. Und ich habe keine Ahnung, wo sie ist.

Ich war bei den Nachbarn. Habe in der Bücherei nachgesehen. Ich bin dreimal durch den Holyrood Park gelaufen. Ich war sogar in der St. Mary's Cathedral, weil ich nicht ausschließen konnte, dass sie sich mitsamt den Koffern voller Briefe in ihre übliche Bank gesetzt hatte. Doch niemand hatte sie gesehen. Dann ging ich zur Waverley Station. Ich war mir sicher, dass sie dort auf einer Bank saß und versuchte, genügend Mut zu fassen, um in einen Zug zu steigen. Aber nein. Auch dort war sie nicht.

Jetzt bin ich wieder in der leeren Wohnung und weiß nicht, ob ich mir Sorgen machen muss. Wenn sie einen kleinen Urlaub machen möchte, ist das ihr gutes Recht. Sie kann auf sich selbst aufpassen. Doch, Paul, wie sie mich gestern Abend angesehen hat. Ihre Augen wirkten gehetzt. Sie sah irgendwie besiegt aus, als sie so auf dem Boden saß. Ich mag zwar nicht wissen, wo sie ist, bin mir aber sicher, dass sie nicht einfach Ferien am Meer macht. Wo immer sie hingefahren ist, sie hat ein Ziel. Sie jagt hinter etwas her. Erinnerungen, Bedauern, ihrer Vergangenheit. Ich weiß es nicht.

Ich weiß nur eins: Es hat mit dem Brief eines Amerikaners an eine Frau namens Sue zu tun. Ich habe immer gern Geheimnissen nachgespürt. Soll ich?

In Liebe
Margaret

21. Juli 1940

Liebste Maisie,

ich hoffe, Du liest diesen Brief, bevor Du Dich ins Abenteuer stürzt. Du wolltest schon immer Detektivin werden. Weißt Du noch, wie wir im Zwielicht durch den Meadows-Park gekrochen sind, auf der Suche nach dem Hund von Baskerville? Wir waren noch solche Kinder damals.

Ich wünschte, ich könnte auch Abenteuer erleben, aber ich sitze hier fest, bis mein Handgelenk verheilt ist. Statt zu fliegen, lungere ich auf dem Flugplatz herum. Darf ich Dein Watson sein?

Ich hoffe allerdings, dass Deine Detektivarbeit Dich weit weg von Edinburgh führt, wo es sicherer ist. Granny hat die Luftangriffe nie erwähnt. Aber so, wie ich sie kenne, hat sie draußen vor dem Haus gestanden und die Fäuste geschüttelt, als die Deutschen über sie hinwegflogen. Nun, da ich weiß, dass Bomben fallen, wo wir früher Schlagball gespielt haben, möchte ich Dich am liebsten ganz weit wegschicken.

Vielleicht hatte Deine Mam die gleiche Idee. Mach Dir keine Sorgen um sie, Maisie. Sie ist aus dem gleichen Holz geschnitzt wie meine Gran. Es geht ihr sicher gut.

Pass auf Dich auf, mein süßes Mädchen.

Der Deine

Paul

Edinburgh, Mittwoch, 24. Juli 1940

Lieber Paul,

ich dachte, wenn jemand etwas über Mutters »vergriffenen ersten Band« wissen könnte, dann meine Cousine Emily. Sie kennt Mutter länger als ich. Ich nahm den vergilbten Brief mit zu ihr, und sie erzählte mir beim Waschen, was sie wusste. Leider ist das nicht viel.

Sie kann sich erinnern, wie sie während des letzten Krieges bei Mutter gewohnt hat. Tante Chrissie hatte die Kinder nach einem Zeppelinangriff aus der Stadt weggeschickt. Selbst damals gab es schon Evakuierungen. In ihrem Fall bis auf die Isle of Skye.

Ich kann noch immer nicht glauben, dass meine Mutter, die niemals aus Edinburgh hinausgekommen ist, früher auf den Hebriden gelebt hat! Es ist kein Geheimnis – sie hat mir erzählt, wie sie dort aufgewachsen und auf der Suche nach Feen durch die Böschungen gehüpft ist –, aber ich habe sie mir immer als eingefleischte Edinburgherin vorgestellt. Doch sie hat ihre Kindheit und Jugend dort verbracht. Daher ist es nicht wirklich seltsam, dass sie diesen Brief bei sich trug.

Es gab irgendeinen Skandal mit einem Mädchen und unseren beiden Onkeln. Vielleicht hieß dieses Mädchen Sue? Emily konnte sich nicht daran erinnern. Und ich kann meiner Großmutter nicht schreiben und sie fragen, weil sie nur Gälisch versteht. Emily schlug vor, mich bei unserem Onkel Finlay danach zu erkundigen.

Ich weiß, dass meine Mutter drei Brüder hatte (noch zwei, nachdem Emilys Vater gestorben war), aber sie hat nie viel von ihnen erzählt. Nur dass Alasdair der Kluge, Willie der Freche und Finlay derjenige war, der etwas verlor und nie zurückkehrte. Das wollte Mutter nie genauer erklären. Nur dass Finlay eines Tages seinen Zorn nicht mehr beherrschen konnte und weggegangen ist.

Emily erfuhr nur durch Zufall, dass Finlay in Glasgow lebt, denn niemand wusste, wohin er von Skye aus gegangen war. Vor einigen Jahren ging sie in Glasgow einkaufen und bemerkte dabei einen Mann, der genauso aussah wie ihr Vater. Er war gestorben, als sie noch klein war, doch Tante Chrissie hatte immer ein Hochzeitsfoto neben dem Bett gehabt. Emily folgte dem Mann und rief aus einer Laune heraus den Namen ihres Vaters. Entsetzt stellte sie fest, dass er Alasdairs jüngerer Bruder war. Doch die Begegnung verlief nicht herzlich. Onkel Finlay gab ihr die Hand, äußerte ein paar Allgemeinplätze, trug ihr Grüße auf und ging seines Weges. Wäre Emily nicht sofort in eine Telefonzelle gelaufen und hätte seine Adresse in Glasgow nachgeschlagen, wäre Onkel Finlay seiner Familie erneut verloren gegangen.

Ich bin froh, dass sie neugierig war. Sonst hätte ich kaum die Gelegenheit, einem Onkel zu schreiben, von dessen Existenz ich bislang nichts wusste. Einem unangenehmen Onkel obendrein, wenn ich den Gerüchten glauben darf. Wünsch mir Glück!

In Liebe
Margaret

7. Kapitel

~

Elspeth

Isle of Skye, 5. November 1913

Davey,

ich habe noch einmal gelesen, was Sie letzte Woche geschrieben haben, und wollte rasch antworten, bevor Sie sich wieder bei mir melden. Obwohl ich nach wie vor zu allem stehe, was ich in meinem vorherigen Brief geschrieben habe, wünschte ich, ich wäre ein bisschen sanfter gewesen.

Ich glaube, Sie irren sich, was diese mythische angeborene »Mütterlichkeit« angeht. Aber Sie sind noch jung. Das vergesse ich immer wieder. Sie waren nie verheiratet, haben keine eigenen Kinder. Möglicherweise werden Sie Ihr Leben lang so denken, aber im Augenblick kann ich es Ihnen nicht verdenken. Es tut mir leid, dass ich so viel von Ihnen erwartet habe.

Na bitte! Das wäre geschafft. Sie sollten wissen, dass ich mich nicht oft entschuldige oder Worte zurücknehme, die ich im Ärger gesprochen habe. Und mit »oft« meine ich eigentlich »nie«. Ich hoffe, Sie sind nicht *zu* wütend auf mich.

Elspeth

Chicago, Illinois, USA, 22. November 1913

Liebe Sue,

ich war mir nicht sicher, was ich antworten sollte, und bin daher froh, dass Sie noch einmal geschrieben haben. Ich wollte Sie wirklich nicht kränken. In meinem Leben gibt es nicht viele Frauen. Da wären meine Mutter und meine Schwester Evie, zwei der fähigsten Frauen, die ich kenne. Evie konnte es gar nicht abwarten, dass ihr erstes Kind geboren wurde, und sie wusste sofort, wie sie Florence festhalten und füttern musste. Und die andere Frau in meinem Leben, Lara, zählt die Tage, bis sie ihren eigenen Haushalt führen kann. Ich schwöre, das Mädchen hat von Aussteuer und Abendmenüs geträumt, seit sie das Kinderzimmer verlassen hat.

Es wird Sie interessieren, dass ich jetzt offiziell verlobt bin! Ich hatte poetische, romantische Vorstellungen davon, auf die Knie zu fallen und eine in Gold gefasste Perle darzubieten, doch Lara warf einen Blick auf den Ring und mich und bat höflich um einen Diamanten. Sie zeigt ihn gerne herum, als wollte sie sagen: »Er wird zwar kein Arzt, aber wir kommen zurecht.« Es gibt noch keine konkreten

Pläne für die Hochzeit, vermutlich wird die Verlobungszeit ein bisschen länger. Lara hat noch zweieinhalb Jahre bis zu ihrem Abschluss, und ich käme im Traum nicht auf die Idee, sie durch eine Hochzeit davon abzulenken. Ich kann nicht darauf hoffen, dass es bescheiden oder dezent wird, da Lara und meine Mutter die Veranstaltung planen.

Ich nehme an, ich sollte auf Reisen gehen, mir bleiben nur noch ein paar Jahre als Junggeselle. Vielleicht könnte ich nach Oxford fahren, um Harry zu besuchen, den hilfsbereiten Freund, der mir Ihre Bücher geschickt hat. Er hat sein Studium fast beendet, und ich habe am Ende des Semesters Ferien. Wenn erst der Ring an meinem Finger steckt, könnte es mit dem Reisen vorbei sein!

David

Isle of Skye, 13. Dezember 1913

David,

ich bin so froh, dass Sie nicht böse auf mich sind. Sie mögen das komisch finden, aber ich habe nicht viele Freunde, jedenfalls nicht viele, die Gedichte lesen, auf Viehzeug reiten oder grauenhafte karierte Jacketts tragen. Warum sollten Sie einer verrückten Schottin schreiben, die auf einer entlegenen Insel im Atlantik lebt? Es mag schrecklich sentimental klingen, aber ich würde Ihre Briefe sehr vermissen, wenn sie künftig ausblieben.

Offiziell verlobt? Du lieber Himmel, Sie werden erwachsen, mein lieber Junge. Vielleicht sollte ich Ihnen meinen

Mineralienführer leihen, da Sie offenbar Diamanten und Perlen nicht unterscheiden können.

Ich nehme an, wir sollten »feste Bindung« auf die Liste der Dinge setzen, denen Sie furchtlos gegenübertreten, Sie wilder Bursche. Was jagt Ihnen überhaupt Angst ein? Gewiss nicht die Universitätsverwaltung. Vielleicht Ihr Vater?

Im Augenblick habe ich Angst, dass mir die Tinte ausgeht, bevor ich diesen Brief beendet habe. Ein schrecklicher alter Füller!

Vermutlich bekommen Sie ihn erst nach Weihnachten, doch ich habe Ihnen einen meiner berühmten *Christmas puddings* gemacht (im Miniaturformat). Essen Sie ihn mit fröhlichem Herzen, und haben Sie wunderschöne Feiertage.

Elspeth

Chicago, Illinois, USA, 12. Januar 1914

Ich wünsche Ihnen ein frohes neues Jahr, Sue!

Sie haben recht, Ihr *Christmas pudding* ist *tatsächlich* wunderbar. Er erinnert mich an den Früchtekuchen, den meine Mutter an Weihnachten immer für uns backt. Diese Frau setzt das ganze Jahr über keinen Fuß in die Küche, außer um in letzter Minute das Menü zu ändern. Doch sobald die Weihnachtszeit naht, zieht sie eine spitzenbesetzte Schürze an, die etwa so wirkungsvoll ist wie ein Tortendeckchen aus Papier, und scheucht das ganze Personal aus der Küche. Stunden später taucht Mutter auf, das

Haar voller Mehl, Sirup auf der Wange und ein Leuchten in den Augen, weil sie den Brandy »probiert« hat. Und sie trägt voller Stolz einen Früchtekuchen vor sich her. Gewöhnlich hat er das Aussehen, die Beschaffenheit und den Geschmack eines Pflastersteins, aber wir müssen an Heiligabend alle ein ordentliches Stück davon essen.

Welchen Spaß wir dieses Jahr hatten, als wir Ihren herrlichen *Christmas pudding* gegessen haben. Evie und Hank wollten unbedingt die Schachtel inspizieren, in der Sie ihn geschickt haben, um sicherzugehen, dass ich ihnen nichts vorenthalten hatte. Selbst mein Vater bettelte um mehr. Als meine Mutter sich im Tonfall einer eifersüchtigen Geliebten erkundigte, wie dieser *Christmas pudding* im Vergleich zu ihrem Früchtekuchen abschneide, versicherten wir ihr rasch: »Oh, der *Christmas pudding* schmeckt gut, aber er ist sehr – wie soll man sagen – *britisch.*« Das zu deuten, überließen wir ihr.

Hatten Sie friedliche Feiertage? Gab es wieder einen neuen Wasserkessel? Leider muss ich sagen, dass mir der Weihnachtsmann keinen Kessel gebracht hat, sondern einen tollen Tennisschläger. Ich kann es kaum abwarten, bis der Schnee taut, damit ich ihn ausprobieren kann. Evie hat mir ein wunderschönes Lesezeichen gestickt, auf dem steht »Ein Buch ist wie ein Garten, den man in der Tasche trägt«. Und von meinem Vater habe ich eine Uhr bekommen, eine goldene an einer dicken Kette. Er sagte, sie habe vorher seinem Vater und Großvater gehört. »Nun, da du ein Mann bist, David, und dein Leben eine Richtung gefunden hat, brauchst du etwas, das dich leitet. Du weißt, *wohin* du willst, aber die Uhr wird dir zeigen, *wann* du losgehen musst.« Die ganze Rede klang ziemlich gestelzt, aber Mutter wischte sich die Augen, und sogar Evie musste schniefen. Es ist eine schöne Uhr, aber sie erinnert mich an meinen Großvater. Ich hatte auf eine Armbanduhr gehofft, die ich tragen kann, während ich Auto oder Rad fahre oder klettere, und mit der ich nicht aussehe, als käme ich geradewegs aus dem 19. Jahrhundert.

Mein Dad war über die Feiertage ziemlich freundlich. Aber ich glaube, Sie könnten recht haben; wenn ich mich vor etwas fürchte, dann vor meinem Vater. Ich habe mich letztlich gegen ihn durchgesetzt und nicht Medizin studiert, aber wenn ich in den letzten Semestern nicht so schlecht gewesen wäre, wäre das deutlich schwieriger geworden. Trotz all des Geredes von wegen »ein Mann werden« lebe ich immer noch wie ein Kind unter seinem Dach und halte seine Regeln ein. Er heißt weder gut, was ich mache, noch die Leute, mit denen ich es mache.

Seltsam, mein Freund Harry ist ein Mensch, den er wirklich gutheißen *müsste*, und gerade er gefällt ihm am wenigsten. Harry ist einer meiner ältesten Freunde. Wir sind zusammen zur Schule gegangen, haben uns in die Anatomiebücher meines Vaters vertieft (vor allen Dingen in die Stellen, in denen es um die weibliche Anatomie ging) und uns unter der Devise »Zu mehreren ist man sicherer« gemeinsam mit Mädchen verabredet. Harrys Familie verkehrt in denselben gesellschaftlichen Kreisen, er studiert Medizin, ist absolut brillant und tadellos höflich. Was also hat mein Vater an ihm auszusetzen?

Nun kann man einen scharfen Verstand wie eine scharfe Waffe gebrauchen, und Harry hält nicht viel von den versnobten Veranstaltungen, zu denen man uns zwingt. Er hat Glück, dass die meisten Leute seinen Sarkasmus und trockenen Humor nicht verstehen, sonst würde er bei Weitem nicht so oft eingeladen. Es ist schon ein paar Jahre her, dass Harry nach Oxford gegangen ist. Wir schreiben uns hin und wieder – bei Weitem nicht so regelmäßig wie wir beide –, aber ich freue mich, ihn wiederzusehen.

Und hier ist ein Weihnachtsgeschenk für Sie, liebe Sue. Ein schwarz-rot gefleckter Füller, damit Sie mir immer schreiben können.

Auf ein neues Jahr
David

Isle of Skye, 28. Januar 1914

Schon 1914, und die Welt ist noch nicht untergegangen!

Davey, Sie haben mich in die Irre geführt! Das ist doch kein gefleckter Füller. Er ist schwarz und rot marmoriert wie ein poliertes Stück Jaspis. Welch passenderen Füller kann es für eine angehende Geologin geben?

Ich habe zu Weihnachten neue Zeichenkreide bekommen, doch die anderen Geschenke waren leider sehr praktisch – Strümpfe, drei neue Löffel, ein riesiger Waschzuber. Tennisschläger? Ich habe noch nie gespielt, aber es klingt auf jeden Fall aufregender als ein Waschzuber.

Elspeth

Chicago, Illinois, USA, 14. Februar 1914

Liebe Sue,

ich bin gerade aus Ishpeming, Michigan, zurückgekommen, wo ich mit einigen Freunden im Skiurlaub war. Darum hat sich meine Antwort ein wenig verzögert. Als ich nach Hause kam, wartete nicht nur Ihr Brief auf mich, sondern auch einer von Harry. Er hat vorgeschlagen, dass ich nach England komme und mit ihm eine Art Abschiedstour unternehme, bevor wir gemeinsam in die Staaten zurückkehren. Den genauen Zeitplan kenne ich noch nicht, aber Harry hat erwähnt, dass wir auch in Edinburgh haltmachen werden. Es ist vermutlich eine wilde Idee, aber wir könnten uns dort treffen, Sue! Ich weiß, es ist ein bisschen verrückt, aber Sie hätten bis Juni Zeit, um sich zu überlegen, wie Sie es auf die Fähre schaffen. Dürfte ich eine große Menge Whisky zur Stärkung vorschlagen?

Und alles Gute zum Valentinstag!

David

Isle of Skye, 10. März 1914

David,

sind Sie völlig verrückt geworden? Sie glauben, Sie könnten schaffen, was meiner Familie und meinen Freunden nicht gelungen ist? Mein ganzes Leben lang hat mich niemand auf ein Boot gebracht. Und Sie wollen Erfolg haben, wo andere gescheitert sind? Sie glauben, die Verlockung in Gestalt von David Graham wäre größer als die eines Universitätsstudiums? Ganz schön dreist!

Elspeth

Chicago, Illinois, USA, 26. März 1914

Sue,

Sie vergessen, dass mein Vater Arzt ist. Ich kann mir Äther besorgen.

David

Isle of Skye, 11. April 1914

Mein lieber David,

bei Weitem nicht genug.

E

Chicago, Illinois, USA, 28. April 1914

Liebe Sue,

alles ist geplant! Die Reiseroute steht, die Fahrkarten sind gekauft, die Zimmer im Langham Hotel gebucht, und ich bin bereit, an Bord zu gehen. Die Frage ist nur, sind Sie es auch?

Gewiss sind Sie ebenso neugierig wie ich herauszufinden, wie das andere Ende dieser Brieffreundschaft aussieht. Sie sind sowohl Wissenschaftlerin als auch

Künstlerin, Realistin und Träumerin. Neugier ist Ihr zweiter Vorname.

David

Isle of Skye, 6. Mai 1914

Lieber David,

nun, es ist eine Weile her, seit ich meine Nichte und Neffen in Edinburgh gesehen habe. Sie würden sich über einen Besuch ihrer Tante sicher freuen.

Ich erwarte den Äther mit Ihrem nächsten Brief. Eimerweise.

E

Chicago, Illinois, USA, 21. Mai 1914

Sue,

schweig still, mein hämmerndes Herz! Kann es wahr sein? Sue will für mich dem Ozean trotzen?

Wenn alles gut geht, müssten wir am 16. in Edinburgh ankommen. Ich weiß, dass ich keinen Augenblick länger warten kann. Am 17. um zwölf Uhr mittags? In der St. Mary's Cathedral am York Place?

Ich drücke alle Körperteile, die ich habe.

David

TELEGRAMM
SRP 5.55 EDINBURGH 25

E. DUNN ISLE OF SKYE=
HABE IN KATHEDRALE GEWARTET
WIE BESPROCHEN WO SIND SIE
BITTE UM ANTWORT=
DAVID CALEDONIAN HOTEL+

Liverpool, England, Großbritannien, 22. Juni 1914

Was ist passiert, Sue? Ich dachte, wir wären verabredet. War die Fähre doch zu viel für Sie? Sie können von Glück sagen, dass ich nicht nachtragend bin. Aber Ihnen ist hoffentlich klar, dass Sie mir eine Erklärung schulden! Eine, die nichts mit einem wild gewordenen Seepferd zu tun hat.

Die Reise war großartig. Harry und ich hatten mehrere Jahre aufzuholen. Er ist kein besonders guter Briefeschreiber, und ich war es auch nicht, was Sie vielleicht überraschen wird. Sie scheinen etwas in mir zu wecken, sodass mir nie der Gesprächsstoff ausgeht.

Harry hat eine Freundin, Minna, eine seltsame junge Dame, die zuckersüße Verse schreibt. Ich habe sie kennengelernt: sehr höflich, aber ziemlich kokett. Sie verbrachte die eine Hälfte der Zeit damit, in einem präzisen, abgehackten Tonfall über das Wetter und die Teepreise zu plaudern, und die andere, Harry allein in eine der vielen Ecken des weitläufigen Hauses zu drängen, das ihren Eltern gehört.

Sie ist erst achtzehn, und sosehr ihn andere Teile seiner Anatomie auch drängen mögen, hat sein kühler Kopf ihm geraten, die alles entscheidende Frage noch ein bisschen aufzuschieben. Er kehrt erst einmal in die Staaten zurück, wo sein Medizinstudium und ein Sparkonto auf ihn warten. Bis dahin hofft er (wenn auch nicht allzu leidenschaftlich!), dass sie wenigstens noch eine weitere Fertigkeit oder Leidenschaft entwickeln möge – neben ihrer Entschlossenheit, ihn bei jeder Gelegenheit in Richtung Schlafzimmer zu manövrieren. Harry ist nicht wirklich überzeugt davon, dass Minna ihm treu bleiben wird, aber wir haben immerhin einen Toast auf ihre Bemühungen ausgebracht.

Die Städte, die wir besucht haben, waren reizend, doch es hätte mir sogar daheim in Urbana gefallen, solange Harry an meiner Seite ist. Klingt das zu sentimental? Er raucht jetzt Pfeife und schreibt Gedichte (sind heutzutage alle unter die Poeten gegangen?). Davon abgesehen ist er immer noch der alte Harry, und wir kamen uns vor wie kleine Jungs. Ich bin mir sicher, dass wir uns gelegentlich auch so benommen haben.

Wir sind bereit, an Bord zu gehen, aber ich wollte Ihnen noch einmal schreiben, bevor ich Großbritannien verlasse. Ich muss noch einige Souvenirs kaufen. Ich habe Florence gefragt, was ich ihr von der Reise mitbringen soll, und sie verlangte in sehr entschiedenem Ton ein englisches Pony. Ich glaube nicht, dass es in meine Staatsgemächer passen würde (das habe ich davon, dass ich 2. Klasse fahre!), doch wie kann ich meinem liebsten kleinen Mädchen einen Wunsch abschlagen?

Harry telegrafiert noch einmal an Minna und hat angeboten, diesen Brief für mich zur Post zu bringen. Daher mache ich jetzt Schluss. Ich freue mich auf einen Brief voller leidenschaftlicher Erklärungen und demütiger Entschuldigungen! Keine Geheimnisse mehr, Sue!

David

Isle of Skye, 3. Juli 1914

David,

ich muss schon sagen, ich war erstaunt, dass so schnell ein Brief von Ihnen kam; dann wurde mir klar, dass Sie mir aus England geschrieben hatten und der Weg nicht so weit war wie sonst.

Davey, es ist Ihr gutes Recht, wütend auf mich zu sein. Wir waren verabredet. Meine Güte, Sie haben einen Ozean überquert, um mich zu treffen. Und ich musste nur die Fähre über die Meerenge nehmen.

Welche Entschuldigung ich habe, fragen Sie? Natürlich wäre meine alte Angst ein guter Vorwand. Doch in diesem Fall waren meine Ängste lächerlicher, vielleicht sogar ein wenig primitiv. Ich habe mich davor gefürchtet, dass das Geheimnisvolle verloren gehen könnte, wenn wir einander begegnen. Vielleicht würden wir uns nicht so gut verstehen wie auf dem Papier. Wenn unser Gespräch nun nicht so mühelos dahinfließen würde?

Sie haben in der Kathedrale auf das *Idealbild* von Elspeth Dunn gewartet. Ich wollte Sie nicht mit der wirklichen Person enttäuschen. Wenn Sie mich nun zu klein gefunden hätten? Oder zu alt? Oder wenn Ihnen meine Stimme nicht gefallen hätte? Ich möchte einfach, dass alles so bleibt, wie es ist, dass ich geheimnisvoll und, wie ich hoffe, interessant bin.

Aber ich wollte wirklich kommen. Das müssen Sie mir glauben, Davey.

Wenn Sie schon annehmen, dass ich Geheimnisse habe, kann ich auch noch ein weiteres haben. Sie müssen sich noch ein bisschen gedulden, bis ich es Ihnen verrate, denn wenn Sie es erst kennen, werden Sie nicht mehr aufhören zu lachen.

Harry scheint ein wunderbarer Freund zu sein. Ich würde gerne sagen, dass ich ihn eines Tages treffen möchte, aber dazu muss ich wohl auch Sie treffen – und das Thema hatten wir ja schon!

Elspeth

PS Ich hoffe wirklich, dass nicht alle Leute Poeten werden, sonst werde ich arbeitslos!

Chicago, Illinois, USA, 15. Juli 1914

Sue, Sue, Sie lustiges Ding. Haben Sie denn nie darüber nachgedacht, dass ich die gleichen Bedenken haben könnte? Für mich wäre es nur von Vorteil gewesen, eine Begegnung mit Ihnen zu vermeiden. So würden Sie nicht sehen, wie groß meine Füße sind oder wie ungeschickt ich mich jenseits der Tanzfläche bewege. Ich glaube, dass Sie jetzt eine gute Meinung von mir haben (von meinem Geschmack in

Sachen Jacketts einmal abgesehen). Immerhin sehe ich teuflisch gut aus. Bin höllisch schlau. Witzig und überaus brillant. Weshalb sollte ich das alles aufs Spiel setzen? All diese Illusionen würden verschwinden, sobald wir uns begegneten. Doch angesichts der unglaublichen Chance, Sie zu sehen … verblassten all diese Ängste.

Wir schreiben einander jetzt seit, mal überlegen, zwei Jahren? (Nicht dass ich wirklich nachdenken müsste, schließlich habe ich alle Briefe aufbewahrt, die Sie mir je geschickt haben.) Kann es denn nach all dieser Zeit wirklich noch Geheimnisse geben? Wir haben einander unsere tiefsten Ängste und geheimsten Sehnsüchte anvertraut. Ich *kenne* Sie, Sue, und ich glaube, Sie kennen mich auch. Wenn ich jetzt vor Ihnen säße und genau das sagen würde, würde mein Mittelwest-Akzent die Wirkung meiner Worte hoffentlich nicht schmälern.

Überlegen Sie, wie es normalerweise ist, wenn Sie einem Menschen zum ersten Mal begegnen. Sie müssen den ganzen oberflächlichen Unsinn über sich ergehen lassen, die Bewertung von Akzenten und karierten Jacketts. Sie müssen das äußere Erscheinungsbild überprüfen. Und erst nachdem Sie einander für würdig befunden haben, können Sie sich richtig kennenlernen, während sich der Verstand vorsichtig vorantastet. Sie müssen erst herausfinden, welche Dinge den anderen bewegen – was ihn zum Schreien oder Lachen oder Zittern bringt. Wir haben Glück. Um die äußere Bewertung mussten wir uns nie Gedanken machen. Wir konnten gleich zum interessanten Teil übergehen. Wir haben die Seele des anderen in ihrer ganzen Länge und Tiefe ausgemessen.

Ich weiß nicht, wie es Ihnen geht, aber ich finde es erfrischend. Ich bin es so satt, mir darüber Gedanken zu machen, ob Leute mich für alt oder respektabel genug halten. Ich will nicht immer höflich und interessiert wirken. Wenn ich Ihnen schreibe, muss ich nicht über diesen ganzen Unsinn nachdenken. Ich brauche mir keine Sorgen wegen meiner großen Füße zu machen. Ich kann die Hülse entfernen (Sie mögen mir die Mais-Metapher verzeihen) und die leuchtenden Kerne meiner Träume, Leidenschaften und Ängste freilegen. Sie gehören Ihnen, Sue, und Sie können daran herumnagen, so viel Sie wollen. Mit einer Prise Salz schmecken sie ganz wunderbar.

Nun, nach alldem *müssen* Sie mir wohl Ihr neues Geheimnis anvertrauen. Ich verspreche, dass ich nicht lache. Jedenfalls nicht so laut, dass Sie mich aus Chicago hören können …

Ich nicke allmählich ein und habe eben auf die Uhr gesehen. Es ist früh am Morgen, auf den Straßen ist es schon lange still. Ich hoffe, Sie schlafen besser als ich im Augenblick!

David

Isle of Skye, 18. August 1914

Davey,

was ist nur aus der Welt geworden?

Vor acht Wochen stand ich am Pier und versuchte, genügend Mut zu fassen, um an Bord der Fähre zu gehen. Ich hielt meine Augen auf den Horizont gerichtet, wohl wissend, dass sich alles ändern würde, wenn ich zu Ihnen führe. Nicht das Ziel als solches, sondern die Tatsache, dass ich wegging, würde alles verändern. Frauen wie ich überqueren nicht das Wasser, um sich mit faszinierenden Amerikanern zu treffen. Sie warten zu Hause darauf, dass das Boot ihres Mannes heimkehrt.

Also ging ich in mein Cottage, um Ihre Briefe noch einmal zu lesen und so zu tun, als hätte ich nicht um ein Haar die Fähre bestiegen. Um darauf zu warten, dass Iain mit seinen Heringen über den Minch heimkehrt. Um mir zu überlegen, wie ich ihm sagen soll, dass ich nach so vielen Jahren schwanger bin.

An dem Tag, an dem er heimkam, hängte ich gerade im Garten Wäsche auf und stand bis zu den Knöcheln im Schlamm. Er kam bis zum Tor, ließ seinen Seesack fallen und sagte grimmig: »Wir sind im Krieg.«

Auf einmal wurde alles kalt, Davey, und meine Neuigkeiten waren vergessen. Ich fragte, wen er mit »wir« meinte, doch er gab mir nur eine Zeitung.

Vor vier Tagen hat Großbritannien Deutschland den Krieg erklärt. Während ich allein in meinem Cottage gesessen, alte Briefe gelesen und mein Herz gewappnet hatte, ist die Welt in den Krieg gezogen.

Er sagte, er werde sich zur Armee melden. Er sei nur nach Hause gekommen, um zu packen, und werde gleich wieder aufbrechen. Wozu? Wieso glaubt er, dieser Krieg ginge ihn etwas an? Unsere Insel? *Uns?* »Unsere Welt ist schon untergegangen«, sagte er. »Ich kann sie nicht zurückholen, aber ich werde verdammt noch mal dafür sorgen, dass der Rest nicht auch noch untergeht.«

Er war so *ruhig*, Davey. Ich weiß noch, wie ich ihm über die Schulter blickte, während er redete, und eine Möwe bemerkte, die ganz langsam dahinflog. Selbst die Schafe waren still. Die ganze Insel verlangsamte ihren Schritt, als wollte sie seine Worte hören. Als wenn es einen Sinn ergäbe! Und ich spürte tief in mir einen Schmerz; ich war mir sicher, dass mir sprichwörtlich das Herz brach.

Später stellte ich fest, dass ich das Kind verloren hatte. Ein ungebetenes Kind, gewiss, aber nicht ungewollt. Ich hatte Zeit gehabt, um mich an die Vorstellung zu gewöhnen, doch nun war es weg, und es blieb ein leeres Gefühl zurück. Vielleicht hatte ich die ganze Zeit über recht. Vielleicht hat das Universum mich nicht zur Mutter bestimmt. Und so verlor ich meinen Mann, mein Kind und die friedliche Welt, die ich gekannt hatte. In der folgenden Woche marschierte Iain mit Finlay und der übrigen Landwehr zur Ausbildung.

Oh, Davey, ich brauche einen Brief von Ihnen. Ein freundliches Wort, etwas Aufheiterndes, ein Bild von Ihnen in einem lächerlichen karierten Jackett. Ich muss vergessen, was hier geschieht.

Elspeth

8. Kapitel

Margaret

Edinburgh, Mittwoch, 24. Juli 1940

Sir,

bitte entschuldigen Sie diesen unerwarteten Brief. Ich bin mir nicht einmal sicher, ob ich dem richtigen Finlay MacDonald schreibe.

Ich habe Grund zu der Annahme, dass Sie mein Onkel sind. Ich bin die Tochter von Elspeth Dunn, die früher auf Skye gewohnt hat. Meine Cousine Emily MacDonald hat mir diese Adresse gegeben, nachdem sie Ihnen einmal in Glasgow begegnet ist. Ich habe keinen meiner beiden Onkel kennengelernt und würde das gerne nachholen.

Darf ich Ihnen schreiben?

Mit freundlichen Grüßen

Margaret Dunn

Glasgow, 25. Juli

Margaret,

hast Du das nicht schon getan?

Finlay MacDonald

27. Juli 1940

Liebe Maisie,

ich fliege wieder! Und keinen Augenblick zu früh. Wir werden hier unten im Süden ständig bombardiert. Ich konnte es am Boden kaum noch aushalten. Wie ist es bei Euch in Edinburgh?

Hast Du Deinem Onkel geschrieben? Und schon Antwort bekommen?

Alles Liebe

Paul

Edinburgh, Montag, 29. Juli 1940

Lieber Paul,

er hat mir geschrieben. Sozusagen. Und da er mir nicht widersprochen oder mich *völlig* ignoriert hat, nehme ich es als Bestätigung, dass er tatsächlich der fragliche Finlay MacDonald ist. Als ich mich erkundigt habe, ob ich ihm schreiben darf, antwortete er lediglich: »Hast Du das nicht schon getan?« Er muss wirklich mein Onkel sein. Er hat Mutters bissigen Humor.

Ich werde ihm nicht zurückschreiben. Ich würde nur jedes Wort auf die Goldwaage legen, damit er sich nicht darüber lustig macht. Und das ist viel zu viel Arbeit. Weshalb kann ich nicht einen lang verschollenen Onkel haben, der mich zu seiner Alleinerbin macht oder mir seine unschätzbar wertvolle Sammlung von Südsee-Artefakten vermacht, wie es immer in den Büchern steht? Oder der zumindest in einer Irrenanstalt lebt? Ich bin mir sicher, dass ich mal so eine Geschichte gelesen habe. Mit einer Irrenanstalt könnte ich leben. Aber mit einer bissigen Antwort? Wohl kaum.

Margaret

PS Frag bloß nicht nach Edinburgh. Eine 500-Kilo-Bombe aufs Albert Dock, Brandbomben entlang der Bahnlinien und in Granton. Mutter wäre am Boden zerstört, wenn sie das sehen würde. Und jetzt muss ich mir auch noch Sorgen um Dich machen. Sei bitte vorsichtig.

31. Juli 1940

Liebe Maisie,

wo ist denn die Abenteuerlust geblieben, die ich so an Dir liebe? Wo ist die Neugier herauszufinden, was hinter dem nächsten Gipfel liegt; die Bereitschaft, sich kopfüber in ein Unternehmen zu stürzen, das Dir den Atem raubt? Ich sage immer zu den Jungs, wenn meine Verlobte ein Mann wäre, würde sie ihnen in der Luft die Hölle heißmachen.

Du brauchst Dich nicht um mich zu sorgen. Ich habe einen Schnappschuss von Dir in der Tasche, und wenn ich in Deine schönen Augen schaue, habe ich alles Glück, das ich brauche.

Dir ist doch klar, dass seine Zurückhaltung auf eine noch viel bessere Geschichte hoffen lässt. Komm, Watson, komm! Die Jagd beginnt!

Alles Liebe

Paul

Edinburgh, Freitag, 2. August 1940

Lieber Paul,

ich mache es. Für Dich. Aber nur für Dich.

Maisie

Edinburgh, Freitag, 2. August 1940

Sir,

oder sollte ich besser »Onkel Finlay« schreiben?

Ich gebe zu, Ihre Antwort hat mich verwirrt. War es eine Zurückweisung? Entmutigung? Die stumme Erlaubnis, Ihnen noch einmal zu schreiben?

Bitte, ich möchte Ihnen so viele Fragen über meine Mutter stellen, über Dinge, von denen sie mir nie erzählt hat. Sie müssen nicht zum Tee oder zu meiner Hochzeit kommen. Schenken Sie mir nur ein paar Augenblicke Ihrer Zeit, um mir etwas über meine Mutter zu schreiben.

Helfen Sie mir, die leeren Stellen aus dem »ersten Band« ihres Lebens zu füllen.

In Dankbarkeit

Margaret Dunn

Glasgow, 3. August

Margaret,

hast Du bedacht, dass Deine Mutter dieses Buch aus gutem Grund geschlossen haben könnte?

Hast Du auch bedacht, dass ein Mann vielleicht einfach in Ruhe gelassen werden möchte?

Ich habe wirklich nichts über Elspeth zu erzählen, das Du gerne hören würdest. Manche Enttäuschungen kann selbst die Zeit nicht vergessen machen.

Finlay MacDonald

Edinburgh, Montag, 5. August 1940

Lieber Onkel Finlay,

ich will keine alten Wunden aufreißen. Wirklich nicht. Ich will mich auch nicht in Deine persönlichen Angelegenheiten mischen. Ich möchte nur meine Mutter besser kennenlernen. Und ich glaube, dass Du ebenso gerne wissen möchtest, was sie *jetzt* macht, wie ich wissen möchte, was sie *damals* gemacht hat, sonst hättest Du mir nicht geantwortet. Und das gleich zweimal.

Ich hoffe auf Dein freundliches Entgegenkommen und

werde Dir im Gegenzug immer etwas über meine Mutter verraten. Wie Du mir, so ich Dir.

Herzliche Grüße

Margaret Dunn

Glasgow, 6. August

Margaret,

wie Du mir, so ich Dir. In den Schützengräben nannten wir das »leben und leben lassen«. Wenn die Deutschen nicht feuerten, feuerten wir auch nicht. Manchmal ließen wir ihnen ein bisschen Frieden, und sie schenkten uns ein bisschen Frieden zurück. Unsere Befehlshaber waren damit natürlich nicht einverstanden. Wir sollten immer als Erste feuern, um den Feind nervös zu machen. Um ihn davon zu überzeugen, uns in Ruhe zu lassen.

Du bist ein stures Mädchen, das muss ich Dir lassen. Genau wie Elspeth. Sie war so stur wie nur etwas, doch in einem Haus mit drei Jungs musste sie das wohl auch sein.

Wie Du mir, so ich Dir. Ich habe die Ansicht der Befehlshaber nie geteilt.

Finlay MacDonald

9. Kapitel

Elspeth

Chicago, Illinois, USA, 10. September 1914

Liebe Sue,

ich wünschte wirklich, ich wüsste einen guten Witz oder könnte Ihnen eine lustige Geschichte erzählen.

Haben Sie schon von Ihrem Mann gehört? Wissen Sie, ob er an die Front geschickt wird? Zumindest sind Sie dort oben auf Skye sicher. Dafür bin ich dankbar.

Und, Sue, vermutlich verstößt es gegen den guten Ton, das zu sagen, aber es bricht mir das Herz, dass Sie Ihr Baby verloren haben. Ich wünschte, ich würde die richtigen Worte dafür finden, aber ich weiß, dass ich sie in meinem Herzen trage.

Es gibt keine weiteren Fotos von mir in meinem karierten Jackett, aber ich verspreche, wenn ich mir das nächste

Mal einen albernen Mantel kaufe, werden Sie als Erste ein Foto davon bekommen. Ich bin beinahe versucht, mir einen zu kaufen, nur um Sie zum Lächeln zu bringen.

Sie haben Ihren Ehemann nie erwähnt. Natürlich wusste ich, dass Sie verheiratet sind, wegen »Mrs.« und so weiter, aber Sie haben nie über ihn gesprochen. Komisch, dabei haben wir sonst über fast alles gesprochen.

Bitte halten Sie mich auf dem Laufenden. Ich lese zwar Zeitung, aber hier, jenseits des Ozeans, kann man kaum nachvollziehen, was da drüben wirklich passiert.

Ich bin für Sie da.

David

Isle of Skye, 4. Oktober 1914

David,

ich habe endlich von Iain gehört. Sein Bataillon ist im Ausbildungslager in Bedford. Er rechnet damit, dass sie jeden Tag abkommandiert werden, aber das sagen wohl fast alle Männer. Was bleibt ihnen denn außer der Erwartung? Ein kurzer Brief, in dem er fröhlich von der Ausbildung und den Waffen berichtet und dass alle hoffen, »ein paar Hunnen zu erwischen«. Kein Wort über mich oder unser Heim oder das Kind, das ich verloren habe.

Mein Bruder Finlay hat sich auch zur Armee gemeldet, gleichzeitig mit Iain. Die beiden waren als Kinder unzertrennlich. Es war zu erwarten, dass sie auch gemeinsam in den Krieg ziehen. Meine Mutter weigert sich, meinen jüngsten Bruder Willie gehen zu lassen. Er ist ihr Baby, und sie will ihn so lange wie möglich bei sich halten. Ich glaube, Màthair hat einen Fehler begangen und den Falschen ziehen lassen. Willie war immer ihr Junge, aber wenn Finlay erst Geschmack an der Welt da draußen findet, wird er vielleicht nie mehr zurückkehren wollen. Er ist nicht zum Kleinbauern oder Fischer geschaffen. Ich glaube, das Einzige, was ihn nach Skye zurücklocken könnte, ist Kate.

Ich bin allein spazieren gegangen und habe versucht, einige Gedichte zu schreiben. Aber sie sind irgendwie verzerrt. Nicht ganz stimmig. Ich muss die Normalität zurückhaben. Ich muss alles um mich herum ausblenden können. Ich darf nicht an Iain oder Finlay oder die anderen Jungs denken, die sich anschicken, zu kämpfen und zu sterben.

Ich bin mir nicht sicher, weshalb ich Ihnen nicht von meinem Mann erzählt habe. Vermutlich passte es nie in unsere Gespräche. Jetzt aber bin ich es leid, Ihnen nicht immer die ganze Wahrheit zu sagen.

Elspeth

Chicago, Illinois, USA, 2. November 1914

Liebe Sue,

ich kann verstehen, wie sich Ihr Bruder Willie fühlt. Sie kennen mich, ich wäre auch nicht glücklich, wenn ich zurückbliebe, während alle anderen in den Krieg ziehen. Ich würde mir auch das Abenteuer wünschen.

Es mag nicht viel bedeuten, aber ich habe angefangen, die Märchen aufzuschreiben, die ich Florence erzählt habe. Eins habe ich diesem Brief beigefügt – »Der Käse des

Mäusekönigs«. Florence liebt Käse! Ich dachte, Sie könnten sich vielleicht damit die Zeit vertreiben. Allerdings ist es noch nicht fertig. Ich bin mir nicht sicher, wie es enden soll. Haben Sie eine Idee?

Das nächste Halbjahr hat begonnen, und ich bin ein wenig selbstsicherer, weil ich den Stoff schon einmal unterrichtet habe. Wir sind gerade mit der Geschichte der Chemie zu Ende (wobei wir mit den Alchimisten begonnen haben, dann Lavoisier, Mendelejew und so weiter). Meine Schüler haben grauenhafte Aufsätze abgeliefert. Wenn ich mir vorstelle, dass dies die nächste Generation von Staatsmännern und Rechtsanwälten sein soll – sie bringen nicht mal eine vernünftige Erörterung zustande! Als ich die Aufsätze las, die mir in diesem Alter (hoffentlich!) besser gelungen wären, musste ich unwillkürlich an Sie denken.

Sue, Sie müssen wieder schreiben. Zwingen Sie sich nicht, aber tragen Sie Stift und Papier bei sich, damit Sie, wann immer die Muse wiederkehrt, alles rasch niederschreiben können. Emerson hat gesagt: »Genie ist die Tätigkeit, die den Verfall der Dinge aufhält«, und er sprach dabei über Poesie. Wenn Sie wieder schreiben könnten, würde Ihnen das vielleicht helfen, in die ersehnte Normalität zurückzukehren.

Hören Sie jedenfalls nicht auf, mir zu schreiben, was immer auch geschieht. Für Sie mag es keine Poesie sein, aber ich habe Ihre Briefe niemals als etwas anderes betrachtet.

In Erwartung der Poesie
David

Isle of Skye, 29. November 1914

Lieber David,

oh, ich finde, das schreckliche kleine Mädchen sollte für immer eine Maus bleiben! Auf den Tisch klettern und das Brot von der anderen Seite holen? Ich hoffe, Ihre Nichte hat bessere Tischmanieren.

Nun, was könnten Sie Lottie antun, wenn sie keine Maus bleiben soll? Außer dass sie von Frau Eule gefangen und zu Mäusemousse verarbeitet wird? Sie muss irgendwie ihre Lektion lernen. Vielleicht könnte es etwas mit den Pasteten zu tun haben, die am Fenster ihrer Mutter abkühlen (oh, welche Versuchung ...). Oder sie muss den Mäusekönig auf irgendeine Weise retten und sich so seine ewige Dankbarkeit verdienen. Vielleicht verliebt sie sich auch in ihn? Ich könnte mir vorstellen, dass jemand in einem Gewand aus goldenem Samt und winzigen Schuhen ziemlich attraktiv aussieht. Fast so attraktiv wie in einem karierten Jackett. Es würde mich nicht überraschen, wenn sie sich in ihn verliebte.

Es wird Sie freuen zu hören, dass ich ein paar Gedichte zustande gebracht habe. Ich habe auf Ihren Rat gehört und immer Notizbuch und Stift bei mir getragen, und als ich eines Morgens gerade den Boden putzte (wie banal solche Dinge manchmal sind!), kam mir eine Idee. Ich setzte mich auf den nassen Boden, während mein Putzwasser abkühlte, und kritzelte ein Gedicht. Es ist nicht gerade Emersons »Genie«, scheint meine Gedanken in diesem Augenblick aber recht gut einzufangen.

Nun, da Iain weg ist, muss ich viele seiner Aufgaben

übernehmen. Gestern hat der Wind eines der Seile zerrissen, mit denen wir das Stroh am Dach befestigen. Nachts hat sich ein Bündel gelöst, und als ich morgens in die Küche kam, sah ich mich einem Haufen Schnee gegenüber. Sie hätten mich sehen sollen, wie ich mich mit einer Hand am Dach festklammerte, ganz wie Kiplings Bandar-Log-Affen, und mit der anderen versuchte, ein Strohbündel zu befestigen. Als ich wieder ins Haus kam, waren die Haare an Augenbrauen und Wimpern zusammengefroren, und ich musste an meinen Fingern lutschen, um sie aufzutauen, bevor ich mir eine Tasse Tee machen konnte. Ich trage fast nur noch Hosen, wegen der Arbeit, die ich verrichte. Ich weiß, dass Iain sich keine Gedanken darüber gemacht hat, als er beschloss, seinen jungenhaften Träumen vom Ruhm zu folgen.

Wissen Sie, Davey, die Nächte sind am schlimmsten. Ich sitze am Kamin, stricke oder halte ein ungelesenes Buch auf dem Schoß, doch meine Gedanken rasen dahin, und meine Ohren hören jedes Rasseln und Knarren. Ich gehe früh zu Bett, damit ich nicht denken und mich allein fühlen muss, doch ich kann nicht einschlafen. Ich gebe zu, ich habe alle Ihre alten Briefe hervorgeholt und noch einmal gelesen und bin manchmal, über und über bedeckt mit Ihren Worten, eingeschlafen. Dann hatte ich das Gefühl, dass Sie wirklich hier sind und ich nicht allein bin. Ich kann mir vorstellen, wie wir uns unterhalten. Ich weiß, es ist absurd, da wir uns nie richtig unterhalten haben und ich nicht weiß, wie Ihre Stimme klingt. Wissen Sie eigentlich, wie hochtrabend Ihre ersten Briefe waren? Sie wollten mich um jeden Preis beeindrucken.

Jetzt bin ich endlich müde. Also mache ich Schluss und blase die Kerze aus. Wenn das Wetter morgen hält, kann ich den Brief abschicken, aber die Post braucht heutzutage ziemlich lange.

Elspeth

Terre Haute, Indiana, USA, 23. Dezember 1914

Liebe Sue,

ich bin in Terre Haute und verbringe Weihnachten mit Evie, Hank und Florence. Ihr Brief kam an, als ich gerade zum Bahnhof fahren wollte, und ich habe mich über den angenehmen Lesestoff gefreut. Und er ist so ausführlich; die Winterabende auf Skye müssen wirklich lang sein.

Auf Ihre Vorschläge hin habe ich »Der Käse des Mäusekönigs« zu Ende geschrieben. Daher lege ich den Schluss der Geschichte bei, damit Sie ihn lesen (gutheißen?) können. Ich habe Florence die gesamte Geschichte vorgelesen, und sie ist auf und ab gehüpft und hat geschrien: »Noch mal! Noch mal lesen!« Wenn Sie ähnlich reagieren würden, wäre ich zufrieden.

Es freut mich zu hören, dass Sie von »jungenhaften Träumen vom Ruhm« sprechen, wo Sie doch sonst immer so bemüht sind, die Menschen nicht nach ihrem Geschlecht zu beurteilen. Hier gibt es viele Frauen, die Präsident Wilson beschimpfen, weil er Amerika aus den europäischen Turbulenzen heraushält. Amerika hat schon lange keinen Krieg mehr ausgetragen; wir sind ganz wild auf einen Kampf.

Gestern Abend beim Essen hat Evie eine Tirade gegen Wilson losgelassen. Unser Großvater hat im Bürgerkrieg gekämpft, und wir sind mit seinen Geschichten aufgewachsen. Der Mann konnte vielleicht erzählen! Bei niemandem sonst klang der Krieg so wenig nach Krieg. Er faszinierte sogar die kleine Evie so sehr, dass sie sich einen Schnurrbart anklebte und mit mir den ganzen Sommer über Kavallerie spielen wollte.

Obwohl es keinen Krieg gab, als Dad im besten Alter war, ging er nicht zur Armee, was seinen Vater zutiefst enttäuschte. Ich weiß nicht, ob Grandpa ihm das je verziehen hat. Er hielt Soldatentum und Krieg für eine Bürgerpflicht; Dad hingegen für Selbstmord. Wenn sich Amerika in den Kampf stürzt, melde ich mich vielleicht einfach nur, um Dad zu ärgern.

Aber wir brauchen jetzt fröhlichere Gedanken. Evie hat das Fest schon mit ihrem Kriegsgerede verdorben. Hank steht kurz davor, sie zum Schlafen in die Scheune zu schicken. Allerfröhlichste Weihnachten für Sie, Sue. Sie mögen zwar ganz allein in Ihrem kleinen Cottage sein, wissen aber, dass man Sie nicht vergessen hat und jemand dieses Weihnachten an Sie denkt.

David

Isle of Skye, 21. Januar 1915

Lieber Davey,

ein gutes neues Jahr und ein verspätetes Weihnachtsgeschenk für Sie. Mein neuestes Buch! Ihr Brief und die

Kiste mit den frisch gedruckten Büchern kamen am selben Tag an, also erhalten Sie eines der ersten Exemplare. Es erscheint mir jetzt seltsam, diese Gedichte zu lesen, weil sie alle vor dem Krieg entstanden sind. Sie unterscheiden sich völlig von den Themen meiner jüngsten Gedichte. In ihnen gibt es keine Blumen, Wolken und Sommertage. Ich schreibe jetzt über dunklere Dinge und Gefühle: Einsamkeit, Zorn, trostlose Winter. Ich bin mir nicht sicher, ob es gut ist, aber es hilft mir zumindest, meine »Dämonen zu bekämpfen«, wie man so sagt.

Ich höre so selten von Iain, dass es mich beinahe wahnsinnig macht. Meist nur über Finlay. Gott sei Dank, dass wenigstens mein Bruder Briefe schreibt. In der Tat bin ich vielleicht schon halb verrückt, da ich mit dem Gedanken spiele, ins Haus meiner Eltern zu ziehen, bis Iain heimkehrt. Vor ein paar Tagen bin ich auf dem Eis ausgerutscht und habe mir den Knöchel verstaucht. Zum Glück war ich gerade im Ort, um Lebensmittel zu kaufen, sodass mich jemand zum Arzt bringen konnte. Trotzdem mache ich mir Sorgen. Wenn es nun zu Hause passiert wäre? Ich habe kein Telefon und wäre ganz auf mich gestellt gewesen, bis jemand unerwartet vorbeigekommen wäre.

Außerdem habe ich die ganzen Arbeiten am Haus gründlich satt. Es ist Arbeit genug, einen kleinen Bauernhof zu betreiben, wenn man eine Familie hat, die hilft. Doch allein? Um mich herum scheint alles auseinanderzufallen. Ein weiteres Seil am Dach ist gerissen. Ich bin wieder hinaufgeklettert und habe gemerkt, dass alle Seile brüchig sind. Ich weiß nicht, ob sie schimmeln oder die Vögel daran picken oder ob es an meiner Technik liegt, aber sie fransen aus und lösen sich. Davey, verraten Sie mir bitte, was eine etablierte Dichterin im tiefsten Winter auf einem Strohdach zu suchen hat, ein Stück Seil aus Heidekraut zwischen den Zähnen. Sollte ich nicht lieber in einem Lehnstuhl am knisternden Kaminfeuer einer Bibliothek sitzen? Zusammen mit Ihnen?

Mir hat das Ende von »Der Käse des Mäusekönigs« sehr gefallen. Lottie ist erwachsen geworden, sie lernt zu teilen und Danke zu sagen. Allerdings finde ich die Idee, dass sie sich in den Mäusekönig verliebt, mitsamt kariertem Jackett und allem, immer noch herrlich. Wie gefällt Lara denn die Geschichte?

Geben Sie auf sich acht!

Elspeth

Chicago, Illinois, USA, 16. Februar 1915

Liebe Sue,

Sie werden es nicht glauben, aber ich habe eines meiner Märchen an eine Zeitschrift geschickt! Ich rechne vorerst nicht mit einer Antwort, dachte aber, dass Sie vielleicht stolz wären, weil ich den Mut gefunden habe, »Der Feenball im Dämmerlicht« loszuschicken. Ohne Ihre Ermutigung hätte ich die Geschichten nie aufgeschrieben. Was hat Sie eigentlich dazu gebracht, Ihre ersten Gedichte einzuschicken?

Ihr neues Buch ist wunderbar! Und Sie haben es sogar für mich signiert. Ich bin jetzt also ein »lieber Freund«? Ich sehe, was Sie mit den leichteren Themen meinen (natürlich kenne ich Ihre neuesten Werke nicht), doch vielleicht müssen wir alle in diesen Zeiten etwas über Blumen, Wolken und Sommertage lesen.

Ich bin jetzt nach den Ferien wieder in der Schule und habe meinen Schülern Zeitungen mitgebracht. Sie wissen bedauerlich wenig über das, was in Europa geschieht. Falls Wilson uns in den Krieg schickt, würden sich einige meiner älteren Schüler zu den Waffen melden. Jedenfalls wissen sie jetzt, dass der Balkan nicht in der Nähe von Schweden liegt.

Um Ihre Frage zu beantworten: Ich weiß nicht, was Lara von »Der Käse des Mäusekönigs« hält. Sie hat keine meiner Geschichten gelesen. Um ganz ehrlich zu sein, ich weiß gar nicht, was sie überhaupt liest. Ich wollte ihr einige meiner Lieblingsbücher leihen, aber sie lehnt immer ab und sagt, es seien »Bücher für Jungs«. Ich sehe sie eigentlich nur, wie sie Modezeitschriften und Gästelisten studiert, da wir gerade die Hochzeit planen. Danach hat sie hoffentlich mehr Zeit, um sich mal ein Buch zu gönnen.

Ich wünsche Ihnen Glück, wenn Sie bei Ihren Eltern einziehen. Sie sind eine tapfere Frau! Ich hier freue mich auf das genaue Gegenteil.

David

Isle of Skye, 8. März 1915

Lieber David,

kurz nachdem ich Ihnen geschrieben hatte, bekam ich einen Brief von Iain. Er teilte mir mit, dass sie nun endlich an die Front kommen und bereits am Freitag aufbrechen würden. Ich erhielt den Brief erst am Freitagmorgen, er war also schon weg.

Warum hat er mir kein Telegramm geschickt? Vielleicht hätte ich den Mut gefunden, auf die Fähre zu steigen, um meinen Mann ein letztes Mal zu sehen. Ich habe ihn kurz nach Kriegsausbruch zuletzt gesehen, das ist über ein halbes Jahr her. Ich weiß, dass er in der Zwischenzeit Urlaub hatte, da Finlay auch zu Hause war. Aber als ich ihn danach fragte, sagte er nur, er habe nicht genügend Geld gehabt, um den weiten Weg von Bedford hierherzufahren. Das macht mich so wütend! Ich habe eine bescheidene Summe aus den Einnahmen meiner Bücher gespart, aber Iain weigert sich standhaft, auch nur einen Penny davon anzunehmen. Er hätte seine Sturheit in den Tornister packen und sich von mir eine Fahrkarte kaufen lassen sollen, um mir Lebewohl zu sagen. Jetzt ist er an der Front, und wer weiß schon, ob wir uns noch einmal wiedersehen?

Von all dem abgesehen geht es mir gut. Die Not auf Skye ist nicht so groß wie in den Städten. Chrissie, die Witwe meines Bruders, lebt in Edinburgh und berichtet, welcher Mangel an Lebensmitteln dort teilweise herrscht. Immerhin haben wir unsere eigenen Erzeugnisse und so viel Milch, wie die Kühe geben. Um diese Jahreszeit ist es immer ein bisschen schwieriger, aber wir hoffen auf frisches Gemüse und reifes Obst. Ich habe noch einen anständigen Vorrat an Steckrüben, Kohlrüben, Kartoffeln und Räucherfisch, also kann ich mich nicht beklagen. Dafür geht mir allmählich der Tee aus, wenn möglich, gieße ich die Blätter zweimal auf. Zucker ist teurer geworden, aber es ist ja nicht so, als würde ich Marzipantorte oder Zuckerbiskuits backen.

Iain ist nun also in Frankreich, mehr weiß ich nicht. Ich bete, dass er und Finlay aufeinander aufpassen, so, wie sie es immer getan haben. Und ich bete, dass ihnen weiterhin nichts geschieht.

Elspeth

Chicago, Illinois, USA, 29. März 1915

Ich weiß gar nicht, was ich sagen soll. Ich versuche, mich in Ihre Lage, in Ihr Denken zu versetzen, damit ich mich einfühlen und mitfühlen kann. Aber es gelingt mir einfach nicht. Es tut mir leid.

Ich sollte eigentlich meinen Frack bürsten und die Rede üben, da die Hochzeit kurz bevorsteht. Und was mache ich stattdessen? Am Schreibtisch sitzen und Ihnen schreiben. Ich weiß, ich sollte aufgeregter sein angesichts der bevorstehenden Hochzeit, aber es ist wohl ganz natürlich, wenn man sich ein bisschen fürchtet. Nicht dass ich an meiner Entscheidung zweifle … aber die ganze Veranstaltung macht mir ein bisschen Angst. Lara ist aufgeregt genug für uns beide. Sie geht ganz in Anproben und geflüsterten Besprechungen mit ihren Freundinnen auf.

Ich kenne nicht alle Pläne, die sie geschmiedet haben, weiß aber, dass jeder, dem wir jemals begegnet sind oder dem zu begegnen wir hoffen können, eingeladen ist. Vermutlich werden die Platten mit den Vorspeisen größtenteils unberührt in die Küche zurückgehen, und dann gibt es noch einmal doppelt so viel Braten, wie unsere Gäste essen können. Die Frauen werden alle elegant und so eng geschnürt sein, dass sie nur am Essen knabbern können. Das wenige spülen sie mit genügend Champagner hinunter, um mehrere Badewannen zu füllen – der einzige Teil des Festmahls, auf den sich die Gäste mit echter Begeisterung stürzen –, und dann folgen Kuchen und Torten, die so süß sind, dass es einem Zahnarzt die Tränen in die Augen treiben würde. Danach kommen die Flitterwochen.

Und doch muss ich unwillkürlich an Sie denken, Sue, wie Sie allein in Ihrem Cottage sitzen und mit gesalzenem Fisch und Kartoffeln, dünnem Tee und ungesüßtem Kuchen über die Runden kommen müssen. Ich gestehe, dass ich ein schlechtes Gewissen habe; ich plane extravagante Feste und lasse es mir gut gehen, während Sie und die Jungs an der Front so viel tun und so wenig dafür zurückbekommen. Wenn mich jemand fragte, wo ich an meinem Hochzeitstag lieber sein möchte – in einem Zimmer voller Fremder, die sich über das Festmahl hermachen, oder allein in einem Cottage mit Ihnen, um dünnen Tee zu trinken –, ich wüsste, wofür ich mich entschiede.

David

Isle of Skye, 17. April 1915

David,

ich bin zu meinen Eltern gezogen. Es fiel mir einfach zu schwer, allein zu leben, und das in mehr als einer Hinsicht. Ich bin fast jeden Tag zum Postamt gegangen und habe auf eine Nachricht gehofft, bis mir klar wurde, wie jämmerlich das ist. Schlechte Nachrichten finden einen immer, egal, wie weit man läuft.

Außerdem war es zu anstrengend, das Cottage instand zu halten. Ich habe eine kühne Entscheidung getroffen und beschlossen, ein neues Haus zu bauen, ein modernes aus Stein mit einem Schieferdach und einem Schornstein. Ich bekomme Iains Trennungsgeld, und da er nicht hier ist, kann er es mir auch nicht verbieten. Ich habe schon die Tischler und alles bestellt. Hier eine kleine Zeichnung von meinen Plänen. Ich werde das alte Black House für die Tiere stehen lassen. Hühner kommen mir nicht mehr ins Haus!

Ich habe eine ganze Weile nichts von Iain gehört. Wenn es nicht so traurig wäre, würde ich lachen, da ich von einem Mann, dem ich nie begegnet bin, mehr Post erhalte als von meinem eigenen Ehemann. Doch wie sagt man, keine Nachrichten sind gute Nachrichten.

Ich weiß, dass ich es in meinem letzten Brief nicht erwähnt habe, aber ich bin tatsächlich stolz, dass Sie eins Ihrer Märchen an eine Zeitschrift geschickt haben. Haben Sie schon etwas gehört? Bitte halten Sie mich auf dem Laufenden.

Sie wollten wissen, wie ich den Mut gefunden habe, meine Gedichte einzuschicken. Das verdanke ich Finlay. Als wir aufwuchsen, waren wir nie zufrieden. Wir saßen am Strand, er schnitzte, und ich zeichnete oder schrieb. Wir hatten die Augen auf den Horizont gerichtet und brauchten keine Worte. Doch dann wurde er alt genug, um mit Vater hinauszufahren. Er ging fischen und ließ mich am Ufer zurück. Er brachte mir immer Steine mit, sodass ich das Gefühl hatte, ich wäre mitgefahren. Aber ich weiß, obwohl er fast jeden Morgen hinausfuhr, war es keine Flucht. Mit dem Boot hinauszufahren band ihn an die Insel. Er würde niemals von hier weggehen können. Und so nahm er mir das Versprechen ab, meine Gedichte einzuschicken, etwas von mir in die Welt hinauszusenden. Denn er war hier gefangen. Ich hingegen musste nur die Hand ausstrecken und nach dem Rest der Welt greifen.

Eine Woche lang stieg ich jede Nacht in die Schule ein, um die kostbare Schreibmaschine der Direktorin zu benutzen. Ich tippte, bis ich einen Stapel Gedichte zusammenhatte, die ich wegschicken wollte. In diesem Fall hat sich das Verbrechen tatsächlich ausgezahlt. Und der Rest ist, wie es so schön heißt, Geschichte! Ich war erst siebzehn, ob Sie es glauben oder nicht.

Mein Verleger ist erstaunlich geduldig mit mir und meinem Eremitendasein, hat mir letzte Woche aber einen ganz verblüffenden Brief geschrieben. Er hatte mich vor einer Ewigkeit um ein Foto gebeten, das er in einem meiner Bücher abdrucken wollte. Nun schreibt er, dass er, da ich anscheinend kein Foto hätte, einen Fotografen zu mir schicken wolle! Ich warte noch auf die endgültige Bestätigung, glaube aber, dass er in ein paar Wochen herkommen wird. Ich kann Ihnen gar nicht sagen, wie nervös ich bin, Davey! Ich bin noch nie fotografiert worden; ich habe mich noch nie durch die Augen (oder die Linse) eines anderen gesehen. Ich habe auch keine Ahnung, was ich anziehen soll. Wir wollen doch nicht, dass die Welt von Elspeth Dunns erstem und einzigem Porträt enttäuscht ist.

Irgendwann müssen Sie sich wegen der Hochzeit entscheiden, mein Lieber. Sie müssen entscheiden, ob Sie auf der Fähre sein wollen, wenn sie ablegt, oder ob Sie lieber auf dem festen Pier bleiben. Ich weiß, Sie sind kein Mann, der gerne wartet und zusieht, wie die Fähre davontuckert. Aber vielleicht ist es nicht Ihr Boot. Vielleicht fährt es nicht dahin, wo Sie hinwollen. Sie werden die richtige Entscheidung treffen. Ich glaube, Sie kennen sie schon.

E

Chicago, Illinois, USA, 9. Mai 1915

Liebe Sue,

es hört sich an, als ginge es Ihnen gut, obwohl Sie nicht wissen, was an der Front passiert. Wer weiß, vielleicht kann ich Ihnen bald aus erster Hand berichten, wenn Wilson endlich nachgibt. Nach der Sache mit der *Lusitania* schreien hier alle nach deutschem Blut. 1 200 Menschen, die nichts mit diesem Krieg zu tun hatten, sind mit dem Schiff untergegangen. Was schrieben Sie doch gleich in Ihrem ersten Brief? Wir hier in den Staaten seien alle Cowboys und Gesetzlose. Wenn wir rüberkommen, soll sich der Kaiser lieber warm anziehen!

Das Halbjahr neigt sich dem Ende zu, und ich hoffe, dass meine Schüler das Klassenzimmer etwas klüger verlassen. Viele tun den Krieg immer noch als europäisches Problem ab, aber inzwischen erkennen auch einige, dass er weit größere Ausmaße hat. Die Tage, in denen unsere Länder isoliert waren, sind vorbei. Wir leben im 20. Jahrhundert. Was ein Land betrifft, betrifft alle. Meine Schüler begreifen allmählich, dass es sich lohnt, für diese Welt zu kämpfen.

Sie haben wirklich den Mut gefunden, mit nur siebzehn Jahren Ihre Gedichte einzuschicken? Sie sind eine erstaunliche Frau, Sue! Und jung für eine so angesehene Dichterin, falls Sie nichts dagegen haben, dass ich ein bisschen rechne. Wenn Sie mit siebzehn angefangen haben, dürften Sie jetzt erst siebenundzwanzig sein. Von wegen »alt«, Sie sind doch nur vier Jahre älter als ich.

Ich hoffe, dass die Fotoaufnahmen gut verlaufen sind und Sie nicht Ihre alten Hosen angezogen haben oder sich zwischen den Schafen haben fotografieren lassen. Ich würde das Ergebnis gerne sehen.

David

Isle of Skye, 29. Mai 1915

Oh, Davey, dieser dumme, dumme Krieg!

Es gab eine große Schlacht bei Festubert. Das Bataillon, in dem die meisten Jungs von Skye kämpfen, war an vorderster Front, mitten im Zentrum. Fast alle Familien, die ich kenne, haben dort einen Sohn oder Ehemann oder Vater an den hungrigen Schlund dieses Krieges verloren.

Mein Bruder Finlay wurde schwer verletzt. Eine Granate schlug genau vor ihm ein. Sie hat ihn zum Glück nicht getroffen, aber sein linkes Bein aufgerissen, und es stecken Splitter darin. Er war nur einen Schritt von der Katastrophe entfernt. Màthair ist zu ihm gefahren – er hat den Heimatschuss erhalten, wie man so sagt, und ist in London im Krankenhaus. Ich bin ihr zum Pier gefolgt und war ganz kurz davor, die Fähre zu besteigen. Aber ich konnte es nicht. Nicht einmal für Finlay. Ich habe in meinen Ärmel geheult, weil ich so feige war, und dann habe ich ihm ein Gedicht auf mein Taschentuch geschrieben. Ich hoffe, dass es das ausdrückt, was ich ihm nicht sagen kann. Ich hoffe, er weiß, wie sehr ich ihn liebe. Ich warte hier auf Skye, dass Màthair mir schreibt, und bete, dass es nicht so schlimm ist, wie ich mir vorstelle.

Auch Iain wurde verletzt, aber nicht schwer, sodass er nach wenigen Tagen in die Schützengräben zurückmusste. Er hat mir nicht einmal einen Brief geschrieben, sondern eine vorgedruckte Feldpostkarte geschickt, auf der man das Unzutreffende streichen kann. Heraus kam eine ziemlich abgehackte Nachricht: »Ich wurde ins Lazarett gebracht/verwundet/erhole mich gut.« Dann folgte ein kurzer Brief, in dem er schrieb, es gehe ihm gut – nur eine Schramme an der Schulter, nichts Schlimmes –, aber ob ich ihm Zigaretten schicken könnte?

Und wissen Sie, was seltsam ist, Davey? Ich mache mir wirklich keine Sorgen, jedenfalls nicht um Iain. Ich fühle mich ein bisschen leer. Ich bin einsam, aber das ist zurzeit nicht ungewöhnlich. Ich verspüre auch Wehmut, weiß aber nicht, weshalb. Aber ich bin nicht traurig oder wütend oder ängstlich oder besorgt. Jedenfalls nicht im Augenblick.

Ich bete, dass Amerika nicht in den Krieg eintritt. Bleiben Sie, wo Sie sind. Lassen Sie sich nicht von einem Tyrannen provozieren. Sonst muss ich mir *doch noch* Sorgen machen.

Betend
Elspeth

Chicago, Illinois, USA, 15. Juni 1915

Liebe Sue,

warum fehlen mir immer die Worte, wenn Sie sie am meisten brauchen? Wenn ich das, was ich gerade über Sie denke, besser in Worte fassen könnte, würden Sie eine ganz feste briefliche Umarmung bekommen. Wie geht es Finlay?

Die Unordnung in Europa spiegelt die Unordnung in meinem eigenen Leben wider. Zunächst einmal ist Evies Mann krank. Anfangs sah es nicht so ernst aus, aber er hat ziemlich lange gebraucht, um sich zu erholen. Florence wohnt zurzeit bei meinen Eltern. Sie können sich vorstellen, wie besorgt Evie um ihre Gesundheit ist. Sowie Hank leichtes Fieber bekam, schickte sie Florence von zu Hause weg.

Ich habe die Hochzeit verschoben. Lara tobt. Ich habe gesagt, es sei unpassend, das Fest weiter zu planen, während Hank so krank sei. Ich glaube, sie dachte, ich hätte andere Gründe. Wenn ich ehrlich bin, glaube ich das auch. Vielleicht haben Sie recht. Vielleicht ist es einfach nicht mein Boot. Obwohl ich nicht erwarte, dass sie sich damit zufriedengibt.

Heißt es nicht, das Unglück schlage immer dreimal zu? Wenn Hanks Krankheit das erste und meine aufgeschobene Hochzeit das zweite Unglück war, dann besteht das dritte darin, dass man mir gesagt hat, ich müsse im nächsten Schuljahr nicht wiederkommen. Man war sehr höflich, doch im Grunde haben sie mich gefeuert. Es heißt, die Eltern hätten es missbilligt, dass ich Zeitungen mitgebracht und meinen Schülern von der *Lusitania* und anderen Gräueltaten erzählt hätte. Mami und Papi wollten nicht, dass ihre Schätzchen erfahren, wie schrecklich die Welt in Wirklichkeit ist. Da sitze ich nun, versuche, ihnen etwas beizubringen, und werde gefeuert, weil ich es zu gut mache. »Halten Sie sich an das Periodensystem«, hat man mir gesagt.

Und ich hatte auch kein Glück mit dem »Feenball im Dämmerlicht«. Die Zeitschrift hat die Geschichte mit der unpersönlichen Mitteilung zurückgeschickt, sie entspreche nicht ihren Anforderungen. Sie müssten sie »mit Bedauern ablehnen«. Ablehnung ist Ablehnung. Wie Sie sehen, scheitere ich auf ganzer Linie.

Aber es wurde wohl nie etwas ohne eine gewisse Hartnäckigkeit vollbracht. Ich werde einen neuen Hochzeitstermin festsetzen, die Stellenangebote lesen und meine Geschichte an eine andere Zeitschrift schicken. Ich wäre nicht »Mort«, wenn ich vor jeder Herausforderung zurückschreckte. Ich bin vom Regenrohr gestürzt und habe mir das Bein gebrochen, aber ein paar Monate danach bin ich erneut am selben Regenrohr hinaufgeklettert.

Gut ist, dass ich endlich mein Elternhaus verlasse. Harry hat nach seiner Rückkehr in die Staaten eine Wohnung gemietet, und ich werde mit ihm dort einziehen. Es ist, als wären wir wieder zusammen in England.

Die andere gute Sache in meinem Leben sind Sie.

Ich hoffe, bei Ihnen sieht es jetzt besser aus, liebe Sue.

Ich denke an Sie.

David

Isle of Skye, 2. Juli 1915

Lieber David,

Finlay hat sein Bein verloren. Nur unterhalb des Knies, aber das ist mehr, als man verlieren möchte. Er hat sich nicht getraut, es Màthair zu schreiben. Natürlich ist es ihr egal. Sie dankt Gott, dass er am Leben ist. Genau wie wir alle. Er ist zur Genesung und Therapie nach Edinburgh ins Krankenhaus gekommen und wird nach Skye zurückkehren, sobald er die Prothese tragen kann. Mit unseren weiten Spaziergängen ist es wohl vorbei, aber zumindest habe ich meinen Bruder wieder.

Ich habe mir ziemliche Sorgen gemacht, als ich Ihren Brief las, weil er so ernst klang. Ihnen ist so viel zugestoßen, dass es selbst den unerschütterlichsten Menschen bedrücken kann. Ich war sehr erleichtert zu hören, dass Sie immer noch der alte »Mort« sind, der Junge, der mit einem Sack voller Eichhörnchen fröhlichen Herzens an einem Regenrohr hochklettert. Wenn mein Davey angesichts der Gefahr nicht fröhlich lachen würde, wäre nichts mehr richtig auf dieser Welt. Warum, glauben Sie, habe ich in all dem meine Lebensgeister bewahrt? Wie, meinen Sie, habe ich es geschafft, in diesem Meer von Chaos nicht unterzugehen?

Das Fotografieren hat gut geklappt. Als Màthair nach London gefahren ist, habe ich eine Postüberweisung geschickt und sie gebeten, mir ein Kleid zu kaufen, etwas Hübsches, Modernes. Ich habe wohl zu viel geschickt, denn sie kam mit einem vernünftigen braunen Wollkostüm samt Bluse, einem absolut praktischen Kleid (grau wie der schottische Winterhimmel) und einer ganz und gar frivolen rosafarbenen Robe zurück. Das rosa Kleid ist hauchdünn und kommt mir ungeheuer unanständig vor, weil ich nur diese weiten, schlampigen Sachen gewöhnt bin. Doch wenn ich es anhabe, ist es, als trüge ich einen Regenbogen, und ich sehe um Jahre jünger aus, so als gäbe es keinen Krieg, der mir Sorgen bereitet.

Der Fotograf überredete mich zu dem rosa Kleid, weil ich darin eher wie eine Dichterin aussähe – »ätherisch« hat er es genannt. Natürlich wollte er mich draußen fotografieren, vor der Landschaft, über die ich schreibe, und er postierte mich im Garten, am Kiesstrand und sogar zwischen den Schafen. Ich komme mir ziemlich albern vor, denn welches Mädchen aus dem Hochland trägt schon ein hauchdünnes Nichts von einem Kleid, wenn es Schafe hütet oder auf Hügel steigt. Aber ich darf mich nicht beschweren, denn die Bilder sind recht gut geworden. Man sieht nicht einmal, dass ich darunter meine alten schwarzen Stiefel trage. Meine Mutter hat einen kleinen Blumengarten, und die Fotos, die dort gemacht wurden, sind wohl am gelungensten. Es war erstaunlich, mein eigenes Gesicht auf einem Foto zu sehen. So distanziert habe ich mich noch nie betrachtet. Der Fotograf hat mir einige Abzüge geschickt, und hier ist einer davon. Jetzt wissen Sie, wie ich wirklich aussehe. Hoffentlich sind Sie nicht enttäuscht.

Gestern Abend habe ich vor dem Cottage gesessen und zugesehen, wie der Mond aufging, Notizbuch und Stift auf dem Schoß. Im Garten roch es nach Fingerhut und Geißblatt, vermischt mit dem prickelnden Geruch des Meeres.

Es war so kühl, dass mich keine Mücken plagten. Màthair hat mir eine Thermosflasche mit Tee gebracht, bevor sie ins Bett ging. Ich bin die ganze Nacht draußen geblieben. Ich hatte meinen warmen Tee und mein Notizbuch. Was kann man sich sonst wünschen? Die Nacht schien so bedeutungsvoll, so ergreifend, eine jener schottischen Nächte, in denen man versteht, weshalb manche immer noch an Geister und das kleine Volk glauben. Ich war erwartungsvoll, obwohl ich nicht wusste, was ich erwartete. Als mein Vater morgens herauskam, um die Kühe zu melken, war ich auf der Bank neben dem Haus eingeschlafen – »taubedeckt wie eine Fee«, wie er sagte. Jetzt wissen Sie, woher ich meine Poesie habe!

Im Augenblick bin ich recht zufrieden, doch die Zufriedenheit ist zerbrechlich wie eine Eierschale. Ich hege sie und versuche, sie vor dem Donner und Krach jenseits des Kanals zu schützen. Ich habe große Angst, dass etwas so laut explodieren könnte, dass es bis zu meiner kleinen Insel heraufdringt.

E

Chicago, Illinois, USA, 21. Juli 1915

Liebe Sue,

ich habe Ihr Foto auf meinem Schreibtisch stehen, während ich das hier schreibe, und versuche, mir vorzustellen, wie Sie meinen Brief lesen. Ihre Beschreibung – sie ist Ihnen nicht gerecht geworden. Ich kann gar nicht sagen, wie reizend ich Sie finde.

Nachdem ich Ihr Bild gesehen habe, weiß ich auch, weshalb Ihr Dad Sie für eine Fee gehalten hat, die im Garten eingeschlafen ist. Wäre ich mir nicht sicher, dass Sie größer als mein Daumen sind, hätte ich vermutet, Ihr Kleid bestünde aus Rosenblättern und Spinnweben. Sie sehen magisch aus inmitten der Blüten. Und schauen so wehmütig drein. Woran haben Sie gedacht, als das Foto aufgenommen wurde?

Mir war nicht klar, dass die Geschichten meiner verrückten Streiche und albernen Unternehmungen Ihnen so wichtig sind, um »in diesem Meer von Chaos nicht unterzugehen«. Ich hatte nie gehofft, mehr zu ernten als ein herzliches Lachen oder einen Applaus für meine wagemutigen Taten. Jetzt ist mir, als müsste ich einer Vorstellung gerecht werden, stelle mich aber wie immer der Herausforderung. Falls Sie glauben …

Nachdem ich diese Absätze geschrieben hatte, ist etwas passiert. Harry hat Lara in mein Zimmer geführt, um mich zu überraschen, und dabei hat sie den Brief entdeckt. Ehe ich michs versah, hatte sie ihn geschnappt und gelesen. Lara hat die Verlobung endgültig gelöst und sogar den Ring in den Papierkorb geworfen. Sie glaubt, ich sei in Sie verliebt, und sagt, sie könne nicht mit jemandem in Wettstreit treten, der längst gewonnen habe.

Für ein Mädchen, das nicht mal das College beendet hat, ist sie ganz schön schlau.

David

Isle of Skye, 4. August 1915

Davey, oh, Davey! Das hättest Du nicht schreiben dürfen. Hättest Du es nicht geschrieben, steckte ich nicht in dieser Zwickmühle. Ich könnte einfach so weiterleben und meine Geheimnisse für mich behalten. Ich würde weiterhin erwarten, Witwe zu werden, und in den Zeitungen nach jeder neuen Verlustliste suchen. Du würdest mein fröhlicher Briefpartner bleiben, ein Bewunderer meiner Gedichte und interessanter Freund. Und das hast Du mit Deinem letzten Brief verdorben. Du kannst nie wieder nur mein »interessanter Freund« sein.

Was soll ich nur sagen? Ich sollte sagen, dass es schrecklich anmaßend von Dir ist, einer verheirateten Frau zu schreiben, Du seist in sie verliebt. Aber was *möchte* ich sagen? Ich *möchte* sagen, dass Du es vermutlich nicht geschrieben hättest, wenn Du Dir meiner Gefühle nicht halbwegs sicher wärst.

Woran ich gedacht habe, als das Foto gemacht wurde? Ich glaube, das weißt Du ganz genau, Davey. Ich habe an Dich gedacht.

Sue

Chicago, Illinois, USA, 20. August 1915

Meine liebe Sue,

weißt Du eigentlich, wie nervös ich auf Deine Antwort gewartet habe? Wäre ich ein Spieler, hätte ich darauf gewettet, dass Du gar nicht antwortest. Aber der kleine Teil von mir, der in jedem Deiner Briefe Anzeichen und Hinweise entdeckt hat, der Teil von mir, der nicht nur zwischen den Zeilen, sondern auch darüber und darunter gelesen hat, dieser Teil hätte darauf gewettet, dass Du zurückschreibst und genau weißt, wovon ich spreche. Ich bin froh, dass dieser Teil von mir die Wette gewonnen hat, denn der Gewinn ist so viel größer.

Was passiert jetzt? Wenn Du um die Ecke in Chicago lebtest, würde ich Dich zum Essen einladen. Oder auch nicht. Was macht man mit einer verheirateten Frau, außer sie in Ruhe zu lassen?

Wie Du siehst, ich richte hiermit mal wieder einen schönen Schlamassel an. Was immer »hiermit« auch sein mag. Du hast gesehen, dass ich im Augenblick an allen Fronten scheitere. Ich bin ein Kerl, der nichts außer seinem Mumm hat. Warum solltest Du einen Kerl wie mich wollen?

Fragt sich
David

Isle of Skye, 6. September 1915

Davey, Davey, Davey,

Du bist doch sonst kein Grübler. Warum denkst Du so viel darüber nach? In den vergangenen drei Jahren haben wir die Dinge genommen, wie sie kamen, und es ist Liebe daraus geworden. Müssen wir unbedingt planen, was als Nächstes geschieht? Müssen wir das überhaupt wissen?

Ich hoffe, Dir ist klar, dass ich Dich nie als »einen Kerl, der nichts außer seinem Mumm hat« betrachtet habe.

Wenn Du wüsstest, wie Du mich am Leben erhältst, wie Du mich wachrüttelst, nur, weil ich weiß, dass Du an mich denkst. Du hast mich dazu gebracht, wieder zu schreiben, als meine Muse scheinbar verschwunden war. Du hast mich daran erinnert, dass ich nicht nur eine Eremitin bin. Ich habe jetzt mehr als früher. Ich habe Dich.

Glaubst Du wirklich, Du müsstest Dich beweisen? Glaubst Du wirklich, Du müsstest irgendetwas anderes tun, als weiter da zu sein? Das ist alles, was ich von Dir verlange. Sei einfach da.

Ich denke an Dich.

Sue

Chicago, Illinois, USA, 28. September 1915

Sue,

hier ist so viel geschehen. Du wirst es nicht glauben – ich gehe an die Front! Harry hat eine Anzeige des American Ambulance Field Service gesehen. Man sucht nach Krankenwagenfahrern für die französische Armee. Wilson kann sich einfach nicht dazu durchringen, uns Amerikaner in den Krieg zu schicken, also müssen wir uns selbst einen Weg suchen.

Denk doch nur – ein Auto fahren, so schnell ich kann, während Granaten über meinen Kopf hinwegsausen und das Überleben von Männern davon abhängt, dass ich so wagemutig und furchtlos fahre, wie ich nur kann. Kannst Du Dir etwas Besseres für mich vorstellen? Als Lehrer habe ich nicht getaugt, aber das hier … das kann ich.

Wir werden nicht bezahlt, aber mein Großvater hat mir ein kleines Treuhandvermögen hinterlassen. Harry hat schon gesagt, dass wir in Frankreich unser Geld zusammenwerfen, und wenn wir uns von Bohnenkonserven oder Vollkornbrot oder was auch immer ernähren müssen. Von meinem Vater habe ich nichts zu erwarten!

Harry und ich waren gestern Abend zum Essen bei meinen Eltern, um ihnen die Neuigkeiten mitzuteilen. Meine Mutter verließ den Tisch und wischte sich die Augen, während mein Vater fragte: »Warum um Himmels willen wollt ihr nach Frankreich?« Harry lehnte sich zurück und sagte: »Zum Teufel, wenn ich das weiß. Aber es wird ein verdammt spannendes Abenteuer.« Er prostete meinem Vater mit seinem Madeiraglas zu, worauf dieser rot anlief. Ich befürchtete schon einen Schlaganfall.

Wir haben hier noch einiges zu tun. Wir müssen uns gegen Typhus impfen lassen und abwarten, bis der American Ambulance Field Service die offiziellen Unterlagen ans Außenministerium geschickt hat. Außerdem benötigen wir Bürgschaften von unseren Banken. Wir müssen unsere Ausrüstung zusammenstellen (Stiefel, Pullover, Autohandschuhe), aber die Uniformen bekommen wir in Paris. Und Fotos! Ich brauche ein Dutzend Abzüge von meinem Passfoto für Führerscheine und Ausweise. Ich habe eine Menge zu tun, und wir versuchen, alles so schnell wie möglich zu erledigen.

Wir haben uns offiziell für sechs Monate verpflichtet und können danach um drei Monate verlängern. Harry und ich haben gesagt, sie könnten uns mindestens für ein Jahr einplanen. Wir machen keine halben Sachen.

Es ist, als hätte ich endlich meine Bestimmung im Leben gefunden, Sue, und ich kann es kaum erwarten, dort anzukommen!

Überschwänglich

Davey

Isle of Skye, 15. Oktober 1915

David, Du benimmst Dich wie ein dummer kleiner Junge! Hast Du wirklich erwartet, ich würde mich über Deinen Plan *freuen?* Mit einem Ehemann an der Front und einem Bruder, den dieser verfluchte Krieg zum Krüppel gemacht hat?

Ich begreife einfach nicht, warum Du das tust. Was bist Du Frankreich schuldig? Oder irgendeiner anderen Nation? Warum fühlst Du Dich verpflichtet, Dich in die Torheiten diesseits des Ozeans einzumischen? Was lässt Dich glauben, dieser Krieg hätte irgendetwas mit Dir zu tun?

Hast Du auch nur einen Moment lang an mich gedacht? Dass ich Dir erst kürzlich zaghaft und zögernd mein Herz dargeboten habe, weil ich nicht meinen, wohl aber Deinen Gefühlen vertraute? Und jetzt hast Du es in Deiner Hast davonzulaufen einfach zertreten.

Ich wollte nur, dass Du da bist. Warum gehst Du weg?

Chicago, Illinois, USA, 31. Oktober 1915

Liebe Sue,

sei bitte nicht mehr wütend auf mich. Du erwartest doch nicht, einmal abgesehen von dem Gerede über »Pflicht« und »Patriotismus«, dass ich mir dieses ultimative Abenteuer entgehen lasse?

Meine Mutter schwebt mit roten Augen und schniefend durchs Haus. Mein Vater spricht noch immer nicht mit mir. Und doch ist mir, als hätte ich etwas richtig gemacht. Ich habe mein Studium vermasselt. Ich habe meine Arbeit vermasselt. Verdammt, sogar mit Lara habe ich es vermasselt. Ich dachte schon, dass es für einen Kerl, dessen größte Leistung im Leben mit einem Sack lebender Eichhörnchen zu tun hatte, überhaupt keinen Ort auf dieser Welt gibt. Bisher hat sich niemand für mein Draufgängertum und meine impulsive Art interessiert. Du weißt, dass es richtig für mich ist. Gerade Du, die immer Dinge über mich zu wissen scheint, bevor ich sie selbst bemerke. Du weißt, dass es richtig ist.

Ich reise morgen nach New York und verlasse mich darauf, dass meine Mutter den Brief abschickt. Wenn Du ihn liest, befinde ich mich auf einem Schiff irgendwo auf dem Atlantik. Obwohl wir einen Nachlass für die Fahrkarte bekommen, wenn wir mit der französischen Linie fahren, wollen Henry und ich lieber zuerst nach England. Er hat seine Minna dort drüben. Und ich … habe Dich. Wie die Ritter aus alter Zeit kann keiner von uns in den Kampf ziehen, ohne ein Pfand seiner Liebsten in den Ärmel zu stecken.

Ich werde irgendwann Mitte November in Southampton ankommen und von dort aus nach London fahren. Sue, bitte sag mir, dass wir uns diesmal treffen. Ich weiß, für mich ist es leichter, darum zu bitten, sehr viel leichter als für Dich, weil Du Deine Zuflucht auf Skye aufgeben musst. Lass mich nicht an die Front gehen, ohne Dich zum ersten Mal berührt zu haben, ohne zu hören, wie Du meinen Namen sagst. Lass mich nicht an die Front gehen, ohne eine Erinnerung an Dich im Herzen zu tragen.

Für immer und ewig der Deine
Davey

TELEGRAMM
S 8.25 SOUTHAMPTON
15. NOV. 15

E. DUNN ISLE OF SKYE=
FAHRE NACH LONDON BIN WIEDER
IM LANGHAM KABLE WENN ANGEKOMMEN=
d+

TELEGRAMM
S 15.07 PORTREE
15. NOV. 15

D. GRAHAM LANGHAM HOTEL=
DONNERSTAG HALB SIEBEN KINGS CROSS
SCHOTTISCHER SONDERZUG=
WARTE AUF MICH LIEBSTER=
SUE+

10. Kapitel

Margaret

Edinburgh, Mittwoch, 7. August 1940

Lieber Onkel Finlay,

meine Mutter ist ein sehr verschlossener Mensch. Ich weiß nicht, wie sie vor meiner Geburt war, ich habe immer nur erlebt, dass sie alles völlig für sich behält. Wenn sie über die Vergangenheit spricht, dann nur über ihre Kindheit. Nicht über Freundschaft, nicht über Sehnsucht, nicht über Liebe oder Verlust. Sie bewegt sich einfach in der Gegenwart.

Sie hat ihre festen Abläufe, Dinge, die sie jeden Tag tut. Morgens geht sie spazieren. Am Water of Leith. Durch den Holyrood Park. Früher, bevor sie befestigt wurden, auch an den Stränden und Hafenbecken entlang. Sie läuft bis an den äußersten Rand der Stadt und wieder zurück. Bei jedem Wetter, zu jeder Jahreszeit geht sie dort draußen spazieren. Manchmal bringt sie einen Ginsterzweig mit, legt ihn auf ihr Kopfkissen und riecht daran; sie bringt die ersten Schneeglöckchen mit, um an das Versprechen des Frühlings zu erinnern.

Nach ihrem Spaziergang geht sie in die St. Mary's Cathedral und sitzt dort. Nicht während der Messe; sie geht hin, wenn die Kirche still und verlassen ist. Die Priester kennen sie alle beim Namen. Sie ist diejenige, die nur dasitzt und den Frieden der Kathedrale genießt.

Aber dieser Krieg hat meine Mutter mehr beunruhigt als alles zuvor. Bevor sie verschwand, begann sie, ihre braune Bibel in der Handtasche zu tragen. Sie ging nicht mehr so weit wie früher. Sie schien sich aufzulösen.

Ich weiß, dass der Krieg Furcht einflößend ist, vor allem, wenn man schon einen erlebt hat. Aber warum Mutter? Warum gerade jetzt?

Margaret Dunn

Glasgow, 8. August

Margaret,

Du solltest lieber fragen: »Warum nicht alle anderen?« Warum erstarrt nicht jeder, der älter als fünfundzwanzig ist, wenn er das Wort Krieg nur hört?

Elspeth hat nie in der Vergangenheit gelebt. Schon als Mädchen hatte sie das Gesicht immer zur Sonne gekehrt. Doch sie konnte ihre Gefühle nie im Zaum halten. Unser Bruder Alasdair pflegte immer zu sagen, sie wolle zu sehr von allen geliebt werden. Damals haben wir das auch getan.

Das war Elspeths Problem. Sie empfand alles zu stark. Als der Krieg alle um sie herum bedrohte, griff sie nach dem Erstbesten, was sie zu fassen bekam, wollte so viel Glück erhaschen wie nur möglich. Als wenn das Leben wirklich so funktionierte. Sie hat die Zerstörung herausgefordert und wurde zerstört. Niemand von uns konnte sie an ihren Entscheidungen hindern. Es überrascht mich nicht sonderlich, dass dieser Krieg sie an den anderen erinnert. An die Zeit, in der sie unsere Familie in Stücke gerissen hat.

Finlay MacDonald

Edinburgh, Freitag, 9. August 1940

Lieber Onkel Finlay,

ist es das? Hat Mutter deshalb nie über ihr Leben auf Skye – abgesehen von ihren Kindertagen – gesprochen? Hat sie deshalb nie erwähnt, dass ich einen Onkel habe, der nur eine kurze Zugfahrt entfernt in Glasgow wohnt? Was hat meine die Kirche besuchende, die Natur liebende Mutter getan, um eine Familie in Stücke zu reißen?

War es wegen Sue?

Margaret

Glasgow, 10. August

Margaret,

danach solltest Du sie lieber selbst fragen. Ich kann Dir nicht helfen. Ich kenne keine Sue.

Finlay MacDonald

Edinburgh, Montag, 12. August 1940

Lieber Onkel Finlay,

ich kann sie nicht fragen. Sie ist weg. Sie ist verschwunden.

Letzten Monat ist eine Bombe auf unsere Straße gefallen. Abgesehen von den zerbrochenen Fenstern war bei uns kaum etwas kaputt, aber in dem Durcheinander habe ich Briefe gefunden, die ich noch nie gesehen hatte. Ganze Stapel von Briefen. Ich habe einen aufgehoben. Er war an eine Frau namens »Sue« gerichtet und stammte von einem Amerikaner namens Davey. Ich weiß nicht, wer die beiden sind oder was in den anderen Briefen steht, denn am nächsten Morgen war meine Mutter mitsamt den Briefen verschwunden.

Daher kann ich sie nicht fragen. Ich kann sie nicht einmal finden. Würde ich mich wohl an geheimnisvolle Onkel wenden, wenn ich nicht verzweifelt wäre?

Margaret

Glasgow, 13. August

Der Amerikaner? Darum geht es also? Nach all den Jahren immer noch der Amerikaner?

Ich konnte sie damals nicht an ihren Entscheidungen hindern und kann es jetzt auch nicht. Bitte schreibe mir nicht mehr.

Finlay MacDonald

Edinburgh, Mittwoch, 14. August 1940

Lieber Paul,

es hat funktioniert. Onkel Finlay hat mir nach und nach etwas über meine Mutter erzählt. Sie habe »unsere Familie in Stücke gerissen«. Und dann erwähnte ich den Brief und den Amerikaner, und seither schreibt er mir nicht mehr. Ich weiß nicht, was ich falsch gemacht habe! Wie passt dieser Amerikaner in die Geschichte meiner Mutter? Was ist vor so vielen Jahren passiert?

Margaret

London, 10. August 1940

Meine Margaret,

ich habe wohl Dutzende von Briefen geschrieben, um Dir zu erklären, wohin ich gegangen bin. Aber dann habe ich die Briefe durchgesehen, die ich bei mir hatte, und mich gefragt, ob Du überhaupt noch in Edinburgh bist.

Vielleicht hast Du Dich schon auf die Suche nach dem Geheimnis gemacht.

Einer meiner Briefe fehlt: der, den Du an jenem Abend vom Boden aufgehoben hast. Ich weiß genau, welcher es ist. Es ist der Brief eines törichten, wunderbaren Jungen, der in den Krieg zieht, um sich als Mann zu beweisen. Der die Frau, die er liebt, bittet, ins große Unbekannte aufzubrechen. Nach London, in seine Arme – beides ist gleichermaßen einschüchternd. In dem er sie herausfordert, ihm zu vertrauen. Lächerlich, dass ein solcher Junge überhaupt keine Angst empfand, während sich die Frau, an die er diese Briefe schrieb, davor fürchtete, das sichere Ufer zu verlassen. Sich davor fürchtete, dem Verfasser des Briefes zu begegnen. Sich davor fürchtete, ihr Herz wieder zu öffnen.

Und als der Krieg meine Mauern niederriss und die Erinnerungen hervorholte, wo sollte ich hinfahren außer nach London? Ich musste herausfinden, ob die Geister noch immer hier umgehen, so, wie sie es in Edinburgh tun.

Einmal, vor zu langer Zeit, habe ich mich verliebt. Es war eine unerwartete, schwindelerregende Liebe. Ich wollte sie nicht loslassen. Er hieß David und war ein wunderbarer Mensch. Er nannte mich »Sue« und schrieb mir Briefe, legte seine Gefühle in jeden Strich des Stiftes. Wenn er mir schrieb, fühlte ich mich auf meiner kleinen Insel nicht so allein.

Doch der Krieg tobte, und es war weder die richtige Zeit noch der richtige Ort für eine neue Liebe. Im Krieg können die Gefühle durcheinandergeraten, können Menschen verschwinden und Ansichten sich ändern. Vielleicht war es falsch, sich so plötzlich zu verlieben. Was vor so vielen Jahren geschehen ist, was mit David geschehen ist, kostete mich meinen Bruder. Es kostete mich sehr viel.

Ich frage mich, ob ich es heute anders machen würde. Ob ich Entscheidungen träfe, die meine Familie zusammenhielten. Die verhinderten, dass ich den Rest meines Lebens allein verbringen muss.

Das frage ich mich seit mehr als zwanzig Jahren. Aber als ich im Zug nach London saß, umgeben von Daveys Briefen, wurde mir klar, dass ich nichts anders gemacht hätte. Natürlich wünsche ich mir, Finlay wäre nie weggegangen. Aber ich hätte die wenigen strahlenden Jahre voller Schönheit, trotz der Einsamkeit, die auf sie folgte, um nichts in der Welt missen wollen. Ich verdanke Dich den Entscheidungen, die ich damals getroffen habe. Und darum hat sich alles, was vorher geschah, gelohnt.

Ich hoffe, Du verzeihst mir, wenn ich Dir nicht alles erzähle. Aber die Vergangenheit ist vergangen. Ich liebe die Gegenwart mit Dir. Ich wollte nie, dass etwas daran rührt.

Alles Liebe zum Geburtstag, meine Margaret. Ich komme zu Dir nach Hause, wenn ich die Antworten gefunden habe, die ich brauche.

In Liebe
Mutter

11. Kapitel

Elspeth

The Langham, London, 27. November 1915

Davey,

Du setzt Dich vermutlich gerade auf Deinen Platz und hörst zu, wie der Zug aus London hinausrattert. Tut mir leid, dass ich Dich nicht zum Bahnhof gebracht habe, ganz ehrlich. Ich habe mir selbst nicht vertraut. Wäre ich mit Dir zum Bahnhof gegangen, hätte ich mich an Deinen Arm geklammert und Dich nicht gehen lassen. Jetzt aber bereue ich, dass ich nicht dabei war, dass ich mich um die letzte Chance, Dein liebes Gesicht zu sehen, gebracht habe.

Ich gestehe, ich war ziemlich wütend auf Dich, nachdem meine Tränen getrocknet waren. Ich hatte wohl gedacht, ich könnte Dich zum Bleiben überreden. Wenn ich

Dir alles gäbe, könntest Du mich nicht zurücklassen. Natürlich hätte ich Dir so oder so alles gegeben. Wie hätte ich etwas zurückhalten können? Die Tage mit Dir waren vollkommen.

Doch auf der Fahrt im Zug hatte ich Angst, noch größere Angst als in dem Augenblick, als ich mit geschlossenen Augen und angehaltenem Atem die Fähre betrat. Bei jeder Bewegung des Bootes wünschte ich mich nach Hause, wo sich der Boden unter mir nicht bewegt. Im Zug aber war es noch schlimmer. Er brachte mich nicht nur von zu Hause weg, ins Unbekannte. Er brachte mich zu Dir.

Ich weiß, dass Du mich liebst. Daran habe ich nie gezweifelt. Drei Jahre wohlüberlegter Worte, behutsamer Formulierungen, das »Sue« immer mit besonderer Sorgfalt auf die Umschläge geschrieben. Ich weiß, ich hatte keinen Grund, mich wegen unserer Begegnung zu sorgen. Und doch habe ich es getan. All das hast Du für eine Elspeth gemacht, die Du nur aus ihren Briefen kanntest, eine geistreiche und weltgewandte Frau, die Amerikanern unbekümmert Briefe schreibt, die über Bücher diskutiert und Gedichte aus dem Ärmel schüttelt.

Doch diese Gedichte schreibe ich bei trübem Kerzenschein, während über mir die Vögel im Stroh nisten. Ich reibe mir die brennenden Augen, wenn ich Deine Briefe zusammengekauert am qualmenden Torffeuer lese. Für meine Nachbarn bin ich nur Elspeth, der komische Vogel, die Frau, die statt mit der Spindel mit einem Buch in der Hand in den Ort geht. Als wir uns London näherten, fragte ich mich unwillkürlich, ob Du mich genauso sehen würdest.

Doch als ich in King's Cross ausstieg, begegnete ich in der Menge Deinem Blick, und meine ganze Angst schmolz dahin. Du hast hinter das elegante rosafarbene Kleid geblickt, hinter die Haare, die ich eine Stunde lang glatt gestrichen hatte, hinter meine Versuche, wie eine Frau auszusehen, die durchs halbe Land reist, um einen faszinierenden Amerikaner zu treffen. Du hast die wirkliche Elspeth gesehen. Du hast mich gesehen.

Hast Du wirklich geglaubt, ich würde Dich ohne die alberne rote Nelke im Knopfloch nicht erkennen? Hast Du geglaubt, ich würde nicht den Romantiker in Dir erkennen? Ich habe Dein Bild so oft angesehen, dass sich Dein Gesicht von innen in meine Augenlider gebrannt hat. Jetzt weiß ich, dass meine Träume keine bloße Fantasie sind.

Aber Dich in Fleisch und Blut, in Farbe vor mir zu sehen ist mehr, als ich mir erhofft hatte. Wusstest Du, dass Deine Augen genauso braun und grün sind wie die schottischen Hügel im Winter? Und Du bist so viel größer, als ich dachte. Du hast den Schnurrbart abrasiert, mit dem Du Dir so viel Mühe gegeben hattest, und Deine Haare sind kürzer, aber ich verspürte trotzdem den Drang, mit den Fingern durch diese rotblonden Locken zu fahren.

Du wirktest so schüchtern, als Du mich am Bahnhof abgeholt hast, fast als würdest Du mich nicht kennen. Und ich konnte nicht glauben, dass mein Davey, der Junge, der seitenweise über Bücher und Baumkriege und seine Nichte schreiben kann, beim Abendessen nicht mehr als zehn Worte herausbrachte! Ich glaube, ich habe genug für uns beide geredet. Aber ich war nervös, es war mein erstes Essen in einem Restaurant. So viele Leute, so viele Gabeln und nicht ein einziger Haferkeks in Sicht. Aber als wir zurück zum Langham gingen und Du meine Worte mit einem Kuss erstickt hast, der mir den Atem nahm, habe ich den Davey erkannt, den ich liebe. In diesem Moment habe ich den furchtlosen Jungen gesehen, der mein Herz gestohlen hat.

Ach, das Langham! Ich kam mir vor wie eine Prinzessin, als ich durch die Eingangstür trat. Lauter Marmor und Glas und elektrisches Licht, wie in einem Palast. Hast Du nicht damit gerechnet, dass ich mit auf Dein Zimmer komme? Es kam mir jedenfalls so vor, denn Deine Augen wurden ganz groß, und Deine Hände haben gezittert, als ich es vorschlug. Du hast den Zimmerschlüssel fünfmal fallen lassen; ich habe mitgezählt. Aber letztlich gab es keinen Grund, nervös zu sein.

Ich wünschte, wir hätten die ganze Zeit dort drinnen bleiben können. Neun vollkommene Tage. Jeden Morgen aufzuwachen und den lustigen, überraschten Blick in Deinen Augen zu sehen, weil ich immer noch da war. In Deinen Armen einzuschlafen, während unsere träge Unterhaltung in der Dunkelheit verklang. Ich sammelte jedes Wort wie eine Perle und reihte sie auf für meine einsamen Nächte daheim auf Skye. Bei Dir habe ich zum ersten Mal einen amerikanischen Akzent gehört. Am liebsten mag ich es, wenn Du damit »Ich liebe dich« sagst.

Ich weiß, Du musstest gehen. Selbst nach alldem, selbst nach *mir*, musstest Du gehen. Und ich hasse mich, weil ich es hasse. Ich hasse mich selbst, weil ich auch nur eine einzige Sekunde unserer kostbaren Zeit darauf verschwendet habe, mir zu wünschen, es wäre anders gekommen.

Natürlich kann ich Dir das alles nicht persönlich sagen. Ich würde kaum etwas herausbringen. Der Klang unserer Stimmen war so … *sonderbar*. So banal. Ich gestehe, ich konnte es gar nicht abwarten, wieder zu Papier und Stift zu greifen und Dir zu schreiben, was ich empfinde. Und Dir zu sagen, dass sich mein Verstand mit meinem Herzen und meinem Körper verschworen hat, damit ich Dich unglaublich vermisse, mehr, als ich je für möglich gehalten hätte.

Ich liebe Dich. Pass auf Dich auf. Pass für mich auf Dich auf.

Sue

The Langham, London, 29. November 1915

Mein Liebster,

vermutlich hast Du meinen letzten Brief noch nicht bekommen, aber ich dachte, ich kann gar nicht früh genug schreiben, wie sehr ich Dich vermisse. Das Hotel ist so groß und einsam ohne Dich (hat der Raum ein Echo, oder ist das nur meine Fantasie?). Der Duft von Orangen hängt noch in der Luft, und ich schwöre, dass ich immer noch Deinen Umriss auf der Matratze sehe. So reizend das Langham auch sein mag, bedauere ich nicht, es zu verlassen. Ohne Dich ist es bei Weitem nicht so reizend.

Ich war heute einkaufen. Davey, warum hast Du mir nichts von all den Büchern erzählt? Während ich spazieren war, bin ich um eine Ecke gebogen und stand plötzlich in einer Straße voller Buchhandlungen. Du kannst ruhig lachen, aber selbst wenn ich meiner Fantasie freien Lauf gelassen hätte, wäre ich nicht auf die Idee gekommen, dass es Geschäfte *nur für Bücher* gibt. Ich muss wohl wie eine Landpomeranze ausgesehen haben, als ich durch die Tür des erstbesten Ladens trat und Stielaugen machte, während ich die endlosen Regale betrachtete. Es war Foyles, daher hat es eine ganze Weile gedauert, bis ich wieder blinzelnd im Sonnenlicht stand. Ich schwöre, ich habe ein Dutzend Mal vollkommen die Fassung verloren. Den Rest des Tages bin ich von einem Ende der Charing Cross Road zum anderen gewandert und in jede einzelne Buchhandlung geschlüpft und nie herausgekommen, ohne mindestens ein Buch gekauft zu haben. Ich bekam Übung darin, beiläufig »Schicken Sie das ins Langham« zu sagen, und war ganz baff, als ich abends im Hotel die ganzen Pakete vorfand.

Ich habe mich gefragt, was ich Dir kaufen soll, Liebster, da Du nicht so viel Platz in Deinem Tornister hast. Um den Launen des Schicksals zu trotzen, braucht ein Mensch eigentlich nur die Bibel und W. S. Ich vermute, dass Du schon eine Bibel besitzt, also schicke ich Dir Scotts *Lady of the Lake* und die kompakteste Shakespeare-Ausgabe, die ich finden konnte. Und das letzte bisschen Platz im Paket habe ich mit Dryden gefüllt. Immerhin sind »Worte nur Bilder unserer Gedanken«.

Am komischsten war der Moment, als ich in einer Buchhandlung auf meine eigenen Bücher stieß. Ich sah wohl belustigt aus, als ich *Wellen gen Peinchorran* in die Hand nahm, denn eine Verkäuferin eilte auf mich zu. »Reizende kleine Gedichte«, erklärte sie ganz ernsthaft. »Die Autorin lebt im schottischen Hochland. Man bekommt einen wunderbaren Eindruck von dem dortigen Aberglauben und dem geradezu primitiven Lebensstil.« Ich nickte weise, ging mit dem Buch zur Verkaufstheke und signierte mit einem unübersehbaren »Elspeth Dunn«. Dann gab ich der verblüfften Verkäuferin das Buch zurück und sagte möglichst leichthin: »Wir sind zwar Wilde, aber unsere Jungen fressen wir dann doch nicht.«

Jetzt lasse ich mir Wasser für ein langes, luxuriöses Bad ein; ein Bad, für das ich nicht selbst das Wasser heranschleppen und warm machen muss. Es ist himmlisch, sich einfach nur ins dampfende, nach Rosenöl duftende Wasser zurückzulehnen. Morgen früh treffe ich mich mit meinem Verleger in Cecil Court (wo es, wie er mir versprochen hat, weitere Buchhandlungen gibt!). Von dort aus fahre ich zurück zum Bahnhof und nehme den Zug nach Norden. Ich werde Dir wieder schreiben, wenn ich zu Hause bin, halte aber Daumen, Zehen und vielleicht sogar Augen (wenn niemand hinschaut) gedrückt, dass ein Brief von Dir auf mich wartet.

Mit jeder Faser meines Wesens
Sue

Paris, 5. Dezember 1915

Meine Sue,

was für eine Überraschung, bei meiner Ankunft nicht nur einen, sondern gleich zwei Briefe von Dir vorzufinden!

Ich hatte viel zu tun, bin von einem Ende der Stadt zum anderen gelaufen, um den Papierkram zu erledigen, meine

Uniform und die restliche Ausrüstung zu kaufen und die Fahrprüfung abzulegen. Habe ich Dir schon gesagt, dass ich auf der Reise über den Atlantik den kindischen Drang verspürt habe, zuerst nach Paris und dann nach London zu fahren, damit ich Dich in Uniform begrüßen kann? Ich glaube, sie steht mir ganz gut. Jetzt bin ich so schön hergerichtet, und es geht trotzdem nicht los!

Bis wir an die Front kommen, wollen wir noch jedes bisschen Zeit genießen. Unsere Uniformen bescheren uns alle möglichen Privilegien – Theaterkarten zum halben Preis, billige Drinks. Es macht Spaß, aber … es ist nicht das schillernde Paris, an das ich mich erinnere. Viele Theater und Varietés sind geschlossen oder öffnen nur sporadisch. Die Cafés schließen früh, und nachts wird die Straßenbeleuchtung gedimmt. Selbst fern der Schützengräben ist Paris eine Stadt im Krieg.

Ich freue mich sehr über die Bücher, aber das hast Du sicher gewusst, als Du sie gekauft hast. Du bist entschlossen, mich zum Lyrikleser zu bekehren, was? Habe ich Dir nicht gesagt, dass Elspeth Dunn die einzige Dichterin für mich ist? Ich habe in meinem Seesack gerade noch Platz für den Shakespeare, aber Harry wird Dryden und W. S. lesen, und dann tauschen wir.

Die Bibel habe ich seit meiner Erstkommunion. Ein kleiner, schmaler Band in braunem Leder, die Seiten so dünn wie Libellenflügel – sie passt genau in meine Tasche. Meinen Namen habe ich in runden, kindlichen Buchstaben hineingeschrieben, und irgendwo im Buch Ruth liegt eine Haarsträhne von Evie, sodass mich die Bibel unwillkürlich an zu Hause erinnert.

Ich habe auch meine zerlesene Ausgabe von *Huckleberry Finn* mitgebracht, eher zum Trost als zum Lesen, denn ich kann das Buch praktisch auswendig. Aber dieser eselsohrige Band war immer das Erste, was ich in meinen Koffer gepackt habe, wenn ich etwas Belastendes oder Aufregendes vor mir hatte – Krankenhausaufenthalte (von denen es, wie Du weißt, mehr als einen gab), meine erste Ozeanüberquerung, den Beginn meines Studiums, den Umzug in die eigene Wohnung. Ich nehme ihn heraus, lese darin und fühle mich sofort in den grünen Lehnsessel in der Bibliothek meiner Eltern zurückversetzt. Daher ist es kein Wunder, dass ich das Buch auch hier dabeihabe.

Vielleicht bin ich abergläubisch, aber ich betrachte es auch ein bisschen als Talisman. Meine Mutter hat es gekauft, um Evie und mir vorzulesen, als wir damals die Masern hatten. Einen Tag, nachdem wir mit dem Buch durch waren, ging Evies Fieber zurück. Seither verbinde ich diesen kollektiven Seufzer der Erleichterung immer mit *Huck Finn*.

Du wunderst Dich vermutlich, weshalb der unbesiegbare Mort einen Talisman braucht. Nun, Sue, ich habe Angst. Zum ersten Mal im Leben fürchte ich mich wirklich vor etwas Ungreifbarem. Auf der Überfahrt ging es mir gut, ich war sogar neugierig auf das, was mich in Frankreich erwartet. Allerdings habe ich nicht bedacht, was ich in London finden würde. Ich habe etwas gefunden, für das es sich lohnt zurückzukehren. Ich habe Dich gefunden, Sue.

Der Junge, der nie vor irgendeiner tollkühnen Tat zurückgeschreckt ist, in die Knie gezwungen von einer Frau, der er gerade erst begegnet ist. Aber was für einer Frau! Als Du aus dem Zug gestiegen bist und dieser Sonnenstrahl durchs Glasdach fiel und Dich erglühen ließ, hätte selbst ein Atheist die Hand Gottes erkannt.

Selbst nachdem Du in den Schatten getreten warst, hast Du den ganzen Tag lang wie eine Kerze geleuchtet. Du hast geredet, und ich hörte einen Chor von Seraphim. Du hast Deine Hand auf meinen Arm gelegt, als wir den Bahnhof verließen, aber ich spürte die Berührung von Flügeln. Ich gebe zu, es klingt ein bisschen blumig, aber so habe ich es empfunden. Ich habe Dich erblickt, dann war da dieser Sonnenstrahl, und ich bekam plötzlich Angst. Ich bekam Angst, dass Du in einer Wolke aus Seifenblasen verschwinden könntest, dass ich im nächsten Augenblick von einem Bus überfahren werden, dass die Welt untergehen könnte, bevor unsere Welt überhaupt begonnen hatte.

Erst als wir im Taxi saßen und Du beinahe auf meinen Schoß gefallen bist, als wir zu schnell um die Ecke bogen, wurde mir klar, dass Du wirklich aus Fleisch und Blut bist. Meine Haut erinnerte sich an jede Stelle, die Du berührt hast, und dieses Gefühl ließ den ganzen Nachmittag lang nicht nach. Ich weiß nicht, ob dieser kleine Zwischenfall Dich ebenso beeindruckt hat wie mich, aber er erinnerte mich daran, mit wem ich zusammen war. Nicht mit einem unerreichbaren Engel, sondern mit einer Frau, die ich besser kenne als die Linien meiner eigenen Handfläche.

Dennoch hatte ich Angst. Ich wollte keinen falschen Schritt machen. Dieser erste Abend war perfekt. Abendessen, Tanzen, der Spaziergang durch den Regent's Park.

Ich wollte es nicht mit einer unangemessenen Andeutung zerstören. Ich wollte – o Gott, wie sehr ich es wollte –, aber ich hätte es niemals über mich gebracht, darum zu bitten.

Ich muss Dir ein kleines Geständnis machen. Vielleicht hast Du es schon geahnt. Ich war zum ersten Mal mit einer Frau zusammen. Auf *diese* Weise, meine ich. Weißt Du noch, wie Du die Decke über meine Schultern gezogen hast? Ich habe nicht gezittert, weil mir kalt war; ich habe mich zu Tode geängstigt. Natürlich hatte ich eine *ungefähre Vorstellung* von dem, was ich zu tun hatte – darüber reden ja alle Kerle –, aber keine richtigen Anweisungen. Ich wollte es nicht falsch anfangen. Und dann hast Du gelacht und mich wieder geküsst, und dieses Lachen verriet mir, dass Du genauso nervös warst wie ich. Woher sollte ich denn wissen, dass es keine Anweisungen gibt? Woher sollte ich wissen, dass es … so sein kann?

Aber Du hast recht, es ist eine Schande, dass wir in diesen neun glückseligen Tagen überhaupt das Zimmer verlassen mussten. Vermutlich ließ es sich nicht vermeiden. Ich hätte gut darauf verzichten können, Harrys Trauzeuge zu sein, und Minna hätte sich mit jeder Frau außer ihrer Mutter zufriedengegeben. Am Bahnhof musste Harry sie förmlich von sich losreißen. Sie hat den Kopf nach hinten geworfen und ihm einen aufreizenden Kuss zugehaucht, als er in den Zug stieg. Doch ich habe noch einmal zurückgeschaut und gesehen, wie ihre Entschlossenheit in sich zusammenfiel und sie einen Augenblick lang wie ein kleines Mädchen aussah. Angesichts ihres Auftretens vergesse ich manchmal, wie jung sie noch ist.

Als wir mit Harry und Minna im Standesamt saßen, musste ich unwillkürlich an unsere eigene Zukunft denken, Sue. Wenn ich mein Jahr abgeleistet habe und von der Front zurückkomme, was machen wir dann? Welche Möglichkeiten bleiben uns?

Harry meckert, weil ich das Licht ausschalten und ins Bett gehen soll. Er hat gerade einen Stiefel nach mir geworfen, der mürrische Mistkerl. Es sind nur wenige Stunden, bis wir wieder aufstehen müssen, also werde ich ihm vielleicht den Gefallen tun, solange er mich nicht länger als Zielscheibe missbraucht.

Dir all das zu schreiben hat meine Ängste ein bisschen beschwichtigt. Solange ich Deine Briefe habe, eine Rettungsleine, die von Schottland bis hierher reicht, geht es mir gut. Ich habe gesagt, dass ich das Buch als Talisman mitgebracht habe, aber Sue, in Wirklichkeit bist Du mein Talisman.

Ich liebe Dich.

David

Edinburgh, 12. Dezember 1915

Mein Liebster,

Dein Brief hat mich heute kurz nach meiner Ankunft in Edinburgh erreicht, wo ich von einer völlig verblüfften Chrissie an der Wohnungstür empfangen wurde. Ich hatte mir Zeit gelassen bei der Rückreise nach Schottland, ein paar Tage in York verbracht und die Abteien im schottischen Grenzland besichtigt. Da ich schon einmal meine

Insel verlassen hatte, wollte ich mir so viel wie möglich ansehen. Ich dachte, es könnte ganz lustig sein, unverhofft bei Chrissie vor der Tür zu stehen. Zu sagen, dass sie schockiert war, wäre eine Untertreibung.

Es ist ziemlich überwältigend, von einem einsamen Cottage in ein Mietshaus zu kommen, in eine winzige Wohnung voller Kinder und Lärm. Immerhin hat Chrissie mir ein eigenes Zimmer gegeben, indem sie mir das Sofa im kleinen Wohnzimmer überließ. Mir ist oft schwindlig, und ich habe Kopfschmerzen von dem ganzen Geschnatter, aber es ist herrlich. Die Kinder von Chrissie und Alasdair sind so groß geworden! Kein Wunder, es sind sechs oder sieben Jahre vergangen, seit sie Skye verlassen haben. In dieser Zeit werden sie wohl kaum geschrumpft sein. Meine Nichte Emily wird jetzt elf und ist schon eine richtige Dame. Die Jungs, Allie und Robbie, sind acht und sechs und ganz schön anstrengend. Als ich Robbie das letzte Mal gesehen habe, konnte er noch nicht laufen, und jetzt rennt er herum und erzählt Witze und rechnet im Kopf. Angesichts des Krieges erscheinen sie beinahe unanständig lebhaft.

Würdest Du mir verraten, ob Du irgendetwas brauchst, Davey? Die Preise hier in Edinburgh mögen zwar hoch sein, sind aber vermutlich immer noch niedriger als bei Dir in Frankreich. Ich habe in London genügend Bücher gekauft, um Dir welche zu schicken, falls Du wieder Platz in Deinem Tornister hast. Wirf doch einfach einen Becher oder Deine Waffen weg. Mach Platz für die wirklich wichtigen Dinge, Liebster!

Ich weiß genau, was Du mit dem Trost und Glück meinst, die Dir Deine viel geliebte Ausgabe von *Huck Finn* verschafft. Weil ich mein Cottage so selten verlasse, erlebe ich nicht so viele angsterfüllte Augenblicke wie Du. Aber es ging mir genauso, als ich Willie überredet habe, mir die Augen zu verbinden und mich auf die Fähre zu schubsen. Mein Glücksbringer ist ein Stück Bernstein, klar und durchsichtig wie Honig. Finlay hat es mir mitgebracht, als er das erste Mal mit Vater hinausfuhr. Seither begeistere ich mich für Geologie. Ich trug es lange Zeit in meiner Tasche, und wenn ich traurig war, holte ich es heraus und hoffte, seine Magie zu entdecken. Wenn ich in der Schule vorlesen oder eine Prüfung ablegen musste, tastete ich in meiner Tasche nach seiner tröstlichen Form. Der Bernstein ist ziemlich glatt geworden und hat eine nette kleine Vertiefung, in die mein Daumen passt. Natürlich habe ich ihn als Erstes eingepackt, bevor ich Skye verließ.

Es ist lustig, was Du über den Sonnenstrahl auf dem Bahnhof schreibst. Ich weiß genau, was Du meinst, doch leider habe ich das weniger poetisch empfunden. Ich habe versucht, Dich in der Menge zu erkennen, als das lächerliche Sonnenlicht durchs Fenster fiel und mich blendete. Und der zufällige Zusammenstoß im Taxi? Vielleicht hätte ich dieselbe Elektrizität gespürt, wenn es mir nicht so unglaublich peinlich gewesen wäre, so unelegant auf Deinem Schoß zu landen.

Ich will Deine romantischen Eindrücke nicht zerstören, Liebling. Immerhin bin ich eine Dichterin und durchaus in der Lage, ebenso sentimental zu sein wie Du.

Natürlich war ich vor unserer ersten Begegnung nervös, aber ich hätte im Traum nicht gedacht, dass Du es auch warst. Und ängstlich? Ich dachte, das wäre ein Fremdwort für Dich. Ich hätte es sogar für möglich gehalten, dass Du so etwas schon einmal getan hast – einer Frau, die Du nie zuvor gesehen hattest, Deine unsterbliche Bewunderung zu erklären; Dich der französischen Armee anzuschließen, nur damit Du den Atlantik überqueren kannst, und sie dann in ein extravagantes Londoner Hotel zu locken.

Als wir das Zimmer betraten, habe ich gemerkt, dass Dein Selbstbewusstsein einen Riss bekam. Ich war mir nicht sicher, ob es Dein erstes Mal war, daran gedacht habe ich schon. Aber Du hast recht: Auch ich hatte Angst. Ich glaube, alle Erfahrung der Welt kann einen nicht darauf vorbereiten, das erste Mal mit einem geliebten Menschen zusammen zu sein. Aber hätten wir uns Sorgen machen müssen? Es hat doch wunderbar geklappt – sonst hätten wir es nicht so oft wiederholt!

Ich weiß nicht, was uns die Zukunft bringt. Aber müssen wir jetzt darüber grübeln? Es gibt genügend Sorgen, ohne dem Gewirr noch einen weiteren Strang hinzuzufügen. Du konzentrierst Dich einfach darauf, den Granaten und Kugeln auszuweichen, und ich konzentriere mich darauf, Dir zu schreiben und Dich mit jedem Tag, der vergeht, mehr zu lieben.

Die Deine

Sue

12. Kapitel

Margaret

Edinburgh, Mittwoch, 14. August 1940

Lieber Onkel Finlay,

ich weiß, Du hast mich gebeten, Dir nicht mehr zu schreiben, aber ich bin alt genug, um nicht immer das zu tun, worum man mich bittet.

Meine Mutter hat mir geschrieben. Sie ist in London. Wenn Du mir das vor einem Monat erzählt hättest, ich hätte es nicht geglaubt. Doch nachdem ich mehr über ihr Leben auf Skye erfahren habe, bin ich bereit, alles zu glauben.

Sie hat mir von David, »dem Amerikaner«, erzählt und dass sie ihn jahrelang geliebt hat. Sie hatte nicht damit gerechnet, konnte aber nicht ohne ihn leben. Und wenn ich an ihr Gesicht denke, als sie die Briefe vom Boden aufsammelte, kann sie es auch jetzt nicht. Aber es wird Dich vielleicht freuen zu hören, dass sie es getan hat. Meine Mutter hat die letzten beiden Jahrzehnte allein mit mir verbracht. Ohne den Abend, an dem die Bombe fiel, an dem der Krieg ihr ins Herz schnitt, hätte ich es nie geahnt. Ich hätte nie gemerkt, wie einsam sie war. Ich hätte nie erfahren, was sie verloren hat.

Sie hat nie darüber gesprochen, dass sie geliebt oder verlassen wurde. Sie hat nie über meinen Vater gesprochen. Was ist aus David geworden? Was ist vor all den Jahren mit ihnen geschehen?

Margaret

Edinburgh, Mittwoch, 14. August 1940

Lieber Paul,

Du wirst es nicht glauben, meine Mutter ist in London. Jagt dort alten Erinnerungen nach. Und ich bin hier und versuche, meinem unsympathischen Onkel die richtigen Fragen zu stellen, weil ich denselben Erinnerungen nachjage.

Sie hat mir endlich geschrieben und eine Art Erklärung geliefert. Paul, meine Mutter war »Sue«. Die Briefe waren alle für sie. Eine große Romanze, mitten im letzten Krieg. Mit einem Amerikaner! Ich weiß nicht, wie meine Mutter auf der Isle of Skye einen Amerikaner kennengelernt hat. Doch was immer aus ihm geworden ist, er war der Grund, aus dem ihr Bruder von zu Hause weggegangen ist.

Als ich zum Stift griff, um ihr zu antworten und all die

Fragen zu stellen, die mir durch den Kopf gehen, wurde mir klar, dass sie keine Adresse genannt hat. Nur »London«. Ich könnte sämtliche Londoner Hotels anschreiben, ohne sie zu finden. Wenn ich nur wüsste, wo sie damals gewohnt hat, würde mir das sicher einen Hinweis liefern.

Paul, ist es falsch, ihr Leben zu erforschen? Sollte ich die Vergangenheit lieber ruhen lassen, so, wie sie es möchte? So, wie mein Onkel es möchte? So wie alle außer mir es anscheinend möchten?

Margaret

16. August 1940

Liebe Maisie,

die ganzen Nachteinsätze haben mir gezeigt, dass einem die Vergangenheit nicht weiterhilft, wenn man in der Klemme sitzt. Erinnerungen sind gut und schön, wenn man sich an ihnen festhalten möchte, mir aber hilft die Aussicht, neue Erinnerungen zu erschaffen, das alles zu überstehen.

Ich habe es Dir nie gesagt, aber ich wurde in Frankreich abgeschossen, unmittelbar vor der Evakuierung. Wenn ich es Dir in Plymouth erzählt hätte, hättest Du Dir solche Sorgen gemacht, dass Du mich nie mehr in den Zug gelassen hättest. Es war nicht schlimm – ich bin rechtzeitig vor dem Aufprall abgesprungen und, wie Du siehst, glimpflich davongekommen. Ich bin mit vielen anderen zu den Stränden von Dünkirchen geflohen, aber dort war nichts von unseren Flugzeugen zu sehen. Nur die verdammte deutsche

Luftwaffe, die versuchte, unseren Jungs den Weg zu den Schiffen zu versperren.

Was auch geredet werden mag, wir – die R. A. F. – waren in Frankreich und nicht nur an den Stränden. Wir waren im Landesinneren und haben versucht, die Deutschen daran zu hindern, die Küste zu erreichen. Doch das wussten die Männer, die auf die Evakuierung warteten, die unten auf dem Sand beschossen wurden, nicht. Ich habe zusammen mit ihnen an diesem Strand gewartet, in meiner Uniform, und habe versucht, die funkelnden Blicke und geknurrten Fragen, wo die R. A. F. denn bleibe, zu ignorieren.

Wenn ich innehalten und mich daran erinnern würde, wie ich mich vor den Bomben geduckt habe, während nur mein Helm und meine verschränkten Hände mich vor den Kugeln schützten; wenn ich innehalten und mich daran erinnern würde, wie wir uns meilenweit dahingeschleppt haben, bis die Jungs vor mir auf eine Mine gestolpert sind; wenn ich innehalten und mich daran erinnern würde, wie ich im Dunkeln gehockt habe und nicht wusste, ob mein Name auf der nächsten heulenden Granate stehen würde; wenn ich innehalten und mich an die gemurmelten Worte der Jungs um mich herum erinnern würde, die nicht wussten, dass ich dort oben gewesen bin und meine Pflicht getan habe, würde ich keinen Schritt mehr gehen. Ich muss mir immer vor Augen halten, dass ich bald wieder bei Dir bin. Mehr kann ich nicht tun.

Doch während ich mich bemühe, die Vergangenheit zu verdrängen, damit ich nach vorn schauen kann, bist Du frei in dem, was Du tust. Du hast mehr Fragen als Erinnerungen, mehr Geheimnisse als Erkenntnisse. Du musst

Dich umschauen. Gegenwart und Zukunft entstehen aus der Vergangenheit. Ich weiß, dass Du herausfinden willst, woher Du kommst, bevor Du wissen kannst, wohin Du gehst.

Gib nicht auf, mein Mädchen. Unsympathische Onkel? Die können es nicht mit Dir aufnehmen.

In Liebe
Paul

Edinburgh, Montag, 19. August 1940

Lieber Onkel Finlay,

sie hat Dich in dem Brief erwähnt, den sie mir aus London geschrieben hat.

Sie hat mir erzählt, wie glücklich sie mit David war, wie schwindelerregend verliebt, aber dass es sie ihren Bruder gekostet habe. Dass Du Skye verlassen hättest und sie es furchtbar bereue.

Sie hat mir die Gründe nicht genannt, und ich will sie auch nicht danach fragen. Natürlich bin ich neugierig – wer wäre das nicht angesichts eines Familienzwists, über den nur im Flüsterton gesprochen wird –, aber ich weiß, dass es mich nichts angeht. Hattest Du etwas gegen Amerikaner? Gegen Kriegsromanzen? Ich hoffe, der Grund war bedeutsam genug, bedrohlich genug, dauerhaft genug, um Jahrzehnte ohne Deine Familie zu rechtfertigen.

Aber eins solltest Du wissen: Ob sie ihre Entscheidungen nun bereut oder nicht, sie bereut, dass sie Dich verloren hat. Hätte sie in den vergangenen zwanzig Jahren gewusst, wo Du bist, hätte sie es Dir persönlich gesagt. Sie hatte schon einen Bruder verloren; wie kannst Du glauben, sie könnte es noch einmal ertragen?

Margaret

Glasgow, 20. August

Margaret,

sie sagt die Wahrheit. Sie war in den Amerikaner verliebt. Mehr als das – es klang wie ein Märchen, als sie es erzählte. Ein zufälliger Brief, aus dem eine jahrelange Korrespondenz wurde, die Wörter durchdrungen von Liebe. Sie war abhängiger von der Post als die Gezeiten vom Mond. Selbst der Krieg konnte das, was zwischen ihnen erblühte, nicht zerstören.

Sie hat nicht gelogen, weder was den Amerikaner angeht noch ihre Gefühle. Aber es war nicht die richtige Zeit dafür. Es war nicht die richtige Zeit, um sich zu verlieben.

Als Elspeth anfing, dem Amerikaner zu schreiben, war sie schon verheiratet.

Finlay MacDonald

Edinburgh, Mittwoch, 21. August 1940

Lieber Onkel Finlay,

hier gibt es so viele Frauen, die sich »Mrs.« nennen und keinen Mann zu Hause haben. Ein schwarz gerahmtes Foto von einem Mann in Uniform auf dem Kaminsims zeugt von einer Geschichte, die man besser ruhen lässt. Da sich meine Mutter stets geweigert hat, meine Fragen zu beantworten, habe ich angenommen, dass es auch ihre Geschichte ist – eine traurige Ehe zwischen jungen Leuten, die auf irgendeinem Schlachtfeld endete. Seit Kurzem nun frage ich mich, ob es David gewesen sein könnte. Und jetzt das … Sie war schon verheiratet?

Wer ist mein Vater? Bitte, Onkel Finlay, ich muss es wissen! Was ist meine Geschichte?

Margaret

London, England, 6. August 1940

Sehr geehrte Damen und Herren,

vor vielen Jahren wohnte eine Familie namens Graham unter dieser Adresse. Ich weiß nicht, ob sie noch dort lebt oder aus Chicago weggezogen ist, aber ich wäre Ihnen sehr dankbar, wenn Sie mir etwas über sie sagen könnten. Ich habe den Kontakt zu der Familie verloren und würde sie gerne finden.

Falls Sie irgendetwas über ihren Verbleib wissen oder sogar ein Mitglied der Familie Graham sind, möchte ich Sie bitten, Verbindung zu mir aufzunehmen. Sie können mir ins Langham Hotel, London, schreiben. Vielen Dank im Voraus.

Mit freundlichen Grüßen

Mrs. Elspeth Dunn

13. Kapitel

~

Elspeth

Paris, 17. Dezember 1915

Meine Sue,

es sieht mehr und mehr danach aus, als würden wir Weihnachten unter dem Eiffelturm verbringen. Selbstverständlich wäre ich Weihnachten lieber in Edinburgh oder auf Skye, wo immer Du gerade bist. Harry geht es bestens, und er ist ein guter Kamerad, aber nicht unbedingt der Mensch, den ich unter dem Mistelzweig überraschen möchte.

Wir wohnen in einem Schlafsaal über dem Lazarett, zusammen mit den anderen amerikanischen Freiwilligen. Nachdem wir in den ersten Tagen mit dem rasend schnellen Französisch zu kämpfen hatten, war es sehr tröstlich, das gute alte amerikanische Näseln zu hören. Wir schlafen in einem riesigen Raum, in dem unzählige Betten stehen. Es gibt nur eine Dusche, und die ist auch noch kalt. Kein Licht in der Nacht, nur eine einzelne Lampe in der Mitte des Raums, sodass ich diesen Brief tagsüber schreibe, wann immer ich ein paar Minuten Zeit finde. Es ist nichts Besonderes, aber für den Augenblick mein Zuhause!

Ich glaube, Harry und ich haben uns beide ausgemalt, wir würden vom Schiff aus direkt in den Krankenwagen steigen und an die Front fahren, hinein in die Gefahr. Obwohl man uns bisher nicht nach vorn geschickt hat, konnten wir uns nützlich machen. Man hat mir und einem Kameraden namens McGee einen kleinen Krankenwagen zugewiesen. Wenn die Lazarettzüge von der Front kommen, müssen wir zum Güterbahnhof am Ende der Rue de la Chapelle fahren, um die zerlumpten Passagiere abzuholen. Manche sind ziemlich schwer verletzt, aber es sind immerhin diejenigen, denen man die Zugfahrt noch zumuten konnte. Die schlimmsten Fälle gelangen wohl gar nicht erst in den Zug. Wir laden sie aus und holpern durch die dunklen Straßen zu den improvisierten Lazaretten, die überall in der Stadt verteilt sind. Ich stelle mir gerne vor, dass ich mir ein Rennen mit dem Sensenmann liefere, der es auf die Männer in meinem Krankenwagen abgesehen hat. Mein kleiner Laster ist leicht und schnell, sodass ich den Sensenmann immer hinter mir lasse. Er schluckt nur noch meinen Staub.

Die Arbeit ist eigentlich nicht schwer. Die Züge kommen meist nachts an. Wir verbringen ein bisschen Zeit in der Werkstatt, um die Fahrzeuge instand zu halten, und haben tagsüber viel Gelegenheit, Paris zu erkunden. Harry und ich ziehen umher wie Touristen und schauen uns im Gaumont Palace Filme zum halben Preis an. Wir haben die französischen Buchhandlungen mit ebensolchem Vergnügen durchstöbert wie Du ihre Londoner Gegenstücke. In unserem Lieblingscafé haben wir uns durch Dumas und Boussenard (im Original) gearbeitet, um unser verstaubtes Schulfranzösisch aufzupolieren.

Es ist noch nicht Weihnachten, aber ich schicke Dir schon Deine Geschenke. Ich wünschte, ich könnte sie Dir persönlich geben. Würdest Du etwas für mich tun? Könntest Du an Heiligabend genau um Mitternacht nach draußen gehen und Dein Gesicht zum Mond wenden? Dann schmeckst Du die Schneeflocken auf Deinen Lippen und stellst Dir vor, es wäre mein Mund, der Dich berührt. Ich werde genau zur selben Zeit nach draußen gehen, versprochen. Ob ich nun in Paris bin oder sonst irgendwo in Frankreich, ich werde die Augen schließen und mir das Gleiche vorstellen. Vielleicht könnte es wahr werden, nur für einen Augenblick. Wenn in einer Nacht wie dieser ein Wunder wie die Geburt unseres Herrn geschehen konnte, sollten sich auch unsere Geister treffen können.

In Liebe

Davey

Edinburgh, spät an Heiligabend,
frühe Morgenstunden des ersten Weihnachtstages 1915

Mein Liebster,

es ist Heiligabend, die Kinder schlafen schon tief und fest, und ich bin als Einzige noch wach und warte auf den Weihnachtsmann.

Chrissie und ich haben lange zusammengesessen und viel zu viel Glühwein getrunken. Zum ersten Mal seit über sechs Jahren konnten wir in Ruhe reden, ohne dass die Kinder um uns tobten. Es gab nicht viel zu sagen. Abgesehen davon, dass mein Ehemann weg ist und ein gut aussehender Amerikaner mich verführt hat, habe ich die letzten sechs Jahre nur mit Dachflicken und Schreiben zugebracht. Dein Name fiel nur einmal, aber etwas in meiner Miene hat sie wohl dazu gebracht, mich auf die Stirn zu küssen, statt weitere Fragen zu stellen, und ins Bett zu gehen.

Ich habe mir noch einen Becher Wein eingegossen und sie durch die offene Tür beobachtet. Sie legte sich ins Bett, das seit Alasdairs Tod verlassen ist, und ich wusste, dass sie mich nicht verstehen würde, selbst wenn ich ihr von Dir erzählt hätte. Sie ist allein und wird für den Rest ihres Lebens mit Alasdair verheiratet bleiben. Und so zog ich mich mit meiner Kerze, dem Notizbuch, dem Wein und meinen Geheimnissen ins Wohnzimmer zurück.

Ich habe das Fenster geöffnet und mich auf die Fensterbank gesetzt, um Dein Geschenk auszupacken. Ah … eine Flasche echtes französisches Parfum! Ein angemessenes Geschenk für einen liebeskranken Jungen, der in Paris wohnt. Und Davey, die Kette ist einfach wunderschön! Eine so vollkommene Perle, wie ein einzelner Tropfen Mondlicht. Vielen Dank.

Die Uhr auf dem Kaminsims, die zwei Minuten vorgeht, schlägt jetzt Mitternacht. Also lehne ich mich aus dem Fenster. Hast Du es gespürt, Liebster? Es waren keine Schneeflocken auf Deiner Wange, sondern meine Lippen, die Dich schmeckten. Es war nicht das Flüstern des Windes in Deinem Ohr, sondern meine Stimme, die »Ich liebe dich« wisperte. Riechst Du einen Hauch von Ambre Antique? Ich war da.

Ich weiß, dass die Kinder früh aufstehen und in die Küche stürmen werden, um zu sehen, ob der Weihnachtsmann da war. Daher gehe ich ins Bett, obwohl ich lieber bei Dir und diesem Brief bleiben würde. Wir mögen weit voneinander entfernt sein, doch in dieser Nacht war die Entfernung, wenigstens für einen Augenblick, wie weggeblasen.

Frohe, frohe Weihnachten, mein Davey.

Elspeth

Paris, 1. Januar 1916

Liebste Sue,

ich habe ungeduldig auf Deinen Brief gewartet! Ich hatte nicht bedacht, dass sich die Post durch die Feiertage verzögert. Es hätte meine Ungeduld auch nicht geschmälert, aber ich hätte zumindest gewusst, dass Dein Brief später ankommt, weil Du bis Weihnachten gewartet hast, und nicht, weil Du Dir einen anderen dreisten amerikanischen Cowboy gesucht hast.

Die Armbanduhr ist perfekt! Du wusstest also noch, dass ich lieber so eine anstatt der Taschenuhr gehabt hätte. Diese hier ist viel praktischer. Ich trage meine Taschenuhr in meiner zugeknöpften Innentasche, und es ist ziemlich umständlich, sie jedes Mal herauszuholen, um auf die Uhr zu sehen (was ich zurzeit ziemlich oft tue).

Dein Brief und das Geschenk waren ein Lichtblick in einer ansonsten dunklen, gewittrigen Woche. Das Wetter war nicht ganz so schlimm, wohl aber meine Stimmung. Ich war schon niedergeschlagen, weil ich Weihnachten ohne meine Familie verbringen musste (ja, ich habe sogar den Früchtekuchen meiner Mutter vermisst!), aber dann bekam Harry seinen Marschbefehl.

Harry und ich waren die ganze Zeit über unzertrennlich, und dann schicken sie ihn mitten ins Kampfgetümmel, während ich mit dem wehleidigen McGee zurückbleibe. Und das nur, weil Harry sich zufällig kurz vor mir gemeldet hat. Ich hatte darauf gehofft, Weihnachten wenigstens mit ihm zu verbringen, wenn ich schon nicht mit meiner Familie oder Dir zusammen sein konnte. Stattdessen blieb mir nur die Wahl, mich mit Johnson und den übrigen Degenerierten ins Rotlichtviertel zu begeben oder im Schlafsaal zu sitzen und mir anzuhören, wie McGee alte Briefe von seiner Mutter vorlas. Letztlich bin ich mit Dryden (der schon ziemliche Eselsohren hat) ins Bett gekrochen und habe, bis das Licht ausgeschaltet wurde, gelesen.

Obwohl Harry keine Schuld an dieser Entscheidung trägt, war ich ziemlich sauer auf ihn. Während er packte, habe ich gewettert und ihn mit Schimpfwörtern bedacht, von denen ich mir viele aus der Shakespeare-Ausgabe abgeguckt habe, die auf meinem Bett liegt. Am besten gefielen mir »monströser Missetäter« und »unbeleckter Bärenwelpe«. Er lachte mich nur aus, boxte meine Schulter – die männliche Version einer zärtlichen Umarmung – und warf ein paar Socken auf mein Bett.

Das ist ein alter Scherz zwischen uns. Kurz nachdem wir uns kennengelernt hatten, hatten Harry und ich auf dem Heimweg von der Schule irgendeinen Unsinn angestellt. Ich kann mich nicht genau erinnern, was es war, aber er hatte seine Mütze verloren und ich meine Socken. Wir gingen zuerst zu ihm nach Hause, und ich bat ihn, mir etwas zum Anziehen zu leihen, weil ich wusste, welch furchtbare Strafe mich erwartete, wenn ich an Mutters »Haustag« mit nackten Füßen auftauchte. Harry zögerte – wir hatten uns ja gerade erst angefreundet –, gab aber schließlich nach. Ich musste schielen und über die Schulter spucken, während ich schwor, ihm die Socken zurückzugeben. Später gestand er mir, er habe nicht damit gerechnet, sie jemals wiederzusehen. Aber ich mochte Harry und hoffte, dass wir gute Freunde werden würden, also habe ich die Socken gleich am nächsten Tag zurückgebracht.

Danach wurde es für uns zu einem Symbol. Ein Paar Socken stand für das Versprechen, dass wir uns wiedersehen würden. Als ich aufs College ging, trug ich ein Paar von Harrys eleganten weißen Socken in meinem Koffer, und er überquerte mit einem Paar grober Wollsocken von mir den Atlantik. Daher nehme ich an, dass ich ihn einfach wiedersehen *muss*, wenn ich schon seine Socken habe. Selbst wenn er ein unbeleckter Bärenwelpe ist.

Wie versprochen konnte ich mich Heiligabend um Mitternacht nach draußen schleichen. Ich schloss die Augen und stand so still ich konnte da und versuchte, mich daran zu erinnern, wie sich Deine Finger in meine Schultern drückten, wie Dein Haar mich am Kinn kitzelte, wie Dein und mein Körper sich in ganzer Länge aneinanderschmiegten. Ich nahm einen schwachen Hauch von Blumen wahr, und mir kam der wilde Gedanke, dass es vielleicht funktionierte, dass unsere Geister für einen flüchtigen Moment die Entfernung überwunden hatten.

Dann aber lenkten mich Zigarettenrauch und wildes Gelächter ab. Johnson, Pate und Diggens stolperten in den Innenhof, an jedem Arm eine Kokotte. Die Mädchen trugen Röcke, die nur bis zum Knie reichten, und verbreiteten den Gestank billigen Parfums. Pate hatte schon die Hand unter einem dieser kurzen Röcke. »*Attendre un moment, m'petites*«, nuschelte Diggens in seinem grauenhaften Französisch, bevor er im Schlafsaal verschwand. Ob er Pariser holen wollte oder pinkeln musste, weiß ich nicht. Vielleicht beides. Ich muss nicht betonen, dass meine Stimmung ruiniert war.

Johnson entdeckte mich und wollte wissen, was ich »Warmarsch« hier draußen machte und weshalb ich nicht mit ihnen losgezogen sei. Ich ignorierte ihn (was mich ungeheure Beherrschung kostete) und wollte schon weitergehen, doch er folgte mir und zog mich auf. Aus irgendeinem Grund scheint er es unnatürlich zu finden, dass ich nicht ins Bordell gehe. Ich weiß nicht, was er an mir so aufreizend findet; über McGee macht er sich nie lustig, und der ist nun wirklich ein »Warmarsch« par excellence.

Johnson war betrunken und auf Streit aus. Er bedachte mich mit wüsten Beschimpfungen, die sich um meine fragwürdige Männlichkeit und Auswahl von Geliebten drehten, mit denen ich mich im Heu gewälzt hätte. Ich für meinen Teil konnte nichts entgegnen außer »unbeleckter Bärenwelpe« und »schwachsinniger, schnurrbärtiger, purpurgesichtiger Malzwurm«, was Bill S. vermutlich nicht für solche Gelegenheiten vorgesehen hatte. Dann feuerte er eine verbale Granate ab (die ich nicht wiederholen werde), die ein bisschen zu persönlich war, und ich stürzte mich auf ihn. Wir hätten uns wohl geprügelt, wenn nicht die Tür des Lazaretts aufgegangen wäre. Ich sah die Nachtschwester in einem Rechteck aus Licht und schlüpfte wieder ins Gebäude, hinauf in den Schlafsaal. Als ich aus dem Fenster schaute, waren Johnson, Pate und die Mädchen verschwunden, und ein sehr verwirrter Diggens stand auf dem Hof und wurde von der Krankenschwester ausgescholten.

Glaub mir, Sue, ich hatte nicht damit gerechnet, Weihnachten im Streit oder allein zu verbringen. Erträglich wurde es nur durch die Vorstellung, dass unsere Hände sich um Mitternacht zumindest einen Augenblick lang über die Entfernung hinweg berührt haben.

Die Dame, der das Café gehört, wischt die Becher aus und schaut mich vielsagend an. Ein rascher Blick auf meine neue Armbanduhr verrät mir, dass ich offensichtlich viel länger geblieben bin, als ich wollte. Ich mache

Schluss für heute, werde aber jeden Tag auf Deinen nächsten Brief warten.

Ich liebe Dich.

Davey

Edinburgh, 7. Januar 1916

Davey,

was hat Johnson gesagt, das »ein bisschen zu persönlich war«? Du kannst nicht eine so spannende Geschichte erzählen und dann die Pointe auslassen.

Ich habe soeben einen Brief von meiner Mutter erhalten. Willie darf sich endlich zur Armee melden. Er hat seit eineinhalb Jahren auf sie eingeredet. Finlay wird nicht mehr an die Front geschickt, sodass wenigstens ein Sohn mit Sicherheit den Krieg überlebt.

Wer weiß, was sie gedacht hat, als ich verschwunden bin? Ich habe niemandem erzählt, dass ich gehe – außer Willie, und er kannte den Grund nicht. Wir haben uns aus dem Cottage geschlichen, während Vater die Hummerfallen überprüft und Màthair unten am Ufer Algen für den Garten gesammelt hat. Ich hinterließ eine kurze Notiz, dass ich etwas zu erledigen hätte und dass ich ihnen schreiben, es aber mindestens vierzehn Tage dauern würde, bis ich zurückkäme. Ich wusste, dass sie mein Gekritzel nicht sofort würden entziffern können (wie schaffst *Du* das eigentlich, Davey?). Ich war mir ziemlich sicher, dass am Pier niemand nach mir suchen würde und ich schon auf halbem Weg nach London wäre, bevor sich jemand beim Fährmann erkundigte. Willie ist abenteuerlustig, und ich war mir sicher, dass er mich nicht zu früh verraten würde, so aufgeregt er auch sein mochte. Von Edinburgh aus fahre ich direkt nach Hause und kann mir während der gesamten Zugfahrt eine überzeugende Geschichte zurechtlegen, um zu erklären, was mir endlich genügend Mut verliehen hat, das Wasser zu überqueren. Irgendwelche Vorschläge?

Willie geht also zur Armee und kommt dabei durch Edinburgh. Eigentlich sollte er heute Morgen eintreffen, aber der Zug hat wohl Verspätung. Ich würde ihn gern einige Tage durch die Stadt führen, bevor er ein richtiger Soldat wird und keinen Spaß mehr hat. Obwohl es sich bei Dir anhört, als würdet ihr nur Streit vom Zaun brechen und mit französischen Huren herumziehen – vielleicht ist der Krieg doch spaßiger, als ich dachte!

Amüsierst Du Dich, mein Davey? Findest Du neben dem ganzen Ernst und der Düsternis auch Dinge, die Dich glücklich machen? In Deinen Briefen klingst Du zufrieden. Träge Tage, an denen Du in Pariser Cafés liest, unterbrochen von kurzen, aufregenden Abenteuern, die Du so liebst und bei denen Du Gott und die Welt durch die Straßen und Gassen kutschierst. Eine Frau, die Dir leidenschaftliche Briefe aus Schottland schreibt …

Welche Bücher soll ich Dir als Nächstes schicken? Mal überlegen. Ich betrachte die Sammlung, die ich auf meinen Reisen zusammengetragen habe … Da wäre ein schmaler Band von Yeats (welche »Pilgerseele« kann Yeats schon widerstehen?), ein Buch mit Gedichten von George Darley. Was könnte Dir sonst noch gefallen? Aha! Perfekt: die Briefe von Abaelard und Heloisa. Aber versprich mir, dass unsere Geschichte nicht so tragisch endet. Ein Kloster könnte ich nicht ertragen.

Edinburgh war herrlich, aber ich sehne mich nach meiner schönen Insel. Ich vermisse den Torfrauch, den prickelnden Geruch des Gagelstrauchs, den warmen Duft des Heus im Kuhstall.

Gerade ist Willie gekommen. Ich mache jetzt Schluss und werfe den Brief ein, während wir unterwegs sind. Ich liebe Dich.

E

Paris, 12. Januar 1916

Liebe Sue,

endlich, endlich geht es an die Front! Ein Bursche namens Quinn und ich wurden einberufen. Man hat uns noch nicht gesagt, wohin wir kommen, aber wir wurden der berühmten Abteilung Eins zugeteilt. Ich weiß nicht, ob es dieselbe Krankentransportabteilung ist, für die Harry fährt, aber ich habe vorsichtshalber ein Paar Socken eingepackt.

Nein, Sue, frag bitte nicht, was Johnson gesagt hat. Er hat nicht nur eine Sprache verwendet, die sich nicht einmal für die Ohren eines Piraten eignet, auch der Inhalt war beleidigend, umso mehr, als er der Wahrheit entsprach. Auch wahre Dinge können billig und verzerrt klingen, wenn Menschen wie Johnson sie aussprechen. Bitte vertrau mir.

Hmm … Welche Erklärung Du Deinen Eltern liefern kannst? Das brennende Verlangen, herauszufinden, ob die

Schafe auf dem Festland ebenso wollig sind wie auf Skye? Der unersättliche Drang, englische Nachspeisen zu probieren? Das dringende Bedürfnis, einen neuen Hut zu kaufen? Die unbeschreibliche Sehnsucht, fremden Amerikanern aufs Hotelzimmer zu folgen?

Ich breche morgen früh auf. Ich wollte Dir noch einen Brief schreiben, bevor ich Paris verlasse, da ich nicht weiß, wann ich wieder einen schicken kann. Obwohl ich genau deshalb den Ozean überquert habe, machen sich meine Nerven bemerkbar. Wir werden sehen, was der Morgen bringt!

Dein Davey

Isle of Skye, 22. Januar 1916

Mein lieber Davey,

da bin ich wieder auf meiner kleinen Insel. Chrissie hat mir Deinen Brief weitergeleitet, daher die Verzögerung.

Willie wird sich nun in Eure albernen Schlachten stürzen. Du hättest sehen sollen, wie er in seiner Uniform herumstolziert ist, ein richtiger Gockel. Die Damen scheinen den Kilt geradezu unwiderstehlich zu finden, doch Willie fragt sich, wie die Männer in diesen lächerlichen Dingern arbeiten und kämpfen sollen.

Beim Tee hat er mir anvertraut, dass er ein Mädchen hat. Er hat keinem davon erzählt! Allerdings wollte er mir nicht verraten, weshalb er die ganze Sache so geheim gehalten hat. Mir rutschte heraus, dass ich auch ein Geheimnis habe. Mehr habe ich nicht gesagt, aber Willie hat sich den Rest wohl zusammengereimt. Er sagte, ich hätte seit Monaten so gelächelt. Oh, Davey, mir war nicht klar, wie wenig ich auf solche Fragen vorbereitet war, also platzte ich einfach heraus: »Wir können uns nicht aussuchen, wen wir lieben.« Er grinste nur und sagte, da hätte ich wohl recht. So glücklich habe ich ihn seit Kriegsausbruch nicht mehr gesehen.

Es ist seltsam, wieder hier zu sein, aus mehreren Gründen. Das Cottage meiner Eltern wirkt so dämmrig und verraucht, die Nacht ist hier viel dunkler und stiller, als ich es gewöhnt bin, und die Menschen sehen schäbiger aus. Obwohl es in London und Edinburgh eine ganze Menge Schmutz gibt (wie sollte eine Stadt auch sauber bleiben, wenn so viele Pferde in ihr leben?), wird er doch überlagert von der großstädtischen Gewandtheit. Sowie ich angekommen war, hat Màthair mir den Melkeimer in die Hand gedrückt, und ich habe zögernd mein elegantes Kostüm gegen die kratzige Wollbluse und den ausgebeulten Rock, die Seidenstrümpfe und Knöpfstiefel gegen handgestrickte Strümpfe und dicke, klobige Stiefel getauscht. Es war, als gäbe es zwei Elspeths: eine, die teure, elegante Kleider trägt, Taxi fährt, Ente speist und aus einer Laune heraus das ganze Land durchquert, um einen gut aussehenden jungen Amerikaner zu treffen. Und die andere, die abgetragene, selbst gemachte Kleidung trägt, auf Schusters Rappen reist, Porridge isst und aus einer Laune heraus das ganze Land durchquert, um einen gut aussehenden jungen Amerikaner zu treffen.

Weißt Du noch, welche Erklärungen Du Dir für meine Eltern überlegt hast? Wie sich herausstellte, waren keine nötig. Ob Du es glaubst oder nicht, meine Mutter hat es die ganze Zeit über gewusst! Ich trat durch die Tür, Màthair schaute von ihrem Spinnrad auf und fragte nur: »Und, hast du deinen Amerikaner endlich getroffen?« Ich bin fast in Ohnmacht gefallen.

Als Iain weg war und ich allein lebte, habe ich nachts Deine alten Briefe gelesen. Manchmal bin ich eingeschlafen, im wahrsten Sinne des Wortes bedeckt mit Deinen Worten. Ich war wie ein Gespenst, verließ das Haus tagelang nur, um zu melken und Torf hereinzuholen.

Eines Morgens wachte ich auf, als meine Mutter hereinkam, das Feuer schürte und den Kessel aufsetzte. Sie hatte Hammeleintopf mitgebracht, den sie für mich aufwärmen wollte. Sie löffelte etwas davon in eine Schale, die ich der alten Curstag Mór brachte, die in der Nähe wohnte. Als ich zurückkehrte, war der Boden gefegt, die Bettwäsche gelüftet, und der Eintopf blubberte über dem Feuer. Ich hatte Deine Briefe auf dem ganzen Bett verteilt, doch jetzt waren sie ordentlich zusammengeräumt. Damals habe ich mir nichts dabei gedacht. Ich stand ehrfürchtig vor dem Topf mit richtigem Essen, der über dem Feuer hing, statt mir über solche Kleinigkeiten Gedanken zu machen!

Offenbar hat Màthair die ganzen Briefe gelesen. Ich bin mir nicht sicher, wie viel sie weiß – immerhin waren wir damals nur Brieffreunde –, aber sie hat mich nicht getadelt. Doch als ich das Wort »endlich« hörte, fragte ich mich, was sie aus diesen frühen Briefen herausgelesen hat.

Indem Du darauf bestehst, Johnsons Worte nicht zu wiederholen, hast Du mich nur noch neugieriger gemacht. Haben wir wirklich Geheimnisse voreinander, Davey? Haben wir jemals Geheimnisse voreinander gehabt? Von Beginn an haben wir einander Dinge anvertraut, die unsere eigenen Eltern und Geschwister nicht wussten. Du brauchst mich nicht vor irgendwelchen Worten oder Gefühlen zu beschützen. Vergiss nicht, wir leben im Krieg. Die Frauen sind heutzutage aus anderem Holz geschnitzt.

E

PS Minna hat mir das Bild von uns geschickt, das sie vor dem Standesamt aufgenommen hat. Kennst Du es schon?

14. Kapitel

Margaret

Glasgow, 22. August

Liebe Margaret,

es war keine impulsive Kriegsheirat. Elspeth war mit meinem besten Freund Iain verheiratet. Wir drei sind zusammen in den Hügeln von Skye aufgewachsen. Wir liefen mit nackten Füßen die Hänge hinunter und planschten durch das flache Wasser am Kiesstrand, auf der Suche nach Steinen. Um ehrlich zu sein, hatte Iain immer ein bisschen Angst vor Elspeth. Sie hatte wildes Haar und brüllte Gedichte in die Gischt des Ozeans. Sie war ebenso magisch wie die Insel. Eines Tages beugten wir uns über die Fairy Bridge, und er bat sie um ihre Hand. Sie schaute mich an, lächelte und sagte Ja. Ich dachte, wir drei würden für immer zusammenbleiben. Ich hätte nie gedacht, dass Elspeth ihn betrügt.

So gern ich Dir helfen würde, ich kenne die Antworten nicht. Ich habe Skye etwa ein Jahr vor Deiner Geburt verlassen. Doch meine Màthair war da. Du kannst ihr nach Skye schreiben. Deine Großmutter dürfte mehr wissen als ich.

Finlay

Im Zug nach Fort William, Samstag, 24. August 1940

Lieber Paul,

ich habe genug vom Briefeschreiben. Ich bin unterwegs zur Isle of Skye.

Onkel Finlay hat mir die Adresse meiner Großmutter nicht gegeben, und ich kann schlecht über die Insel wandern und nach dem Haus von Granny MacDonald fragen. Vermutlich heißt die Hälfte der Bevölkerung MacDonald. Also habe ich noch einmal im Haus herumgestöbert und nach einem alten Briefumschlag, einem Adressbuch oder der Geburtsurkunde meiner Mutter gesucht. Nichts. Nicht einmal einer der Briefe, die Gran jeden Monat schickt und die aus gälischem Gekritzel bestehen. Anscheinend hat meine Mutter nur Davids Briefe behalten.

Dann fiel mir ein, dass meine Mutter, sobald ich lesen konnte, darauf bestand, dass ich meinen Namen und meine Adresse auf die Innenseite meiner Bücher schreibe, falls ich einmal einen kostbaren Stevenson oder Scott auf einer Parkbank vergessen sollte. Also ging ich zu ihrem Bücherregal und zog den ältesten und zerlesensten Band heraus, eine abgenutzte Ausgabe von *Huckleberry Finn*, in der ich eine verblasste, gepresste Mohnblume fand. Wie erwartet, hatte sie auf die Innenseite des Einbands »Elspeth Dunn, Seo a-nis, Skye, Großbritannien« geschrieben. Als hätte selbst damals und an jenem Ort die Gefahr bestanden, ein Buch auf einer Parkbank zu vergessen.

Ich fragte herum, bis ich eine Familie fand, die ein Kind nach Norden evakuieren wollte. Emilys Nachbarin Mrs. Calder hat große Angst wegen der Bombenangriffe. Wir haben vereinbart, dass ich ihre Tochter Dorothy zu einem Bauernhof in der Nähe von Fort William begleite. Sie bezahlt mir die Fahrtkosten bis dorthin, und von da ist es nicht mehr weit bis nach Skye. Ich habe mir einen Koffer von Emily geliehen, und schon waren wir unterwegs!

Ich sage Dir, Paul, es ist schon aufregend. Natürlich bin ich nicht das erste Mal aus Edinburgh weg, aber wenn man einmal von dem Ausflug nach Plymouth absieht, war ich noch nie auf eigene Faust unterwegs. Selbst als wir zum Klettern oder Wandern in die Berge gefahren sind, haben wir uns nie weit von der Stadt entfernt. Natürlich könnte man sagen, dass ich nicht um meiner selbst willen nach Skye fahre; ich tue es für meine Mutter. Und wegen meiner Großmutter, der ich nie begegnet bin! Aber wenn ich mehr über Mutters »ersten Band« erfahren kann, über ihr Leben vor meiner Geburt, wird sich die Reise in mehr als einer Hinsicht gelohnt haben. Mutter ist weg und kann mich nicht davon abhalten, etwas über meinen Vater herauszufinden.

Zug nach Mallaig, später

Lieber Paul,

Dorothy ist gut untergebracht. Eine silberhaarige Frau, gebaut wie ein Schlachtschiff, begrüßte uns am Bahnhof und nahm sowohl Dorothy als auch den Umschlag mit dem Geld von Mrs. Calder in Empfang. Als wir uns verabschiedeten, drückte mir Dorothy eine Nachricht in die Hand, die sie auf die Rückseite ihrer Fahrkarte geschrieben hatte. Sie bat mich, sie ihrer Mutter zu geben, wenn ich nach Edinburgh zurückkehre. Sie ist kaum zu entziffern, da sie eine fürchterliche Handschrift hat und alles mit Tränen verschmiert ist, aber sie hat immer und immer wieder »Ich liebe Dich« geschrieben. Dann hat sie die Karte gefaltet und ihre Adresse auf die Vorderseite gekritzelt. Ich versprach, dass ich es nach meiner Rückkehr gleich als Erstes erledigen würde.

Allmählich mache ich mir Sorgen wegen Mutter – und fühle mich ehrlich gesagt etwas schuldig. Vielleicht ist sie gar nicht wegen der Briefe oder der Bombe weggelaufen, sondern wegen unseres Streits. Obwohl ich sie schon früher mit Fragen nach meinem Vater bedrängt habe, haben wir uns nie wirklich deswegen gestritten. Ich habe sie immer damit durchkommen lassen. Diesmal aber bin ich zu weit gegangen und habe zu viel gefragt, und jetzt habe ich das Gefühl, dass etwas zwischen uns zerbrochen ist.

Hatte sie recht, Paul? Handeln wir überstürzt? Es ist noch gar nicht so lange her, dass wir beide nur Freunde waren. Wir haben nie etwas Ernsthafteres getan, als einander ein Sandwich anzubieten oder uns beim Klettern die Hand zu reichen. Als Du Dich zur Armee gemeldet und gefragt hast, ob ich Dir schreibe, hätte ich beinahe gelacht. Ich dachte, es gäbe nicht genügend Worte zwischen uns, um Briefe damit zu füllen. Dann hast Du gesagt, Du hättest Dich verliebt, und ich dachte, vielleicht könnte es mit uns beiden gut gehen. Doch wie meine Mutter sagte, spielen die Gefühle im Krieg verrückt. Ich vertraue auf die Deinen – ganz ehrlich –, weiß aber nicht, ob ich an meine eigenen glaube.

Vielleicht brauche ich diese Reise. Einen Hauch von Unabhängigkeit, ein wenig Distanz. Die Gelegenheit herauszufinden, ob es das ist, was ich wirklich möchte. Vielleicht werde ich auf dieser Reise mehr als nur ein Geheimnis lüften.

In Zuneigung
Margaret

London, 10. August 1940

Sehr geehrte Damen und Herren,

vor vielen Jahren wohnten zwei Männer namens David Graham und Harry Vance unter dieser Adresse. Ich weiß nicht, ob sie immer noch dort leben oder aus Chicago weggezogen sind, aber ich wäre Ihnen für alle Informationen dankbar. Wir haben uns aus den Augen verloren, und ich würde sie sehr gerne wiederfinden.

Könnten Sie bitte Kontakt zu mir aufnehmen, falls Sie irgendetwas über ihren Verbleib wissen? Sie können mir ins Langham Hotel, London, schreiben. Ich bedanke mich im Voraus.

Mit freundlichen Grüßen

Mrs. Elspeth Dunn

15. Kapitel

~

Elspeth

______, Frankreich, 2. Februar 1916

Ich bin jetzt in _____ und unterwegs nach _____. Ich hätte nicht gedacht, dass wir von Paris aus so lange brauchen würden. Wir sind in einem Güterzug gefahren und mussten so oft anhalten, dass ich nicht mehr mitgezählt habe. Ich weiß noch, dass ich vor Jahren in einem Frankreichurlaub fast dieselbe Strecke gefahren bin, allerdings in einem Erste-Klasse-Abteil. Wir haben Wein getrunken und die Landschaft betrachtet. Diesmal hockte ich in einem Güterwaggon, an meinen Seesack gedrängt, während eine Flasche mit scheußlichem Brandy die Runde machte. Wenn ich zwischen den Latten hindurchblickte, konnte ich einige Bahnhöfe erkennen, doch keines der Dörfer sah so aus wie in meiner Erinnerung.

Der Bahnhof hier ist ruhig, in den Straßen drängen sich nicht die bunt gekleideten Urlauber früherer Zeiten, sondern Männer in Blau und Khaki. Wir werden ein paar Tage hier verbringen, bevor wir weiterfahren. Die Abteilung, der man uns zugeteilt hat, befindet sich in _____, sie ist *en repos*. Die Männer säubern und reparieren die Krankenwagen und werden schrittweise nach _____ verlegt. Ein Typ namens Pliny, eine Art Veteran unter den Krankenwagenfahrern, war auf Heimaturlaub und wartet jetzt zusammen mit Quinn und mir darauf, wieder an die Front zu kommen. Er hat uns geraten, den Kuchen und die heißen Bäder zu genießen, solange wir es noch können.

Du willst also unbedingt wissen, was Johnson zu mir gesagt hat? Er riss die üblichen Witze, weil ich nicht mit ihnen irgendwelchen Röcken hinterherjagte. Er gab keine Ruhe, bis er sah, wie ich die Zähne zusammenbiss. Da wurde ihm klar, dass er einen Nerv getroffen hatte. »Das ist es also. Du vögelst die Frau eines anderen. Er ist draußen in der Hölle, und du sitzt zu Hause …« Den Rest werde ich nicht wiederholen, er ist nicht für die Augen einer Dame bestimmt. Ich sage nur, dass die Kommentare von da an nicht anständiger wurden.

Du siehst, weshalb ich auf ihn losgegangen bin. Seine Worte haben mich verletzt – nicht nur der Inhalt, auch wie er sie sagte. Mir ist das, was wir getan haben, was zwischen uns ist, nie falsch erschienen. Vielleicht fällt es mir leichter, so zu empfinden. Ich bin nicht verheiratet. Ich kenne Deinen Mann nicht. Ich kann eher vergessen, dass er überhaupt existiert.

Hat mich die Tatsache, dass Du verheiratet bist, zögern lassen? Ich müsste lügen, wenn ich es abstritte. Ich habe gezögert, Sue. Warum hat es wohl so lange gedauert, bis ich Dir meine Liebe gestanden habe, obwohl mir die vereinzelten Hinweise in Deinen Briefen verrieten, dass Du genauso empfindest? Vergiss nicht, ich bin ein braver katholischer Junge. Auch wenn ich ein missratenes Kind war, nehme ich die Zehn Gebote nicht auf die leichte Schulter.

Aber Du hast gesagt, Du liebst mich auch. Ich habe darauf vertraut, dass Du gewusst hast, was Du tust, als Du mir schriebst. Mein Zögern schmolz dahin.

Dann sind wir uns begegnet, haben geredet und einander berührt. Meine letzten Zweifel schwanden dahin. Wie konnte etwas, das sich so richtig anfühlte, falsch sein? Alles war perfekt. Alles *ist* perfekt. Ich habe diese Erinnerungen – diese zarten, wunderschönen Erinnerungen – in meinem Herzen behalten. Und ich habe weder an Deinen Mann noch an unsere verworrene Zukunft gedacht.

Bis Heiligabend, als Johnson sagte, was er sagte, und unsere Beziehung herabwürdigte. Es ist unmöglich, solche billigen Kommentare zu hören und sie nicht irgendwann selbst zu glauben, vor allem wenn man weiß, dass ein Körnchen Wahrheit darin steckt. Ich »vögle die Frau eines anderen«. Die groben Worte riefen mir in Erinnerung, wer ich war und was ich tat.

Ich habe mich gefragt, was Du wirklich empfindest. Du hast nie Schuldgefühle oder Zweifel erwähnt. Ich wollte Dir nicht schreiben, was Johnson gesagt hat, weil ... weil ich nicht wollte, dass Du Dich schuldig fühlst. Ich wollte nicht, dass Du es Dir anders überlegst.

Es war Deine Entscheidung, Sue, und ist es noch immer. Du entscheidest, ob Du diese Beziehung fortsetzen möchtest. Du entscheidest, wohin Du von hier aus gehen möchtest.

Wie Du Dich auch entscheidest, ich bin immer …

Dein Davey

Isle of Skye, 9. Februar 1916

Mein Liebster,

Dein Brief hatte mehr Löcher als ein Strohdach im Frühling. Entweder hast Du gedacht, Dein kleiner Brief braucht ein bisschen Frischluft auf der langen Reise nach Skye, oder jemand wollte nicht, dass Du mir verrätst, wohin Du fährst oder wie Du dorthin gelangst. Mit der Ausnahme von »Frankreich« waren alle Ortsnamen unkenntlich gemacht.

Ob es mich verletzt, was Johnson gesagt hat? Wer wäre nicht verletzt angesichts dieser Sprache? Ob es mich überrascht? Eigentlich nicht. Als Du Dich geweigert hast, es mir zu sagen, habe ich schon so etwas vermutet.

Nein, es war nicht leicht für mich, obwohl ich versucht habe, mir nicht anmerken zu lassen, wie schwer es mir fällt. Du bist an der Front und hast täglich mit den wirren, blutigen Folgen des Krieges zu tun. Das hier ist mein ganz eigener Krieg, Davey, und ich wollte Dich nicht mit meinem wirren, blutigen Gewissen belasten.

Als ich den Brief erhielt, in dem Du mir gestanden hast, was Du für mich empfindest, konnte ich nicht schlafen. Ich habe nächtelang wach gelegen und mit meinem Herzen gerungen. Meine Gefühle für Dich sind so frisch und neu. Doch obwohl sich meine Gefühle für Iain verändert haben, sind auch sie noch vorhanden. Er ist mein Mann. Ich kann das, was ich für ihn empfunden habe, und das Versprechen, das wir einander gegeben haben, nicht einfach abtun.

Iain ist Finlays bester Freund. Als Jungen haben sie einander nicht aus den Augen gelassen. Ich bin mit Iain aufgewachsen. Als es an der Zeit war zu heiraten, schien er die logische Wahl zu sein. Finlay war überglücklich, als ich Ja gesagt habe. Doch die Dinge veränderten sich. Unsere Wege begannen sich zu trennen. Meine Gedichte wurden veröffentlicht, und ich sehnte mich nach dem literarischen Leben. Ich wollte reisen, studieren, jemanden kennenlernen, der auch Lewis Carroll las und verstand. Iain hingegen wollte einfach nur so leben, wie er es immer getan hatte. Ich ging zum Strand und blickte über das Wasser und wünschte mir, ich wäre überall, nur nicht hier. Er fuhr mit Finlay im Boot hinaus, wohl wissend, dass ich bei seiner Rückkehr noch da sein würde.

Etwas stimmte nicht, noch bevor ich Deinen ersten Brief erhielt. Wir bewegten uns voneinander weg, getrieben von unterschiedlichen Zielen und Erwartungen. In Dir habe ich eine verwandte Seele gefunden. Du hast Dir, anders als Iain, angehört, was ich zu sagen hatte. Dann brach der Krieg aus, und Iain zog sich völlig aus meinem Leben zurück.

Davey, ich kann es wirklich nicht verstehen. Er war früher nie so distanziert, doch nun, da er an der Front ist, höre ich kaum noch von ihm. Ich erfahre aus der Zeitung, was passiert, von Finlay und aus den Briefen, die unsere anderen Jungs nach Hause schreiben. Nur von Iain selbst höre ich nie. Ich weiß nicht, was ich ihm getan habe, er hat sich völlig von mir abgeschottet. So hat er schon immer reagiert – er zieht sich zurück, statt dem, was ihn stört, ins Auge zu blicken.

Ich konnte nicht voraussehen, dass ich mich in einen anderen verlieben würde. Ich konnte aber auch nicht voraussehen, dass mich mein Mann ohne jede Erklärung verlässt. Ich habe nichts davon vorausgesehen, doch es ist geschehen, und ich kann nicht behaupten, ich sei unglücklich deswegen.

Ich liebe Dich, Davey. Und ich weiß, dass es meine Entscheidung ist. Nenn mich eine Idealistin, aber ich bin davon überzeugt, dass nichts ohne Grund geschieht. Du bist in mein Leben getreten, als Iain daraus verschwand. Du warst für mich da, als Iain ging. Das muss doch einen Sinn haben.

Glaub mir, es ist nicht leicht, wieder im Haus meiner Eltern zu leben, auf dieser winzigen Insel, und das aus mehreren Gründen. Ich fühle mich so … zur Schau gestellt. Màthair weiß über uns Bescheid, keine Ahnung, wer sonst noch. In vielen Nächten möchte ich mit meinen Gedanken und Erinnerungen allein sein, mich hinlegen und in hitzigen Träumen von Dir erschauern. Gerade wenn ich anfange, mich zu erinnern, und mein Puls sich beschleunigt, höre ich meinen Vater schnarchen oder Finlay im Schlaf aufschreien, und der Moment ist dahin. Das Cottage ist zu klein für diese drei Menschen, meine Träume und mich.

E

Ort Eins, 16. Februar 1916

Sue,

ja, die Zensoren haben mich erwischt! Sie haben den Brief (nach großzügigen Streichungen) trotzdem abgeschickt, doch man stellte mich zur Rede, erinnerte mich an die Regeln und drohte mir, ich dürfe Dir nie wieder schreiben. Falls der Brief in feindliche Hände fällt, soll niemand erfahren, wo wir uns befinden, wohin wir marschieren oder wann wir an irgendeinem Ort eintreffen. Als wenn die *Boches*, wie wir die Deutschen hier nennen, nicht genau wüssten, wo wir gerade sind. Während ich das hier schreibe, schauen sie über die Sandsäcke zur französischen Armee hinüber!

Ich habe mich endlich an »Ort Eins« eingelebt (ich bin ein braver Junge und halte ihn geheim). Wir drei sind einige Tage nach dem Rest der Abteilung eingetroffen, nachts, während andere im Dienst waren. Wir bemannen rund um die Uhr den Wachposten im Dorf, das keinen Kilometer von den Schützengräben entfernt liegt. Man brachte uns in ein langes Gebäude, in dem wir uns einen Platz mitten im Raum suchten und in die Betten fielen. Ich habe so tief geschlafen, dass ich gar nicht merkte, wie die abgelösten Kameraden hereinkamen. Am nächsten Morgen traf mich ein zusammengerolltes Paar Socken am Kopf, und Harry grinste mich vom Fußende meines Bettes an. Er war die ganze Nacht auf dem Posten gewesen und gerade erst zurückgekehrt. Als er die Baracke betrat, fand er mich auf seinem Schlafplatz vor.

Ich fahre meinen Krankenwagen zusammen mit einem Burschen namens Riggles, einem stillen ehemaligen Footballspieler, dem ständig eine Zigarette zwischen den Lippen baumelt. Er spricht nur, wenn er die aufgerauchte Kippe gegen eine neue tauscht. Riggles ist seit den Anfängen des American Ambulance Field Service dabei, ich hätte also keinen besseren Lehrer erwischen können.

Sie haben mich gleich ins kalte Wasser geworfen. Wir haben Soldaten evakuiert und verwundete Männer (die hier charmant *blessés* heißen) von den Verbandsplätzen in die Lazarette hinter den Linien transportiert. Die meisten Verbandsplätze sind mehrere Kilometer von der Front entfernt, sodass wir nicht viel zu sehen bekommen außer dem fernen Rauch explodierender Granaten.

Vor einigen Nächten kam es in der Nähe zu heftigen Gefechten. Einen der Verwundeten hatte es schlimm erwischt. Er hatte hinter einer Mauer gestanden, als eine Granate einschlug, und wurde fast von den Steinen zerdrückt. Ich musste ganz vorsichtig fahren, bis ich den Wachposten erreichte, doch danach wurden die Straßen besser, und ich gab ordentlich Gas, um möglichst schnell das Lazarett zu erreichen. Ein Sanitäter sagte, fünf Minuten später, und der Verwundete wäre vermutlich gestorben. Es war nichts Besonderes, aber eine stille Bestätigung dessen, was ich hier in Frankreich tue.

Nun, Sue, wenn Du versprichst, Dir keine Sorgen mehr um mich zu machen, werde ich das Gleiche tun. Ich verstehe, weshalb Du so gehandelt hast. Deine Liebe ist zu kostbar, als dass ich sie beiseiteschieben könnte.

Ich warte aufs Essen. Die Männer stellen sich schon an

der Kantine an, ich muss mich also kurz fassen. Ich glaube, ich kann den Brief heute noch abschicken.

So müde ich auch sein mag, ich träume nur von Dir.

In Liebe

Dein Davey

Isle of Skye, 23. Februar 1916

Mein Liebster,

es tut mir leid, dass ich an Dir und den Gründen gezweifelt habe, aus denen Du Dich zum Field Service gemeldet hast. Du hast recht, Davey, dort kannst Du etwas Sinnvolles tun und hast in den zwei Wochen, die Du dabei bist, schon bewiesen, dass Du es gut machst. Es ist etwas völlig anderes, mit einem Bajonett in der Hand voranzustürmen, um zu verstümmeln oder zu töten, oder diese ganze überschüssige Energie darauf zu verwenden, Leben zu retten. Ich habe schon einmal gesagt, dass Du bis vor Kurzem noch ein Junge warst, Dich aber in wenigen Monaten als Mann unter Männern erwiesen hast.

Sieh zu, dass Du es warm hast, Du glücklich und halbwegs in Sicherheit bist.

E

Ort Eins, 2. März 1916

Sue,

ich muss in der Stadt Ware für die Kantine beschaffen, was bedeutet, dass ich ein Bad und eine richtige Mahlzeit bekomme. Vermutlich verweile ich gerade länger als nötig über meinem Omelett, weil ich so die Gelegenheit habe, Dir zu schreiben, bevor ich zurück in meine Blechkiste steige.

Harry und ich haben es kürzlich geschafft, am selben Tag *en repos* zu sein, was selten vorkommt, da wir nur ab und zu freihaben. Wir haben Bücher und ein jämmerlich kleines Picknick mitgenommen – Büchsen mit »Fleisch«, Cracker und einen winzigen Rosinenkuchen, den Minna geschickt hat und den wir mit einem Gesöff heruntergespült haben, das irrtümlich als »Wein« etikettiert war. Ich bin fest davon überzeugt, dass Pliny die Flasche mit dem Wasser aufgefüllt hat, in dem er seine Socken gewaschen hatte, jedenfalls hat es so geschmeckt. Trotz des widerlichen Weins und des ebenso widerlichen Dosenrindfleischs (oder war es Katze?) haben wir einen angenehmen Nachmittag verbracht. Ich habe *Tarzan bei den Affen* fast ausgelesen. Ich wünschte mir nur, ich hätte mein Picknick mit ebensolcher Lust verschlingen können!

Vor einigen Tagen hatten wir ein richtiges Festmahl. Einer der Männer wurde mit dem *Croix de Guerre* ausgezeichnet und hat zur Feier des Tages ein Bankett geschmissen. Er hat keine Kosten gescheut und einen Pariser Koch kommen lassen. Richtiges Essen, Wein, der den Namen verdiente, dazu Porzellan und Tischdecken. Ich schwöre Dir, Sue, ich habe mich eigentlich viel zu schmutzig gefühlt, um so elegant zu speisen, aber ich habe es trotzdem getan, und wir haben alle herzhaft zugelangt, bevor jemand »Yankee Doodle Dandy« sagen konnte. Ehrlich, es war ein Essen, das einem Meisterkoch wie Ranhofer oder Escoffier zur Ehre gereicht hätte.

Bei der Erinnerung läuft mir schon wieder das Wasser im Mund zusammen, also entschuldige bitte, wenn die Tinte verschmiert ist. Dabei habe ich gerade erst gegessen! Ach … die Erinnerung an dieses Festmahl wird uns helfen, viele Wochen mit gekochtem Rindfleisch und Steckrübensuppe zu überstehen.

Ich liebe Dich.

David

Isle of Skye, 14. März 1916

Oh, Davey,

ich weiß nicht mehr, was ich fühlen soll.

Iain wird vermisst.

Ich habe einen Brief vom Kriegsministerium erhalten und kann es noch gar nicht richtig begreifen. Ich habe die Worte gelesen und seither kein Wort gesprochen – als könnte ich es ungeschehen machen, indem ich es ignoriere. Vermisst. Wie kann das sein?

Finlay ist am Boden zerstört. Er sagte immer wieder: »Ich war nicht da. Ich konnte ihm nicht helfen.« Dann verließ er das Haus. Er kam spätabends zurück, schmutzig und ohne seinen Stock, und schlief zwei Tage durch. Ich musste ihn ins Bett bringen, seine zerrissene Hose flicken und einen Ast für einen neuen Gehstock suchen. Ohne ihn ist er völlig hilflos.

Eins will ich wissen: Warum darf Finlay zusammenbrechen? Warum muss ich diejenige sein, die stark bleibt und alles richtet? Niemand sonst muss das. Iain ist *mein* Mann. Ich bin diejenige, die diese Last mehr als alle anderen spüren müsste. Ich bin diejenige, die so niedergeschmettert sein müsste, dass sie kaum atmen kann.

Wie Du weißt, bin ich nicht sehr gläubig. Ich gehe nicht regelmäßig in die Kirche. Wenn ich allein draußen auf dem Berg bin, fühle ich mich Gott näher. Es ist beinahe heidnisch, fernab von Kirchenliedern und Predigten. Doch nun ist mir, als hätte ich etwas Lebenswichtiges vernachlässigt. Ich habe Gott keinen Tribut gezollt und ihn mit meiner Untreue herausgefordert, und nun wird Iain für meine Sünden bestraft.

Vielleicht habe ich die falsche Entscheidung getroffen. Ich weiß nicht mehr, was ich denken soll. Könnte ich ihn zurückholen, wenn ich damit aufhöre?

Elspeth

Ort Drei, 21. März 1916

Sue,

weißt Du schon mehr?

»Vermisst« kann viel bedeuten. Es könnte auch gar nichts bedeuten. Bis Du etwas erfährst, solltest Du nicht grübeln. Bitte.

Ich habe oft genug gehört, wie die Jungs in meiner Blechkiste darüber reden. Gerade noch kauerst du am Boden, teilst dir eine Zigarette, dann musst du raus aus dem Graben ins Niemandsland. Mit dreißig Kilo auf dem Rücken, das Bajonett aufgepflanzt, du weichst Granattrichtern, Trümmern, deinen Kameraden aus. Alle sind so mit Schlamm bedeckt, dass du über deinen eigenen Bruder stolpern könntest, ohne ihn zu erkennen. Du kannst nicht einmal stehen bleiben und noch einmal hinsehen, geschweige denn, jemanden in Sicherheit bringen. Iain könnte verletzt dort draußen liegen und auf die Sanitäter warten. Er könnte im Angriffssturm von der Truppe getrennt worden sein. Denk nicht gleich das Schlimmste.

Sue, Du hast genügend Sorgen, auch ohne Schuldgefühle und göttliche Vergeltung. Ja, ich glaube an Gott. Ich bin immer in die Kirche gegangen, selbst während meiner wilden Studentenzeit; damals hatte ich eine Menge zu beichten.

Als wir Kinder waren, hatten Evie und ich ein Buch mit Bibelgeschichten, einen schön illustrierten Band, in den wir uns an faulen Sonntagnachmittagen vertieften. Ich erinnere mich an ein Bild von Gott. Er wurde als ruhige Gestalt mit schneeweißem Bart und rosigen Wangen dargestellt – ein bisschen wie der Weihnachtsmann, wenn ich so darüber nachdenke. Er blickte stolz auf die neu erschaffene Welt hinunter. Er erinnerte mich an einen Vater, der sein Neugeborenes betrachtet. Dieses Bild habe ich immer in Erinnerung behalten und konnte deshalb wohl nie an einen rachsüchtigen Gott glauben. Diese freundliche, väterliche Gestalt würde mir keine Vorwürfe machen, weil ich vom Weg abgekommen bin. Er würde sich wegen meiner kleinen Verfehlungen niemals von mir abwenden.

Denk doch mal nach, Sue. Angesichts der Grausamkeiten, die der Kaiser begeht, angesichts des ganzen Kämpfens und Tötens wird Gott seinen Zorn wohl kaum auf eine Frau richten, deren einzige Sünde darin besteht, dass sie zu viel Liebe zu geben hat.

Ich bin so müde, Sue. Komme gerade von einer Vierundzwanzig-Stunden-Wache und habe nur ein paar Stunden Schlaf gehabt. Aber ich wollte diesen Brief an Dich nicht aufschieben. Wenn ich nicht (wenigstens brieflich) bei Dir sein kann, wenn Du mich brauchst, wozu tauge ich dann?

Die Überschrift mag Dir verraten haben, dass wir erneut verlegt wurden. Es gab zwischendurch auch einen Ort Zwei, aber dort sind wir nur wenige Tage geblieben. Diesmal waren wir etwas näher an der Front, aber nicht so nah, dass wir uns im Schlaf vor herabfallenden Granaten hätten fürchten müssen – was gut ist, denn bei unseren Dienstzeiten brauchen wir jedes bisschen Schlaf, das wir bekommen können.

Und damit werde ich mich ins Bett begeben. Mir fällt schon der Stift aus der Hand. Bitte halte mich auf dem

Laufenden. Trotz der Umstände liegt mir wirklich viel daran. Ich wünschte, ich könnte da sein und Dich festhalten, aber schreiben ist alles, was ich tun kann.

Ich liebe Dich, mein Mädchen.

David

Isle of Skye, 28. März 1916

David,

wie sollte ich mir *keine* Sorgen machen? Wie sollte ich nicht das absolut Schlimmste vermuten?

Ich habe einen Brief von einem Mann aus Iains Bataillon erhalten, einem gewissen Private Wallace. Er schrieb, er sei an jenem Tag mit Iain aus dem Schützengraben gestürmt und habe ihn im Kampf aus den Augen verloren. Als das Signal zum Rückzug ertönte, rannte Private Wallace nach hinten und kam unterwegs an Iain vorbei, der »schwer verletzt« war. Es ging ihm so schlecht, dass er nicht in den britischen Graben zurückkehren konnte, obwohl Private Wallace ihm anbot, ihn zu stützen. Es dauerte eine Weile, bis Sanitäter sich bis dorthin vorarbeiten konnten. Obwohl Private Wallace ihnen Iains ungefähre Position angegeben hatte, sagten die Sanitäter, sie hätten niemanden finden können. Jedenfalls niemanden, der noch die Hilfe eines Arztes gebraucht hätte.

Finlay ist völlig außer sich. Er und Iain wollten aufeinander aufpassen. Er gibt sich die Schuld, weil er nicht da war, um ihn zu beschützen. Er gibt sich die Schuld, weil er Iain nicht nach Hause gebracht hat.

Du hast gut reden, dass Gott mich nicht bestraft. Du machst nicht diese persönliche Hölle durch. Du empfindest nicht die gleiche Qual und Schuld wie ich. Woher willst Du wissen, dass ich nicht doch auf irgendeine Weise bestraft werde? Iain wollte nur meine Liebe, und die konnte ich ihm nicht von ganzem Herzen geben. Vielleicht ist dies meine Sünde. Vielleicht werde ich dafür bestraft.

Ich weiß, dass Dir meine Gefühle wichtig sind, aber gib zu, Du denkst dabei auch an Dich. Du willst nicht, dass ich Trübsal blase und über meinen vermissten Ehemann nachgrüble. Aber Trübsalblasen ist vielleicht genau das Richtige. Vielleicht beweist es, dass ich mich nach Erlösung sehne.

Elspeth

Isle of Skye, 12. April 1916

David,

Du solltest nicht aufhören, mir zu schreiben. Deine Briefe gehören immer noch zu den wenigen Dingen, die mich am Leben erhalten. Erinnerst Du Dich an das »Meer aus Chaos«?

Vielleicht habe ich in meinem letzten Brief zornig geklungen. Ich weiß, dass ich Dir wirklich wichtig bin. Ich bin nur verwirrt, Davey. Ich bin verwirrt und muss mich meinen Schuldgefühlen stellen. Dann bekomme ich ein schlechtes Gewissen, weil ich vorher kein schlechtes Gewissen hatte. Begreifst Du das?

Außerdem mache ich mir Sorgen. Ungeachtet dessen, was ich für Dich empfinde, ist Iain mein Ehemann, und ich werde ihn immer lieben. Ich kann es nicht ertragen, wenn er Schmerzen hat oder in Not ist.

Und ich bin verunsichert. Ich weiß nicht, was ich mir wünsche, was mit uns werden soll. Natürlich möchte ich, dass Iain gesund und in Sicherheit ist. Aber ein kleiner böser Teil von mir, ein Teil, den ich am liebsten ignorieren würde, ist einfach nur erleichtert – weil mir die Entscheidung abgenommen wurde und ich nicht länger mit meiner Unsicherheit leben muss. Doch dann fühle ich mich wieder schuldig, weil ich so unsicher bin.

Bitte schreib mir zurück, Davey. Ich vermisse Dich.

E

Isle of Skye, 22. April 1916

Davey,

wo bist Du? Warum hast Du mir nicht geschrieben? Ich weiß nicht, warum Du Dich von mir abwendest. Wo immer Du bist, komm bitte zurück. Ich weiß nicht, was ich ohne Dich anfangen soll.

Wo bist Du, Davey?

Sue

Isle of Skye, 25. April 1916

Tu mir das nicht an! Um der Liebe Gottes willen, ich kann Dich nicht auch noch verlieren! Sollen denn alle, die ich liebe, aus meinem Leben verschwinden?

Dafür bin ich nicht stark genug, Davey. Ich schaffe das nicht, ohne zu wissen, dass Du auf dieser Welt existierst. Ich brauche Dich wie mein Körper den Atem.

Ich werde notfalls zu jedem Gott beten, dass er Dich zu mir zurückbringt. Ich werde zu den Feen und Kobolden beten, die meine Insel bewohnen. Ich werde zu Dir beten, im Tempel meines Herzens.

Oh, mein Liebster! Mein Liebster.

16. Kapitel

Margaret

Portree, Skye, Dienstag, 27. August 1940

Lieber Paul,

es regnet auf Skye. Es regnet, seit die Fähre angelegt hat. Ich habe dem Kapitän gesagt, dass ich aus Edinburgh komme; ich sei Niederschläge gewöhnt. Er lachte nur und kaute auf dem Stiel seiner Pfeife.

Portree schmiegt sich um den Hafen, weich und verwischt, wie ein Kreidebild, das man im Regen gelassen hat. Natürlich hatte ich keinen Regenschirm dabei – wer aus Edinburgh trägt schon einen Schirm mit sich herum –, sodass ich mit dem Koffer über dem Kopf durch den Nieselregen laufen musste, bis ich in einem Pub unterschlüpfen konnte. Jetzt sitze ich am Feuer, dampfend und schläfrig, vor mir einen Grog und das alte, zerlesene Buch. Ich starre auf die Adresse, die eigentlich keine ist. Ein Straßenname, keine Hausnummer. Elspeth Dunn, Seo a-nis, Skye, Großbritannien.

Ich weiß, ich sollte aufstehen, das Postamt suchen und mich nach der Adresse erkundigen, aber hier am Feuer ist es so warm. Der Regen klatscht noch gegen die Scheibe. Vielleicht sollte ich einen zweiten Grog bestellen und ein Weilchen im Warmen bleiben.

Gerade noch war ich damit zufrieden, den ganzen Tag hier zu sitzen und den Regen abzuwarten, aber jetzt bin ich aktiv geworden! Während ich Dir schrieb, wie zufrieden ich am Torffeuer sitze, hörte ich den mürrischen Wirt mit den beiden Witwen am Nebentisch in einer Sprache plaudern, die ich noch aus den Schlafliedern meiner Mutter kenne.

»Ist das Gälisch, was Sie da sprechen?«, erkundigte ich mich. Als sie nickten, hielt ich ihnen das Buch hin. »Was bitte bedeutet ›Seo a-nis‹?« Ich sage lieber nicht, wie ich das ausgesprochen habe. Du wärst bitter enttäuscht von mir. Die Frauen waren es ganz bestimmt.

Doch statt es zu übersetzen, deutete die Größere der beiden auf das Gekritzel und rief: »Elspeth Dunn! Den Namen habe ich ewig nicht gehört.«

Die andere nickte. »Sie ist vor Jahren weggegangen.«

»Seo a-nis ist ihr Haus. Es gehört ihr noch immer, oder?«

»Der Familie.«

Ich hatte keine Ahnung, was ich mir vom alten Haus meiner Mutter versprach. Erinnerungen an die Vergangenheit? Ich wusste nur, ich musste hin. »Wo ist es?«

Ob Du es glaubst oder nicht, sie haben mich von Kopf bis Fuß gemustert! Der Wirt grinste. »Es ist mehr als ein Spaziergang, Miss.«

Miss? Also wirklich.

»Ich bin weite Strecken gewöhnt«, erwiderte ich etwas steif. »Wenn Sie mir bitte die Richtung zeigen würden.«

»Es ist weit draußen, in Richtung Peinchorran.« Er stützte sich auf den Tisch. »Ich kann Ihnen eine Landkarte und einen Kompass verkaufen. Und einen Regenschirm dazu.«

Landkarte und Kompass nahm ich gern und markierte das Haus mit Bleistift. Im Augenblick kauere ich im Eingang des Postamts, schreibe diesen Brief zu Ende und wünsche mir, ich hätte auch den Regenschirm genommen. Es regnet noch immer, mal mehr, mal weniger, und es gibt keinen Wagen, der mich zum Haus bringen könnte. Es sind über acht Meilen. Aber das haben wir beide doch auch schon geschafft! Ich habe meine Oxfordschuhe angezogen und werde den Versuch wagen. Meine Mutter hat ein Haus auf der Isle of Skye. Regen oder nicht, ich werde es finden!

Margaret

27. August 1940

Liebe Maisie,

ich drücke die Daumen und schicke dies an die alte Adresse Deiner Mutter auf Skye, weil es die einzige ist, die ich habe. Mit etwas Glück wird dieser Brief bei Dir landen.

Von unserer ersten Begegnung an habe ich mich gefragt, was Du für ein Mensch bist. Das Wo und Wie und Wieso der Margaret Dunn. Aber sei vorsichtig. Nicht dass jeder Vater so ein Drückeberger sein muss wie meiner, aber ich möchte nicht, dass Du enttäuscht wirst. Ich habe gehört, wie Du spekuliert hast, wer Dein Vater sein könnte. Ein Earl? Ein General? Basil Rathbone? »Inselbauer« stand nicht auf Deiner Liste.

Aber geht es nicht eben darum, wenn man die Vergangenheit erforscht? Dass man überrascht wird, schockiert, vielleicht sogar ein bisschen erschreckt? Wir wissen nie, was uns erwartet. Aber ich weiß, dass Du zumindest suchen musst. Du wirst nie erfahren, ob Du im Leben den richtigen Weg eingeschlagen hast, wenn Du nicht den Weg kennst, der Dich dorthin geführt hat.

Du hast Dich gefragt, ob wir die Dinge überstürzen, ob wir unseren Gefühlen vertrauen können. Mein liebes Mädchen, ich werde Dich zu nichts zwingen, wenn Du Dir unsicher bist. Überleg es Dir, solange Du möchtest. Aber beantworte mir eine Frage: Was hast Du in dem Augenblick gefühlt, als Du »Ja« gesagt und meine Hand genommen hast?

Mir war, als würde mein Herz geradewegs aus meiner

Brust springen, und dieses Gefühl habe ich mir bewahrt. Als ich vor Dünkirchen bis zur Brust im Wasser stand und nicht wusste, ob mich die Flugzeuge treffen, als ich nicht wusste, ob ich es jemals aufs Schiff schaffen würde, habe ich an Deine Hand in meiner gedacht, und alle Sorgen schmolzen dahin. Wenn ich in dieser Welt auf etwas vertraue, dann auf meine Gefühle für Dich.

Pass auf Dich auf, und schreib, sobald Du kannst.

In Liebe

Paul

Beagan Mhìltean, Skye, Freitag, 30. August 1940

Lieber Paul,

ich habe mich gleich am verregneten Tag meiner Ankunft auf die Suche nach Seo a-nis gemacht. Im Rückblick war das ein Fehler. Ich musste die meiste Zeit querfeldein laufen (obwohl ich zugebe, dass es vor allem mit meinen mangelhaften Fähigkeiten im Kartenlesen zu tun hatte). Jedenfalls war es kein blumenbestandener Weg im schottischen Grenzland. Es ging bergauf und bergab, durch die Einöde, wo mir nur die Schafe Gesellschaft leisteten. Die Oxfordschuhe waren dem Schlamm von Skye nicht gewachsen. Ich weiß nicht, wie oft ich auf einem Bein zurückhüpfen musste, um einen herauszuziehen. Ich hatte außerdem meinen Koffer dabei (den jeder vernünftige Mensch im Ort gelassen hätte), weil ich mir nach der Ankunft etwas Trockenes anziehen wollte. Bald wurde mir klar, wie töricht die Idee gewesen war. Mein Koffer war sofort durchweicht. Ich deponierte ihn im Schutz einer bröckelnden Steinmauer, um ihn später zu holen. Ich habe ihn immer noch nicht wiedergefunden.

Schließlich begegnete ich einem alten Mann, der mit seinem Hund in Richtung Portree unterwegs war (das glaube ich jedenfalls; ich schwöre, der Kompass ist kaputt). Er versicherte mir, ich sei in der Nähe von Peinchorran, und zeigte mir den Weg zum Haus. Er sagte, es sei das einzige am Rand des *lochs*, ich könne es gar nicht verfehlen. Er hatte recht.

Es sah aus, als wäre seit Jahrzehnten niemand mehr im Cottage gewesen. Es ist eines dieser weiß gekalkten Gebäude, die man hier überall findet, zwei Zimmer unten, zwei Zimmer oben und ein Schornstein an jedem Ende. Ein echtes Schieferdach, obwohl viele Platten im Laufe der Jahre heruntergefallen sind. Die Läden sind mit Brettern zugenagelt. Ich versuchte es an der Tür, doch sie hatte sich verzogen und gab kein bisschen nach.

Neben dem Cottage befand sich ein älteres Haus, ein flaches Gebäude aus Stein mit einem verrotteten Strohdach. Dahinter begrenzte ein umgekippter Zaun einen überwucherten Garten, in dem nun fast nur noch Disteln wuchsen. Es war ganz still bis auf die Wellen, die sich auf dem Kiesstrand brachen, und das ferne Blöken der Schafe.

Der Regen war in ein dunstiges Nieseln übergegangen. Ich spielte mit dem Gedanken, an den Strand zu gehen und nach weiteren Lebenszeichen zu suchen. Als ich um das Haus ging, scheuchte ich etwas Gefiedertes von dem strohgedeckten Gebäude auf. Ich bog um die Ecke, und, oh, Paul, ich erstarrte.

Die ganze Rückseite des Hauses, die dem Meer zugewandt ist, erstrahlte in leuchtenden Farben. Sie sah aus wie ein italienisches Fresko, das sich auf die Hebriden verirrt hat. Die gekalkte Wand war mit Spiralen und Schlangenlinien bedeckt, manche unmittelbar aus den gälischen Legenden und Schlafliedern, die Mutter gesungen hatte, während sie mich wiegte. Selkie-Frauen, die am Strand aus ihrer Robbenhaut schlüpfen. Feen, die um eine flackernde, grüne Flamme tanzen. Eine Frau auf einem Felsen, gekleidet in Rosenblätter, die weinend aufs Meer schaut. Die Bilder verschwammen ineinander, überlagerten sich. Ein Paar, das Walzer tanzte. Eine Schale mit Orangen. Eine rosa Perle, die in einer offenen Auster schimmerte. Dazu Bilder, die nur aus dem letzten Krieg stammen konnten. Ein Krankenwagen, der an einer Explosion vorbeirast, während Reihen von Jungs vorbeimarschieren. Der Fahrer des Wagens lehnt sich aus dem Fenster, das Gesicht zum *loch* hin gerichtet, und ich könnte schwören, dass seine braungrünen Augen funkeln.

»Sie hat das alles gemalt«, sagte eine Stimme hinter mir. »Während des Großen Krieges, als sie gewartet hat.«

Die Frau war klein und gepflegt, ihre schwarzen Augen scharf wie die einer Krähe. Hinter ihr holperte ein uralter Lastwagen vorbei.

»Ich habe gehört, dass sich jemand in Portree nach Elspeth Dunn erkundigt hat.«

Ich konnte nur nicken.

»Und die Narren haben Dich hierhergeschickt.« Sie zog den Schal enger um die Schultern. »Du kommst besser mit.«

Sie griff nach meinem Arm, doch ich erstarrte. Es war ein langer Weg gewesen.

»Oh, Du hast Elspeths Temperament. Sie hat auch immer so den Mund verzogen. Das erkenne ich sofort, Margaret Dunn.« Ich muss wohl überrascht gewirkt haben, denn ihr Blick wurde weicher, und sie lächelte. »Ich bin Deine Gran. Ich habe auf Dich gewartet.«

Und ich hatte gedacht, sie spräche kein Wort Englisch und könne es weder lesen noch schreiben. Ich hatte sie immer als meine Großmutter auf Skye abgetan, die auf ihrem kleinen Hof zu beschäftigt war, um uns in Edinburgh zu besuchen. Aber das hieß nicht, dass wir ihr egal waren. Ich habe Dir doch erzählt, dass sie meiner Mutter, solange ich denken kann, jeden Monat auf Gälisch geschrieben hat. Aber, Paul, Mutter hat Gran jede *Woche* geschrieben und von jedem meiner Schritte berichtet, von jedem Traum, den ich hatte, und jedem Wunsch, den ich vor dem Schlafengehen äußerte. Und die Fotos! Von meinem ersten Schultag, meiner Zahnlücke, meinem zehnten Geburtstag, meiner Konfirmation, alle aufgenommen mit Mutters alter »Challenge«-Faltkamera. Gran hat alle Briefe in einer Truhe am Fußende ihres Bettes aufbewahrt und die Fotos an den Deckel gesteckt. Obwohl sie so weit von Edinburgh entfernt lebte, war sie uns nie fern.

Ich habe diese Woche im Haus meiner Großmutter verbracht und eine Familie kennengelernt, von der ich nichts wusste, bin an Bächen und Klippen vorbeigewandert und habe an Dich gedacht. Überlegte unwillkürlich, wie lange wir hier wandern könnten. Du würdest mir helfen, das alles durchzustehen, und meine Hand nehmen, und dann würde ich mich so sicher fühlen wie damals in Plymouth, als ich »Ja« zu Dir gesagt habe. Ich weiß nicht, was ich ohne Dich täte.

In Liebe

Maisie

London, 16. August 1940

Sehr geehrte Damen und Herren,

vor vielen Jahren wohnte eine Frau namens Eve Hale geborene Graham mit ihrem Mann und ihrer Tochter unter dieser Adresse. Ich weiß nicht, ob sie noch dort leben oder aus Terre Haute weggezogen sind, aber ich würde mich über alle Informationen freuen. Eve ist die Schwester eines alten Freundes. Wir haben uns aus den Augen verloren, und ich möchte sie gern wiederfinden.

Falls Sie etwas über ihren Verbleib wissen, möchte ich Sie bitten, sich bei mir zu melden. Sie können mir ins Langham Hotel in London schreiben. Vielen Dank im Voraus.

Mit freundlichen Grüßen

Mrs. Elspeth Dunn

17. Kapitel

Elspeth

Ste. Geneviève, Paris, 28. April 1916

Meine Sue,

eine Million und eine Entschuldigung, dass ich nicht früher geschrieben habe! Du hast Dir vermutlich schreckliche Sorgen gemacht, als nur die Postkarte aus dem Lazarett kam, aber ich war nicht in der Lage zu schreiben. Ich fühle mich jetzt viel besser und dachte, Du hättest eine Erklärung verdient.

Ich habe eine Route befahren, die zu einem *poste* in der Nähe des hinteren Grabens führte. Nah genug, um die »Hölle zu riechen«, wie man so sagt. Aufgrund des schweren Beschusses hatte man die Verwundeten noch nicht zu diesem *poste* gebracht. Ich blieb also im Unterstand und wartete. Bald sah ich, wie sich die Sanitäter die Böschung hinaufquälten. Diese Stelle ist gefährlich, da sie den deutschen Schützen freie Sicht bietet. Es war eine mondhelle Nacht, und einen kurzen Moment lang waren die Sanitäter mit ihren Tragen hell erleuchtet. Lang genug, dass ein Schütze das Feuer eröffnen konnte.

Ich sah die Trage hinfallen und rannte hinauf. Einer der Sanitäter war niedergestürzt, aber der Verwundete schien nicht getroffen zu sein. Ich zog den verletzten Sanitäter irgendwie herunter und half dem anderen mit der Trage. Man schoss erneut auf uns. Eine Granate schlug ganz in der Nähe ein, sodass mich einige Splitter in Schulter und rechten Fuß trafen. Wir schafften es irgendwie, den Verwundeten, den verletzten Sanitäter und mich in den Krankenwagen zu verfrachten. Selbst fahren konnte ich nicht mehr.

Meine Verletzungen waren nicht schwer, aber sie entzündeten sich, und ich bekam hohes Fieber. Man verlegte mich weiter hinter die Linien, bis ich in Paris landete. Es tut mir so leid, Sue. Ich weiß, dass Du Dir Sorgen gemacht hast, als Du die Postkarte aus dem Lazarett bekamst. Ich war nicht in der Lage, Dir selbst zu schreiben. Die französischen Ärzte haben Schläuche in die Wunde gesteckt, damit der Eiter abfließen konnte, und ich konnte den Arm mehrere Wochen nicht bewegen. Keine der Schwestern sprach auch nur ein Wort Englisch, sodass ich nicht einmal einen Brief diktieren konnte. Meine Schulter tut noch ziemlich weh, und ich schreibe den Brief nach und nach. In meinen Fieberträumen warst Du immer da und hast an meiner Seite gesessen.

Dein Davey

PS Bitte, bitte, bitte schick mir ein paar Bücher! Ich weiß nicht, wie lange ich noch im Lazarett bleiben muss, aber ich gehe vor Langeweile allmählich die Wände hoch.

Hôtel République, Paris, 6. Mai 1916

Mein liebes, lustiges Mädchen! Als ich Dich um Bücher bat, habe ich gehofft, dass Du so schnell wie möglich etwas schickst. Aber Louisa May Alcott? Du hast Dir wirklich das *Erstbeste* geschnappt. Allerdings kann ich nicht begreifen, wie Du eine mehr als zehnstündige Zugfahrt mit *Jo's Boys* als einziger Lektüre überstanden hast. Das hast Du nun davon, dass Du ohne Koffer aus dem Haus gerannt bist! Nicht mal ein sauberes Paar Strümpfe hattest Du dabei. Wie gut, dass ich Dir welche von meinen geliehen habe. Ich weiß, Du gibst sie mir irgendwann zurück.

Du bist immer in meinen Gedanken, aber Dich persönlich zu sehen, Dich wie die süßeste Medizin im ganzen Krankenhaus zu trinken – das hat mich zu einem neuen Mann gemacht. Verglichen mit Dir ist die ganze Arznei hier Gerstenwasser. Du bist mein eigenes, persönliches Stärkungsmittel.

Morgen kehre ich an Ort Drei zurück. Dann schreibe ich mehr. Ich wollte nur, dass Dich ein Brief erwartet, wenn Du nach Hause kommst.

Davey

Irgendwo auf dem Kanal, 6. Mai 1916

Davey, Davey. Du musstest nicht auf Dich schießen lassen, um meine Aufmerksamkeit zu erregen! Du weißt, dass ich Dich trotz allem liebe. Das war ein sehr hinterlistiges Komplott, um mich auf ein Schiff zu locken. Hätte ich es nicht mit eigenen Augen gesehen, ich hätte Dir nie geglaubt, dass Du wirklich so krank bist.

Du sahst ziemlich jämmerlich aus, Liebster, ausgestreckt in diesem Krankenbett, und ich habe mir anfangs große Sorgen gemacht! So blass und dünn unter der Decke, Deine Locken ganz schlaff auf dem Kissen – ich wäre fast in Tränen ausgebrochen. Aber dann hast Du die Augen geöffnet, die die Farbe der Hügel haben, und einfach nur gesagt: »Da bist du ja«, als hättest Du mich erwartet, und ich wusste, dass alles gut ist. Ich war überrascht, dass man Dich so bald entlassen hat, aber vielleicht wollten sie Dich loswerden. Wenn ich an die Kommentare denke, die Du in mein errötendes Ohr geflüstert hast, wundert es mich nicht. Die Krankenschwestern waren *Nonnen*, Davey. Du kannst von Glück sagen, dass sie kein Wort Englisch sprachen.

Erst einmal im Hotelzimmer, brauchten wir nicht mehr zu sprechen. Deine Küsse haben meine Worte wirkungsvoll gebremst, wie schon in London. Sehr wirkungsvoll. Ich möchte keine Sekunde dieser langen, verschlungenen Nacht missen. Aber, mein Liebster, wenn ich gewusst hätte, welche Schmerzen Du am nächsten Morgen haben würdest, hätte ich gezögert. Oder zumindest eine zweite Flasche Brandy gekauft.

Ich wünschte, wir hätten mehr Zeit gehabt als diese eine Nacht! Ich wünschte, wir hätten uns so lange wie beim letzten Mal in diesem Zimmer verstecken können. Neun Tage, um uns zu küssen, Orangen zu essen und den guten Vorsatz zu fassen, endlich zu schlafen. Aber ich weiß, dass Du Dich zurückmelden musstest. Zurück zu Deinem Krankenwagen. Aber Dich nach nur einem halben Tag in meinen Armen wieder gehen zu lassen – oh, Davey, das war unglaublich schwer. Doch Du hast recht. Ich mache mir so viele Gedanken über unser »Morgen«, über jeden einzelnen Abschied, dass ich das »Gerade jetzt« nicht genießen kann.

Die Zukunft bringt genügend Sorgen. Ich habe keine Ahnung, was ich morgen über Iain erfahre. Ich habe keine Ahnung, was ich morgen über irgendetwas erfahre. Aber Du hast auf dem Bett gesessen, mit nackter Brust, und warst wunderschön und *hier*. Davey, Du bist mein »Gerade jetzt«.

In einer Zeit, in der ich mich so unsicher fühle, hat mich Dein Selbstvertrauen beruhigt. Dich zu sehen war das einzige Stärkungsmittel, das ich brauchte. Es hat meine Sorgen und Zweifel zerstreut.

In wenigen Tagen kehre ich nach Skye zurück. Diesmal fahre ich durch, ohne Halt in Edinburgh. Ich schreibe Dir, sobald ich wieder zu Hause bin. Ich wollte nur, dass Dich an Ort Drei ein Brief erwartet.

Mit all meiner Liebe

Sue

Ort Drei, 9. Mai 1916

Sue,

wieder an Ort Drei. Dort warteten Deine Briefe vom 12., 22. und 25. April auf mich. Hast Du Dir wirklich solche Sorgen gemacht? Ich bin ehrlich gerührt. Ich sollte mich öfter verwunden lassen. Du hast mir nicht nur verziehen und zugegeben, wie sehr Du mich vergötterst, es gab auch noch ein zusätzliches Geschenk: Ich konnte Dein schönes Gesicht noch einmal sehen. Und nachdem Du mich aus diesem düsteren Lazarett befreit hattest, gab es noch dieses zusätzliche Geschenk, das (um ganz ehrlich zu sein) meinem armen, gemarterten Körper mehr geschadet als genutzt, mich geistig aber in einen Zustand der Glückseligkeit versetzt hat.

Ich bin noch immer nicht ganz auf der Höhe, aber es geht allmählich besser. Man hat mir eine ehrenvolle Erwähnung in Aussicht gestellt. Noch wichtiger aber ist (zumindest für unsere Abteilung), dass ich mir endlich meinen Spitznamen verdient habe! Diese Spitznamen beweisen, dass man sich bewährt hat und wirklich dazugehört. Ich habe Dir ja schon von Pliny und Riggles geschrieben. Harry hat auch schon einen Spitznamen – stell Dir vor, sein richtiger Name ist Harrington, kaum zu glauben! In der Truppe haben wir außerdem Lump, Jersey, Skeeter, Gadget, Bucky und Wart. Frag mich nicht, woher die alle kommen, so genau weiß ich das auch nicht. Mich hat man jedenfalls Rabbit getauft. Die Jungs sagen, ich hätte solches Glück mit den Granatsplittern gehabt, als hätte ich eine Glück bringende Hasenpfote. Nicht auf der rechten Seite, aber die linke hat es gut überstanden, und es ist ja ohnehin die linke, die Glück bringt, oder?

Dein Glückspilz (wie immer!)

Isle of Skye, 15. Mai 1916

Davey,

Du wirst Dich *auf gar keinen Fall* noch einmal verwunden lassen! Nicht mal einen Splitter im Zeh. Verstanden? Glaub nicht, dass ich Dich noch einmal besuche. Ich werde dann jeden Brief von Dir verbrennen und Deine kindischen Schreie nach Aufmerksamkeit ignorieren.

Du hast mir nicht gesagt, dass es zu Deinen Aufgaben gehört, Krankentragen über gefährliche Wälle zu schleppen. Ich habe mich die ganze Zeit mit der Vorstellung getröstet, dass Du in Sicherheit bist und irgendwo weit hinter den Linien den Chauffeur spielst. Jetzt erfahre ich, dass Du nicht nur mitten in die Gefahrenzone fährst, sondern auch noch *aussteigst!* Bitte versprich mir, dass das nicht noch einmal vorkommt.

Ich habe endlich die Postkarte erhalten, die Du mir aus dem Krankenhaus geschickt hast. Kein Ruhmesblatt für die Post, dass sie beinahe einen Monat gebraucht hat. Hätte ich diese Karte zum rechten Zeitpunkt erhalten, hätte ich Dich sogar noch früher besucht. Verflucht sei die britische Post!

Als ich hier auf Skye ankam, war mein neues Cottage fertig. Für Dich wäre es vermutlich nichts Besonderes, für mich aber ist es ein Palast. Zwei Stockwerke, Holzboden, ein Schornstein an jedem Ende, Glasfenster und eine Tür, die man verriegeln kann! Das ist wahrer Luxus. Hier eine kleine Zeichnung.

Finlay hat beim Bau des Hauses geholfen. Seit er die Prothese hat, findet er allmählich ein bisschen Frieden. Vater hat einige große Stücke Treibholz besorgt, aus denen Finlay einen Kaminsims fürs Wohnzimmer gezimmert und Meerjungfrauen, Selkies und Kobolde hineingeschnitzt hat. Fürwahr, der Kaminsims eines Inselmädchens. Der Kaminsims eines Mädchens, das das Meer erobert hat, indem es seine eigenen Ängste besiegte.

Der arme Finlay ist allerdings ziemlich melancholisch. Er trauert nicht nur um Iain. Auch mit seinem Mädchen, Kate, steht es nicht zum Besten. Seit er wieder da ist, kommt sie immer seltener vorbei. Er hofft noch immer, dass sie zu ihm zurückkehrt und sich an das Bein gewöhnt, so, wie er es auch musste. Aber ich habe meine Zweifel. Wann immer ich zum Postamt gehe, sehe ich sie dort mit parfumgetränkten Briefen. Ich bringe es nicht über mich, es Finlay zu erzählen. Für ihn würde eine Welt zusammenbrechen.

Ich bin auf dem Rückweg zum Hof, um meine Sachen ins Cottage zu räumen. Die Bettwäsche muss gründlich gewaschen und die Matratze gelüftet werden. Aber auch alles andere hat wohl eine gründliche Reinigung nötig, bevor ich es in das saubere, neue Haus bringe. Ich werfe den Brief auf dem Weg dorthin ein.

Ich vermisse Dich jetzt schon.

E

Ort Drei, 22. Mai 1916

Sue,

mein Ehrenwort, Hand aufs Herz. Du wirst etwas so Dummes nie wieder von mir hören. Das schwöre ich. Wie klingt das?

Hier hat sich etwas verändert. Ich habe ja schon erwähnt, dass es eine Art Initiationsritus ist, wenn man seinen Spitznamen erhält. Von da an gehört man dazu. Mein Verhältnis zu den anderen hat sich tatsächlich verändert. Die Jungs waren immer freundlich zu mir, aber außer Harry stand ich niemandem wirklich nahe. Ich verspürte den ständigen Drang, mich mit ihnen zu messen und jeden Einzelnen zu übertrumpfen. Jetzt aber wird mir klar, dass wir alle auf derselben Seite stehen. Vielleicht finde ich sogar ein paar Freunde.

Das ist neu für mich. Ich weiß, ich weiß, schwer zu glauben, dass ich angesichts meiner schillernden Persönlichkeit und meines einzigartigen Sinns für Humor nicht der beliebteste Bursche an der ganzen Uni war, aber ich gehörte immer zu denen, die viele Bekannte, aber wenige Freunde haben. Jetzt erlebe ich die Kameradschaft, von der ich immer nur gelesen habe.

Gestern Abend habe ich in Darleys Gedichten gelesen, und da wurde mir bewusst, dass Du schon lange nicht mehr über Deine Poesie gesprochen hast. Ich weiß, ich habe Dich durchs halbe Land gejagt, aber hast Du überhaupt Zeit zum Schreiben gefunden?

Neulich habe ich ein kleines Märchen über eine Prinzessin geschrieben, die eine magische Krone besitzt, und an Florence geschickt. Erst später wurde mir klar, dass sie schon vier ist. Heißt das, sie ist zu alt für Onkel Daves Märchen? Was mögen vierjährige Mädchen? Sie lernt Zeichnen und schickt mir ganz verrückte Bilder (zum Glück versehen mit einer handschriftlichen Erklärung von Hank). Das letzte hieß »Mama und die Hühner und Tante Sallys Katze am Meeresufer«.

Ich schreibe beim Mittagessen. Es gibt einen ziemlich erbärmlichen Eintopf, der hauptsächlich aus Steckrüben und Kohl besteht, und ich erinnere mich an unser Essen im Carlton. Geschmorte Ente, Austern, Dein erster Schluck Champagner. Ich sehe noch, wie Deine Augen beim Anblick der Desserts aufleuchteten. Nicht zu fassen, dass Du von jedem eins bestellt hast! Es scheint eine Ewigkeit her zu sein, dabei ist es nur ein halbes Jahr. Ein halbes Jahr, ein halbes Leben – es scheint ein und dasselbe zu sein, wenn wir beide getrennt sind.

Weißt Du noch, was Du gesagt hast, als wir uns in King's Cross zum ersten Mal sahen? Die ersten Worte, die Du gesprochen hast? Du bist auf mich zugekommen, und während ich mich noch um einen intelligenten Satz bemühte, sagtest Du einfach: »Da bist du ja.« Daran muss ich oft denken, Sue. Hier bin ich. Wo immer ich in der Welt sein mag: »Hier bin ich.«

Davey

Isle of Skye, 29. Mai 1916

Davey,

ich bin in meinem Cottage und habe mit einem kleinen Projekt begonnen. Das ganze Gebäude ist weiß gekalkt und schreit förmlich danach, als Leinwand benutzt zu werden. Also habe ich in Portree alle verfügbaren Farben gekauft und begonnen, die Außenseite zu verschönern. Ich hocke auf der Leiter, die Taschen voller Pinsel und Gläser, ein gebogenes Stück Treibholz auf dem Dach als Palette, und lasse meine Fantasie und meine Erinnerungen frei durch die Finger fließen. Für vorbeifahrende Boote oder Wanderer am anderen Ufer des *loch* sieht es sicher wie blanker Unsinn aus, aber in meinem Kopf passt alles zusammen. Jeder Farbwirbel, jeder Pinselstrich ist ein Tribut an uns beide.

Finlay hat meinen Kaminsims fertiggestellt, er ist ein wahres Kunstwerk geworden. Er hat sich solche Mühe gegeben, bis hin zu den winzigsten Details. Genau in der Mitte befindet sich eine Feenprinzessin, die bemerkenswerte Ähnlichkeit mit Kate hat. Ich habe gesagt, er verschwende seine Zeit auf Skye und solle lieber an der Glasgow School of Art Bildhauerei studieren. Nicht wie ich hier herumlungern und seine Kunst an Bauernhäuser vergeuden. Nun, da er nicht zum Fischen hinausfährt, ist er, anders als wir Übrigen, frei und ungebunden. Er kann in die Welt hinausziehen, so, wie wir es uns als Kinder immer erträumt haben.

Ehrlich gesagt möchte ich, dass er von hier weggeht; er soll nicht mehr an Kate denken. Als ich Deinen letzten

Brief abgeschickt habe, war sie im Postamt. Der Wind, der durch die offene Tür wehte, riss ihr den Brief aus den Fingern, und ich habe ihn aufgefangen. Oh, Davey, er war an Willie adressiert. Und stank nach billigem Parfum. Sie sah, dass ich es bemerkt hatte, doch da sie ein hochnäsiges Luder ist, stolzierte sie wortlos an mir vorbei. Ich hätte Finlay gleich erzählen sollen, dass Kate ihn schon eine ganze Weile mit seinem Bruder betrügt, aber ich konnte es einfach nicht. Nicht jetzt, da er endlich ein wenig Frieden gefunden zu haben scheint.

Allerdings glaube ich, er ahnt etwas. Letzte Woche kam Willie nach Hause und gebärdete sich wie ein Pfau, unterhielt uns mit Geschichten über kühne Schlachten und eilte schon wieder davon. Ich habe ihn vor dem Cottage erwischt, als er gerade nach Portree gehen wollte. Ich habe gesagt, ich wisse über Kate Bescheid. Dass sie sein Mädchen sei und er um Finlays willen Schluss machen solle. Er lachte nur und erwiderte, mich habe mein Ehemann auch nicht davon abgehalten. Außerdem hätte ich gesagt, es sei richtig, seinem Herzen zu folgen. Er folge nur meinem Beispiel. Wir seien einander ähnlich.

Davey, sein Tun kommt mir so falsch vor. Und dann sehe ich Finlay, der daran zugrunde geht. Wenige Tage später hat Willie ihm in meinem neuen Haus geholfen. Er kam mit einer blutigen Nase heim, und Finlay tauchte erst am nächsten Tag wieder auf. Er weiß sicher Bescheid. Wie soll er den beiden je verzeihen?

Willie sagt, ich hätte mich Iain gegenüber genauso verhalten. Hätte nur an mich statt an ihn gedacht. Die leisen Stiche der Schuld, die ich manchmal empfinde, trafen mich bei diesen Worten mit ganzer Wucht. Ich war nicht nur eine hinterhältige Betrügerin, ich hatte meinen eigenen Bruder dazu verführt, das Gleiche zu tun. Ich hatte nicht nur meine Ehe zerstört, sondern auch meine Familie.

Ich hätte Willie einen besseren Rat geben können. Ich hätte Finlay von Kates Briefen erzählen können, als es noch nicht zu spät war. Aber ich habe nichts getan, und nun sprechen meine Brüder nicht mehr miteinander.

Und ich bin an allem schuld. Hätte ich Iain das nicht angetan, hätte Willie sein eigenes Handeln nie damit gerechtfertigt. Und meine Familie wäre noch heil.

Davey, mein Liebster, es muss aufhören. Ich muss aufhören. Glaub mir, meine Hand will diese Worte nicht schreiben. Aber ich kann Iain das nicht länger antun. Wenn er gefunden wird, wenn er nach Hause kommt, muss ich es ihm sagen. Ich muss das in Ordnung bringen, bevor es mit uns etwas werden kann. Zwischen Iain und mir stand es nicht zum Besten; gewiss wird er mir zustimmen. Aber, Davey, ich muss es richtig anfangen, sonst kann ich mir nie verzeihen.

Darum habe ich unsere Geschichte auf die Seite meines Cottages gemalt. Als Erinnerung an das, was war. Ein Denkmal für uns, geschaffen mit Farbe und Pinsel.

Bitte versteh mich. Du weißt, dass ich Dich liebe, aber bitte versteh mich.

Elspeth

Ort Drei, 8. Juni 1916

Sue,

Du ahnst nicht, wie sehr ich mich vor diesem Brief gefürchtet habe. Ich wusste, dass er eines Tages kommen würde, aber gefürchtet habe ich mich dennoch.

Als Du damals geschrieben hast, dass Du mich auch liebst, hast Du meine Welt auf den Kopf gestellt. Seit ich diese Worte gelesen habe, war das Leben für mich nie mehr wie früher. Aber Dein letzter Brief hat sie wieder auf die Füße gestellt, und mir ist schwindliger als zuvor. Ich habe seitdem nicht geschlafen.

Ich könnte Dich bitten, mich nicht zu verlassen. Genau das möchte der selbstsüchtige Junge in mir am liebsten tun. Und tief in Deinem Inneren möchtest Du das wohl auch. Aber ich mache all das hier nur, um mich Deiner und dem, was zwischen uns ist, würdig zu erweisen. Als dieser Mann würde ich Dich nicht von den Menschen wegreißen, die Du liebst, würde ich nicht zulassen, dass Dein Leben zerbricht.

Ich bitte Dich jedoch, es noch einmal zu überdenken. Schließ mich nicht einfach so aus. Es kam sehr plötzlich. Ich werde Dich nicht gegen Deinen Willen festhalten, aber gib mir ein bisschen Zeit. Lass mich Dich noch eine Weile halten. Bleib bitte bei mir, bis Iain zurückkehrt.

Immer
Davey

Isle of Skye, 19. Juni 1916

Lieber Davey,

ich habe ein offizielles Schreiben des Kriegsministeriums erhalten. Da es keine weiteren Nachrichten gibt, geht man mit großem Bedauern davon aus, dass Private Iain Dunn im Kampf gefallen ist.

Als es an die Tür klopfte, wusste ich sofort Bescheid. Ich habe den Brief nicht gleich geöffnet, sondern auf den Kaminsims gestellt, den Finlay für mich geschnitzt hat. Komisch, ich musste als Erstes an Finlay denken und dass er bei der Nachricht zusammenbrechen würde. Ich musste mich beherrschen. Ich musste für meinen Bruder da sein.

Ich habe nicht geschlafen, seit ich den Brief bekommen habe. Ich verbrachte die Nacht im alten Cottage und ging Iains Habseligkeiten durch. So wenig ist von ihm geblieben, so wenige Beweise dafür, dass er einmal gelebt hat. Ich brachte es nicht über mich, etwas wegzuräumen, und habe alles so gelassen, wie er es hingelegt hatte.

Auf einem Regal fand ich einen vergessenen nautischen Almanach von 1910 – hat er früher wirklich gelesen? – und eine geschnitzte Pfeife. Wenn ich abends dasaß und schrieb, hat Iain geschnitzt. Das hatte er von Finlay gelernt. Ich weiß noch, wie die beiden als Jungs am Ufer saßen, die dunklen Köpfe zusammengesteckt, und aus Treibholz kleine Püppchen und Kreisel für mich schnitzten. In den letzten Jahren hat er begonnen, in tieferen Gewässern zu fischen, und ist die ganze Nacht mit dem Boot draußen geblieben. Ich habe mir eingeredet, es habe daran gelegen, dass er es müde war, jeden Abend zu schnitzen und ins Feuer zu starren. Jetzt bin ich mir nicht mehr so sicher.

Er hatte eine Truhe für seine Kleidung, obwohl er das meiste, was er besaß, am Leibe trug. Es war nichts darin außer zwei häufig geflickten blauen Hemden, die ich kurz nach unserer Hochzeit genäht hatte. Ihre Nähte waren schief, aber die Hemden waren mit Begeisterung gemacht. Er hat sich nie beschwert und brachte sie mir zum Ausbessern, wenn die alten Flicken abfielen. Ich habe noch immer irgendwo ein Stück von diesem blauen Stoff. Erstaunlich, dass die Hemden unsere Beziehung überdauert haben.

In der Truhe lag auch ein zerbrochener Holzkamm. Er trug sein Haar immer zu lang. Er sagte, er spüre es gern auf der Stirn, wenn er draußen auf dem Wasser sei. Am Abend, bevor er wegging, saß er nur mit seiner Hose bekleidet vor dem Feuer und schnitt sich die Haare kurz. Ich wollte sie eigentlich aufsammeln und ein paar Strähnen zwischen die Seiten meines Byron legen, aber er warf sie ins Feuer. Ich bin ohnehin nicht sentimental.

Ganz unten in der Truhe fand ich eine verbeulte Keksdose, die mit Salz verkrustet und völlig verrostet war. Er musste sie in seinem Seesack gehabt haben, bevor er ihn ausgeleert und für die Armee gepackt hatte. Ich musste sie mit dem Fleischmesser aufhebeln. Davey, ich habe darin eine Ausgabe meines ersten Buches *Wellen gen Peinchorran* gefunden. Wir waren noch nicht verheiratet, als ich es ihm geschenkt habe, und ich wusste nicht, ob er es je gelesen hat. Die Seiten hatten Wasserflecken, und genau in der Mitte, bei einem Gedicht über Sommernächte, lag eine gedrehte Strähne von meinem Haar. Er hatte mit Bleistift den Satz »warm wie ein Atemhauch auf meinem Gesicht« unterstrichen. Neben dem Buch lag eine geschnitzte Babyrassel.

Seitdem sitze ich hier, eingewickelt in einen seiner Pullover, und starre ins Feuer. Màthair ist gestern gekommen und hat mit der Zunge geschnalzt, weil ich in einem Wollpullover am Feuer schwitze. Sie holte Wasser zum Baden herein und machte sich daran, eine Fischpastete zu backen. Während sie im Ofen war, half sie mir beim Haarewaschen und fragte: »Fühlst du dich schuldig?«

Wie sollte ich ihr erklären, dass ich mich nicht schuldig fühle, weil ich Dich liebe, sondern weil ich Iain nicht genug geliebt habe? Weil ich die ganze Zeit über gedacht habe, er hätte sich von mir abgewendet, obwohl das nicht stimmte? Er fuhr hinaus und jagte Heringe im Minch, trug aber immer etwas von mir bei sich. Er hatte mich immer in seiner Nähe.

Ich fühle mich so leer. Als ich den Brief mit der Vermisstenmeldung bekam, sagte ich mir, er sei tot. Damals habe ich meinen Teil an Tränen vergossen. Was hätte ich auch sonst glauben sollen? Hoffnung ist in diesen Zeiten nutzlos. Hoffnung ist der erste Schritt zur Enttäuschung.

Davey, ich weiß nicht, wie ich damit umgehen soll. Mit der Trauer. Ich habe keine Träne vergossen, seit der Brief gekommen ist. Ich kann nicht aus dem Haus gehen, denn wer würde mich verstehen? Da ist seine Witwe, die sich weigert zu weinen. Da ist seine Witwe, der es egal ist.

Aber das ist es nicht. Er war mein Mann. Wie könnte mir das egal sein?

Ich weiß nicht, was ich von Dir erwarte. Ich bin mir auch nicht sicher, weshalb ich Dir schreibe. Es ist eben das, was ich tue. Màthair hat gesagt, ich solle nicht damit aufhören. Ich solle weiterhin »meinem Amerikaner« schreiben, es gebe keinen besseren Weg, um weiterzuleben.

Bitte verlass mich nicht, Davey.

Sue

18. Kapitel

Margaret

Beagan Mhìltean, Skye, Samstag, 31. August 1940

Lieber Paul,

nachdem Gran mich in Seo a-nis entdeckt und mit zu sich nach Hause genommen hatte, sah sie wohl die Fragen in meinen Augen. Aber sie vertröstete mich. Wir könnten morgen darüber sprechen. Sie hatte einen großen Topf Haferbrei über dem Feuer und platzierte mich am Tisch gegenüber von meinem Großvater und meinem Onkel Willie, die beide so verwittert aussehen wie die Felsen auf Skye. Gran hielt ihre scharfen Krähenaugen auf mich gerichtet, aber Großvater schien während der ganzen Mahlzeit seine Augenlider von innen zu betrachten.

Man hörte nur das Knistern des Feuers und das Kratzen

der Löffel in den Schalen, und ich erwartete, dass Gran endlich etwas sagte. Eine winzig kleine Frau und doch so einschüchternd. Sie hatte mich abtrocknet und mir einen uralten Pullover und eine Hose von Großvater gegeben. Meine eigene Kleidung dampfte vor dem Kamin vor sich hin. Ich fühlte mich unbehaglich in fremder Kleidung an einem fremden Ort und wartete darauf, dass Gran den ersten Schritt machte.

Onkel Willie redete während der ganzen Mahlzeit, fragte mich nach Edinburgh und erzählte Anekdoten und schreckliche Witze. Über sich selbst oder meine Mutter sagte er nichts. Grans schmale Lippen und zusammengekniffene Augen verrieten mir, dass Willie die Enttäuschung der Familie war. Unverheiratet, ungehobelt, immer noch unter ihrem Dach.

Während seines ganzen Geredes saß Gran da und sah mich schweigend an. Es war ein geistiger Wettstreit, und die alte Frau war hartnäckiger. Ich gab schließlich nach und fragte, woher sie gewusst habe, dass ich herkommen würde. An einem Ort wie Skye kann man durchaus an das zweite Gesicht glauben.

»Finlay hat mir geschrieben.«

Willie ließ den Löffel in seine Schüssel fallen. »Finlay hat dir geschrieben?«

»Zum ersten Mal seit zwanzig Jahren.« Ihre Augen glitzerten zufrieden. »Er sagte, Elspeths Tochter habe ihn aufgespürt, und wenn sie weiter so stur bleibe, werde sie im Nu vor meiner Haustür auftauchen.«

»Warum hast du mir nichts davon erzählt?«

Gran funkelte ihn an. »Nur, weil du in meinem Haus

wohnst und mein Brot isst, muss ich dir noch lange nicht alles erzählen, Willie MacDonald.«

Er wirkte überhaupt nicht verärgert. »Er ist mein Bruder.«

»Aber er hat dir nicht geschrieben.«

Willie schob den Stuhl zurück und verließ ohne Entschuldigung die Küche.

In der Tat, eine Enttäuschung. Mein erster Abend, und schon befand ich mich mitten in einem Familienkrach.

»Finlay hat geschrieben, dass du etwas über Elspeths früheres Leben erfahren willst«, sagte Gran. »Dass du deine Mutter kennenlernen möchtest, wie sie vor deiner Geburt war.«

Ich nickte. »Viel hat er mir nicht erzählt.«

»Finlay ist ebenso stur wie Elspeth. Seit Jahren warten beide darauf, dass sich der andere entschuldigt.« Sie kratzte den Rest Haferbrei aus dem Topf in meine Schüssel. »Schon als Kinder waren sie einander ähnlicher, als sie jemals zugegeben hätten. Sie waren unsere Träumer, die beiden, die nie mit einem Dasein als Bauern zufrieden waren. Beide hungerten nach Wissen. Sie lasen, was immer sie in die Finger bekamen. Hielten den Blick auf den Horizont gerichtet, als wollten sie ihn berühren. Und als sie ihr Herz verschenkten, verloren sie es für immer.«

Ich erinnere mich genau, was sie gesagt hat, denn ich ließ sie es wiederholen und schrieb es danach so schnell wie möglich auf.

»Der Unterschied bestand darin, dass Finlay die Poesie nur in seiner Seele trug. Elspeth hatte sie in den Fingerspitzen.« Sie sammelte die Schüsseln ein und stapelte sie klappernd aufeinander. »Und jetzt ins Bett mit dir, Margaret Dunn. Morgen früh bekommst du den ›ersten Band‹.«

Ihre schwarzen Augen duldeten keinen Widerspruch, und ich erkannte, woher Mutter ihre Sturheit hat.

Als ich morgens aufwachte, war es still im Cottage. Alle schienen ihren Aufgaben auf dem Hof nachzugehen. Auf dem Küchentisch standen ein Teller mit frischem Bannockbrot und ein Glas Marmelade. Daneben lag ein Stapel Gedichtbände mit Goldschnitt. Alle von meiner Mutter geschrieben.

Paul, ich hatte ja keine Ahnung! Ich wusste, dass sie die Poesie in ihrer Seele trug, aber nicht, dass sie einmal aus ihrer Hand aufs Papier geflossen war. Meine Mutter ist eine Dichterin!

Ich habe die Bände die ganze Woche über wieder und wieder gelesen und mir durch die Verse ein Bild von ihr erschaffen. Freude, Sonnenschein, das Meer. Schwindelerregende Liebe, dahinschwindende Liebe. Liebe, die sie innerlich zerreißt. Und ich verstehe allmählich, was sie empfindet, während sie durch London streift. Denn in ihren Gedichten erkenne ich einige dieser Geister wieder.

In Liebe

Margaret

London, 24. August 1940

Sehr geehrte Damen und Herren,

vor vielen Jahren wohnte ein junger Mann namens David Graham, der damals an der University of Illinois studierte, unter dieser Adresse. Ich weiß, es ist lange her, würde mich aber über alle Informationen freuen.

Ich möchte Sie bitten, sich bei mir zu melden, falls Sie wissen, was aus ihm geworden ist, nachdem er Urbana, Illinois, verlassen hat. Sie können mir gern ins Langham Hotel in London schreiben. Ich bedanke mich im Voraus.

Mit freundlichen Grüßen

Mrs. Elspeth Dunn

19. Kapitel

Elspeth

Ort Fünf, 30. Juni 1916

Liebe Sue,

DU HAST NICHTS FALSCH GEMACHT. Deine Reaktion auf Iains Tod ist in keiner Weise unangemessen. Und wie kann jemand es wagen, Dir etwas anderes einzureden! Weine, wenn Du möchtest. Oder sing, wenn Dir danach ist. Geh im schwarzen Kleid in die Kirche, aber zieh Dir danach etwas leuchtend Gelbes an. Wenn Du schwitzend vor dem Feuer sitzen möchtest, dann mach es. Aber am nächsten Morgen gehst Du barfuß im kühlen Morgentau spazieren.

Verkrieche Dich auf gar keinen Fall in Dir selbst. Du ahnst nicht, welch lebendige Kraft Du auf dieser Erde bist. Du bist nicht zum Trauern geschaffen. Du bist dafür geschaffen, zu leben und zu lieben. Solange Du lebst, würdigst Du ihn. Solange Du ihn noch liebst, würdigst Du ihn. Halte Dich daran fest, Sue.

Und vergiss nicht: »Hier bin ich.« Nur einen Briefumschlag entfernt.

David

Isle of Skye, 7. Juli 1916

Mein Ritter,

selbst wenn Du glaubst, Du hättest nichts zu sagen, findest Du die perfekten Worte. Natürlich hätte es mich schon froh gemacht, nur einen schmuddeligen Umschlag zu sehen, der mit Deinem Gekritzel versehen ist, aber Deine Worte darin sind wie Balsam für mein wundes Herz.

Ich besitze kein gelbes Kleid, aber auf dem Heimweg vom Postamt musste ich einfach den Hut abnehmen und mir einen kleinen Strauß Vergissmeinnicht ins Haar stecken. Es war ein so schöner Tag, warm und schläfrig, und er erinnerte mich an meinen Hochzeitstag. Wusstest Du, dass ich letzte Woche acht Jahre verheiratet gewesen wäre? Ich habe einige Vergissmeinnicht gepflückt, dazu leuchtend gelben Steinbrech, Stiefmütterchen und rote Lichtnelken, und sie mit meinem Hutband zu einem winzigen Strauß gebunden. Dann bin ich zu der Stelle gegangen, an der Iain und ich als Kinder gespielt haben, und habe ihn auf den Feenhügel gelegt, auf dem er mich zum ersten Mal geküsst hat. Es gab keinen besseren Ort, um seiner zu gedenken.

Während ich dort stand und versuchte, mich an den

Mann zu erinnern, den ich seit fast zwei Jahren nicht gesehen habe, diesen Ehemann, der mir fremd geworden war, fragte ich mich unwillkürlich, ob ich ihn noch liebe oder nicht.

Ich glaube, ich habe Iain in gewisser Weise immer geliebt. Ich habe Dir gesagt, dass ich ihn seit Jahren kenne. Von der kindlichen Zuneigung zur »Schwärmerei« der Jugend. Von der errötenden Liebe, die man als Heranwachsende empfindet, zur ungezwungenen Liebe einer Ehefrau. Also ja, ich liebe ihn noch. Ich kann mir gar nicht vorstellen, ihn *nicht* zu lieben, weil ich es schon so lange tue.

Seltsam, dass Du nach meinen Gedichten fragst. Ich hatte lange nichts geschrieben, seit Weihnachten nicht. Gestern Abend habe ich es versucht, um meine Gefühle zu ordnen, aber es klang so künstlich. Die Worte flossen nicht dahin wie damals, als ich mit Dir zusammen war. Erinnerst Du Dich an das Gedicht, das ich in London über Dich geschrieben habe – als Du ausgestreckt auf dem Bett lagst, einen Arm über dem Gesicht? Schon Deine Haltung war ein Gedicht. Die Worte waren da – ich musste sie nur aus der Luft pflücken und auf die Seite heften. Doch gestern Abend ... Ich konnte es einfach nicht. Ist meine Muse verschwunden? Werde ich nie wieder schreiben können?

So merkwürdig es klingen mag, ich fühle mich besser, nachdem ich über Iain gesprochen habe. Es ist, als hätte ich eine Grabrede gehalten. Nun, da ich von ihm gesprochen und den Strauß niedergelegt habe, kommt es mir vor, als würde ich (sanft) eine Tür schließen. Doch wenn man eine Tür schließt, muss man eine andere öffnen.

Sue

Ort Sechs, 15. Juli 1916

Sue,

es hört sich an, als ginge es Dir gut. Ich wusste, dass Du erkennen würdest, was Du zu tun hast.

Wir sind mal wieder verlegt worden. Ich komme mir vor wie ein Zigeuner, lebe praktisch im Laderaum meiner Blechkiste und schlafe nie lange genug an einer Stelle, um eine Mulde auf dem Boden zu hinterlassen. Wir sind offiziell wieder *en repos* und damit ein ziemliches Stück hinter den Linien, müssen aber immer noch die eine oder andere Evakuierung übernehmen. Meist transportieren wir Kranke anstatt Verwundete.

Ort Sechs ist einer der schönsten Orte, die ich in Frankreich gesehen habe, umso mehr, da er uns Frieden und Erholung bietet. Ich wünschte, ich könnte Dich an die Hand nehmen und ihn Dir zeigen. Wir sind in einem kleinen Tal außerhalb der Stadt stationiert, es ist grün, und überall wachsen Blumen. Nach dem Geruch von Schießpulver und Blut und dem widerlich süßen Gestank von entzündetem Fleisch können wir gar nicht genug bekommen vom Duft des frischen Grases und der Wildblumen. Hier ist eine Mohnblume für Dich, Sue. Presse sie in Deinem *Huck Finn*, und bewahre sie für mich auf.

Ich weiß noch, wie Du in London das Gedicht geschrieben hast. Könntest Du es mir schicken? Yeats und Shakespeare sind gut und schön, aber ich hungere nach einem Original von Elspeth Dunn.

Hast Du bemerkt, dass ich mir gar keine Gedanken darüber mache, dass Du nie wieder schreiben könntest? Das hast Du auch geglaubt, nachdem der Krieg ausgebrochen war, und Du hast dennoch weitergeschrieben. Auch wenn es dunklere, nachdenklichere Gedichte waren. Du hast in London viel geschrieben. Die Muse hat Dich nicht verlassen, Sue. Nur Geduld.

Außerdem sind da doch die Briefe. Deine Worte sind nicht künstlich geworden. Du schreibst immer noch an mich, und ich kann mir nicht vorstellen, dass Du jemals natürlichere oder aufrichtigere Gedanken geäußert hast als in diesen Briefen.

Oh, die Kantine ruft. Ich muss jetzt Schluss machen, möchte Dich aber daran erinnern, dass in Frankreich jemand an Dich denkt.

David

Isle of Skye, 22. Juli 1916

Davey,

gestern war ich ziemlich nachdenklich. Während ich meiner Arbeit nachging, musste ich die ganze Zeit daran denken, was es bedeutet, verheiratet zu sein. Was die anderen von einem erwarten, was man von sich selbst erwartet. Ich bin mir immer noch nicht sicher, was es bedeutet, Witwe zu sein. Ich weiß nicht, was ich fühlen oder tun darf.

Iains Mutter meint sicher, ich müsste den Rest meiner Tage in Trauer verbringen, jeden Morgen für ihn beten und jeden Abend eine Kerze für ihn anzünden. Als ich im Garten kniete und darüber nachdachte, habe ich es fast selbst geglaubt.

Dann kam Dein Brief und erinnerte mich daran, dass einer der Männer, die mich von fern geliebt haben, tatsächlich in Sicherheit und gesund und wohlauf ist.

Ich habe das Gedicht hervorgekramt, um es für Dich abzuschreiben. Obwohl ich in Eile war, versetzten mich die Worte wieder zurück an diesen trägen Nachmittag. Ich weiß noch, wie ich Dich auf dem Bett beobachtet habe, Du warst so gelassen, so glücklich. Wir hatten nichts gegessen, seit Tagen kaum geschlafen, und doch warst Du vollkommen zufrieden. Weißt Du noch, wie Du mich mit den Orangen aus der Obstschale gefüttert hast? Ich weiß nicht, was besser geschmeckt hat – die Orangen oder Du.

Das Gedicht erinnert mich nicht nur an jenen Nachmittag, sondern auch daran, dass ich Dich schon so lange liebe. Statt mich nach jemandem zu sehnen, der nie zurückkommen wird, könnte ich mich nach jemandem sehnen, der zurückkommt. Wenn ich jeden Morgen bete, dann für Dich, Davey. Ich bete, dass der Krieg vorübergeht und ich Dich wieder bei mir habe.

E

Ruhe

Er liegt ganz still im Lichterschein,
Die Muskeln schimmern golderfüllt.
Den Körper lang, gestreckt das Bein,
Vom Bett liebkost und eng umhüllt.

Er ist entspannt – ganz nackt und weich.
Der Körper ehrlich, unverstellt.
Harte Faust wird sanft und streicht,
Muskeln öffnen sich der Welt.

Halb zu die Augen, Wimpern beben,
Sein Arm ruht über dem Gesicht.
Er atmet, seufzt, still, voller Leben,
Komm zu mir, hör ich, als er spricht.

Er gähnt und reckt sich löwengleich,
Und kehrt zurück in seine Ruh.
Er winkt mich lässig in sein Reich,
Und ich geselle mich dazu.

Ort Acht, 31. Juli 1916

Sue,

wir sind ein bisschen herumgekommen, aber immer noch *en repos*. Zurzeit kampieren wir auf dem Gelände einer prachtvollen Villa und haben unsere Zelte im baumbestandenen Park aufgeschlagen. Es gibt nicht viel zu tun außer einem gelegentlichen Krankentransport, also entspannen wir uns, lesen oder gehen in der nahe gelegenen Stadt spazieren. Manchmal vergessen wir beinahe, dass um uns herum ein Krieg tobt.

Dein Gedicht hat auch bei mir Erinnerungen wachgerufen. Ja, ich weiß noch, wie ich Dich mit den Orangenstücken gefüttert habe. Der Saft ist Dir aus den Mundwinkeln gelaufen, und ich habe sie sauber geküsst. Wir haben so oft gebadet! Ich wünschte, Du hättest die Badewanne als Andenken mit nach Hause nehmen können. Ich hätte die Orangen mitgenommen. Oder die Blumen, die Dir in Piccadilly so gut gefallen haben, die nach dem Hochland rochen, wie Du sagtest.

Kauf lieber noch keine Zugfahrkarte, aber es kann sein, dass ich Anfang September *en permission* bin. Wir dürfen alle drei Monate eine Woche Urlaub nehmen, aber nach neun Monaten stehen uns zwei Wochen an einem Stück zu. Es lohnt sich nicht, in der einen Woche nach Schottland und zurück zu fahren (weshalb ich auch bisher nicht weiter als bis Paris gekommen bin), aber zwei Wochen würden reichen. Also, *en garde*, Liebste, wenn alles gut geht, werde ich Dich im September besuchen. Vielleicht können wir uns in Edinburgh treffen?

David

Isle of Skye, 7. August 1916

Davey, mein Davey!

Darf ich überhaupt zu hoffen wagen, dass ich Dich im September sehe? Ich weiß, wie launisch die Armee sein kann, wenn es um Urlaub geht. Diesmal werde ich auch an einen Koffer denken. Edinburgh wäre herrlich. Ich habe mich in die Stadt verliebt. Oder wir treffen uns wieder in London, wenn es für Dich einfacher ist. Ich will nicht einen einzigen Augenblick Deines Urlaubs verschwenden. Irgendwann hole ich Dich nach Skye.

Letzte Woche tauchte meine Mutter mit Chrissie und den Kleinen im Schlepptau vor meiner Tür auf. Angesichts der Lebensmittelknappheit in Edinburgh und des Zeppelinangriffs vom Frühjahr dachte Chrissie, dass die Kinder bei uns auf Skye besser aufgehoben seien. Sie und Màthair haben einander angesehen, und dann sagte Màthair: »Du hast ja so viel Platz …« Da bin ich nun und »spiele Mutter« wie ein kleines Mädchen.

Chrissie ist am nächsten Morgen nach Edinburgh zurückgekehrt – Krankenschwestern werden heutzutage dringend gebraucht, sodass sie nur ein paar Tage Urlaub nehmen konnte –, doch die Kinder haben sich gut eingelebt. Ich habe nur ein Bett, darin schlafen Emily und ich. Màthair hat Drillichsäcke mitgebracht, die wir mit Heu und trockenem Bettstroh ausgestopft haben. Emily ist die Einzige, die sich vielleicht noch an das Leben auf Skye erinnert. Allie trug kaum die ersten Kniehosen, als sie weggezogen sind, und Robbie war ein Winzling. Die Jungs kennen nur das Leben in der Großstadt, für sie ist die ganze Reise ins Hochland zu Tante Elspeth so aufregend wie Marco Polos China-Expedition.

Ich weiß, dass Màthair und Chrissie mich ablenken und meine Tage und Nächte ausfüllen wollen. Das ist sehr rücksichtsvoll von ihnen. Aber sie wissen nicht, dass ich, seit mir der Briefträger vor viereinhalb Jahren an einem regnerischen Frühlingstag den ersten Brief eines frechen Amerikaners gebracht hat, nie mehr einsam gewesen bin. Ich liebe Dich.

E

Ort Neun, 14. August 1916

Liebe Sue,

wenn wir herumlungern und nicht viel zu tun haben, gibt es immer zwei Gesprächsthemen. Eigentlich drei. In jeder Unterhaltung taucht unwillkürlich das Thema Mädchen auf. Wer eins hat, holt das zerknitterte, sorgsam gefaltete Foto hervor. Pliny, der Schlauberger, hingegen zeigt eine pikante französische Postkarte, die er irgendwo gekauft hat, und schwört feierlich, dies sei »seine Süße«. Und das Beste daran? Es ist jedes Mal eine andere Postkarte.

Das zweite beliebte Thema ist, wenig überraschend, das Ende des Krieges. Wir sind stets optimistisch und setzen auf einen Zeitpunkt um den nächsten wichtigen Feiertag. Um diese Jahreszeit behaupten wir alle zuversichtlich, der Krieg sei Weihnachten zu Ende. Wenn der Januar näher rückt, drücken wir die Daumen für ein Finale zu Ostern.

Beim dritten Thema, das uns beschäftigt, geht es um die Zeit nach dem Krieg. Diese Zukunftsvision beginnt immer mit einem Festmahl, das es mit dem Besten aufnehmen kann, das Delmonico's zu bieten hat. Brot mit richtiger Butter, gehaltvoller Eintopf, Steaks so dick wie ein Männerarm, Kuchen und Torten und Doughnuts, Kaffee mit frischer Sahne, guter Bourbon. Verzeih bitte die Tropfen auf dem Papier; ich habe wohl gesabbert.

Nachdem wir in Gedanken dieses sehnlich erwartete Festmahl verschlungen und vielleicht mit einigen gymnastischen Übungen mit den zuvor erwähnten »Süßen« abgerundet haben, malen wir uns unsere berufliche oder private Zukunft aus. Der gute alte Wart wünscht sich nichts sehnlicher, als sich mit seinem Mädchen niederzulassen und die Produktion von Wart Junior in Angriff zu nehmen. Pliny hat große Pläne, er will Politiker werden. Er sieht sich schon als hohes Tier mit einem endlosen Vorrat an Zigarren und Frauen. Gadget, der von uns allen am besten an den Blechkisten herumschrauben kann, möchte für Henry Ford Autos entwerfen. Riggles will ein Geschäft eröffnen und sie dort verkaufen. Harry wird zu seiner Minna nach England zurückkehren und vielleicht Professor werden. Er sagt, er habe so viele Verstümmelungen und Verwundungen gesehen, dass ihm der Spaß am Arztberuf vergangen sei.

Aber das sind natürlich lauter Seifenblasen. Keiner dieser Pläne bedeutet etwas. Es ist gut und schön, darüber zu sprechen, was man tun wird, wenn man das Ganze hinter sich hat, aber es ist nur heiße Luft, bis man es *tatsächlich* hinter sich hat. Wir können heute über unsere Zukunft reden und sie morgen verlieren.

Na ja, alle bis auf Deinen Davey. Du weißt ja, dass ich zu Dir nach Hause komme, nicht wahr, Sue? Ich habe einen Pakt mit dem Teufel geschlossen, um meine Sue wiederzusehen. Es mag unpatriotisch sein, heutzutage auf Faust anzuspielen, und wenn meine Kameraden das hier läsen, würde ich vermutlich geteert und gefedert. VERDAMMTES *BOCHE*-GESCHWAFEL. So, vielleicht konzentrieren sie sich nur auf die Großbuchstaben.

Oh, wir müssen jetzt die Lizzies ankurbeln. Ich schreibe noch kurz die Adresse auf den Brief und werfe ihn ein.

Küsse!

D

Isle of Skye, 22. August 1916

Lieber Davey,

was erzählst Du ihnen denn über Deine »Süße«? Dass ich atemberaubend schön bin? Erstaunlich klug? Die genialste Köchin diesseits des Hadrianswalls?

Oh, Davey! Mir ist gerade bewusst geworden, dass Du, wenn alles gut geht, dieses Jahr meinen weltberühmten *Christmas pudding* bei *mir* essen wirst! Dann ist das Jahr vorüber, für das Du Dich verpflichtet hast. Mir kann es eigentlich egal sein, ob der Krieg Weihnachten zu Ende ist, denn dann gehörst Du mir und nicht mehr dem Field Service.

Du hast davon gesprochen, was sich die anderen für die Zukunft erhoffen, aber kein Wort über Dich selbst verloren. Hast Du Geheimnisse vor mir? Es mögen »Seifenblasen« sein, aber ich weiß, dass Du darüber nachgedacht hast. Davey, Liebster, Du bist ein zu großer Optimist, um *nicht* von der Zukunft zu träumen. Gehst Du mit mir zu Delmonico's? Bringst Du mir das Autofahren bei? Entführst Du mich auf Ski-Ausflüge nach Michigan? Küssen wir alle zum Abschied und segeln um die Welt? Seit ich Dich kenne, habe ich mehr erlebt, als ich mir je vorstellen konnte. Allein im vergangenen Jahr bin ich in London, Paris und Edinburgh gewesen. Ich habe im Carlton gegessen, im Langham geschlafen und in der Charing Cross Road eingekauft. Mir ist, als könnte ich Skilaufen oder Autofahren lernen. Mit Dir an meiner Seite kann ich jedes Abenteuer bestehen.

Ich liebe Dich.

Sue

Ort Zehn, 31. August 1916

Sue,

ich habe viel zu tun. Kaum eine Pause, um die Socken zu wechseln. Wir bedienen nur einen einzigen *poste*, aber hier kommen so viele Männer durch, dass wir ständig mit zwanzig Wagen unterwegs sind. Ich habe fast achtundvierzig Stunden gearbeitet, ohne ein Auge zuzutun. Gerade esse ich einen Kanten Brot, den ich in lauwarme Suppe getunkt habe, und versuche, die Augen lange genug offen zu halten, um Dir zu schreiben.

Gott, was bin ich müde!

Keine Geheimnisse um die Zukunft, Sue. Ich hoffe, die erste Hochland-Balletttruppe der Welt zu gründen. Und Du kannst im Chor von und in einem

Tut mir leid, bin eingedöst …

Sei geküsst –

Ort Zehn, 1. September 1916

Sue,

tut mir leid, dass mein letzter Brief so kurz und am Ende so verworren war. Ich bin wirklich darüber eingeschlafen. Ich könnte schwören, dass ich einen Präriehund vorbeilaufen sah, als mein Kopf heruntersank. Ich sitze gerade im Krankenwagen und versuche, diese Nachricht auf meinen Knien zu schreiben, während ich einen (oder zehn) Becher Kaffee trinke.

Bin immer noch hier in ______, und alles ist völlig verrückt. Kein Wort über den Urlaub, aber Du weißt, ich sage Bescheid, sobald ich etwas höre.

Wir sind jetzt seit knapp zwei Wochen hier, werden also über kurz oder lang entweder *en repos* sein oder Urlaub bekommen. Wenn sie uns weiterhin so antreiben, fallen wir um. Gadget hat sich etwas eingefangen und ist im Feldlazarett, also fehlt uns auch noch ein Mann.

Warten wir ab mit Weihnachten. Du hast recht, mein Jahr ist fast vorbei, aber ich kann mich jeweils für weitere drei Monate verpflichten. Wer weiß? Die Zukunft läuft uns nicht davon. Wir können darüber sprechen, wenn wir uns sehen. Ich drücke die Daumen für den Urlaub!

Riggles wirft gerade den Motor an, also muss ich jetzt Schluss machen. Der letzte Schluck Kaffee!

D

Isle of Skye, 11. September 1916

Lieber Davey,

ich hoffe, Du konntest Dich ein bisschen ausruhen. Irgendetwas Neues über den Urlaub? Kannst Du herkommen? Sonst treffen wir uns wieder in London. Ich habe Màthair schon vorgewarnt – sie wird sich um die Kinder kümmern, sobald ich Dein Telegramm erhalte.

Mein Gott, es klingt seltsam: Màthair wird sich um »die Kinder« kümmern. Es sind nicht meine, aber ich fühle mich trotzdem für sie verantwortlich. Immerhin forme auch ich ihren jugendlichen Verstand!

Chrissie wird ihre Kinder gar nicht wiedererkennen,

wenn sie sie abholt. Sie sind ganz braun und sommersprossig. Die Jungs sind richtig rund geworden von all dem Frischkäse und der Sahne, die ich ihnen vorsetze. Emily kommt mir immer noch zu dünn vor, aber sie hat wenigstens ein bisschen mehr Energie, weil ich sie hinaus in den Sonnenschein treibe.

Schreib mir bitte, egal, wie müde Du bist. Selbst ein »Ich liebe Dich« auf der Rückseite einer Postkarte lässt mein Herz höher schlagen.

Und ich liebe *Dich*.

E

Ort Elf, 11. September 1916

Mein liebes, liebes Mädchen,

es tut mir leid, dass ich in letzter Zeit so wenig geschrieben habe. Wir waren in einer hart umkämpften Gegend und mussten beinahe rund um die Uhr fahren. Mir blieb nur Zeit zum Fahren und Aus-der-Schusslinie-Bleiben. Obwohl ich weder die Zeit noch die Energie hatte, um Dir zu schreiben, Sue, bist Du immer in meinen Gedanken.

Wir sind endlich *en repos*. Ich glaube, die hätten uns mitten in einen Sumpf verlegen können, es wäre uns egal gewesen, weil wir so müde sind. Mir ist ohnehin egal, wo ich bin, solange ich schlafen und meiner Sue schreiben kann.

Wir waren ganz in der Nähe der Front, man hat uns den einen oder anderen Schrecken eingejagt. Während Harry fuhr, explodierte eine Granate genau vor ihm. Er hat nur ein paar Kratzer abbekommen, und seine Ohren klingeln, aber der Krankenwagen sah danach nicht mehr so gut aus. Wir alle sind schon am Steuer eingedöst, aber Bucky ist dabei von der Straße abgekommen und gegen eine Mauer geprallt. Er ist ein bisschen ramponiert, wie Du Dir vorstellen kannst, und hat sich die Fahrkarte nach Hause verdient.

Keine Ahnung, wie lange wir *en repos* bleiben, aber es wird nicht lange genug sein. Ich habe meinen vorgesetzten Offizier auf den Urlaub angesprochen, mal sehen, was er dazu sagt. Wir sind gerade an Ort Elf angekommen, und ich bin mir sicher, dass er einiges zu erledigen hat, bevor er sich um Urlaubswünsche kümmern kann.

Ich werde noch ein bisschen schlafen, bevor wir zum Essen gerufen werden. Es tut so gut, sich endlich auszustrecken!

Ich vermisse Dich.

D

POSTES ET TELEGRAPHES
PARIS
13. SEP. 1916

E. DUNN ISLE OF SKYE=
HABE 14 TAGE URLAUB
TELEGRAFIERE ANKUNFT IN ENGLAND
BRECHE MORGEN FRÜH AUF=
D+

21 Rue Raynouard, Paris, 13. September 1916

ich schicke diese Postkarte zusätzlich zu dem Telegramm, falls Du es nicht bekommst oder die Postkarte schneller ist.

Ich habe Urlaub! Vierzehn Tage, ist das zu fassen? Wenige Stunden, nachdem ich den letzten Brief an Dich abgeschickt hatte, habe ich meinen Passierschein nach Paris bekommen. Eine halbe Minute später waren meine Sachen gepackt. Der Vorteil, wenn man so viel unterwegs ist!

Du brauchst nicht nach London zu kommen. Ich fahre nach Norden, Du nach Süden, und wir treffen uns irgendwo in der Mitte …

D

TELEGRAMM
S 16.04 PORTREE
13. SEP. 1916

D. GRAHAM=
EDINBURGH=
WIR TREFFEN UNS IN EDINBURGH=
ST. MARYS CATHEDRAL UND DIESMAL BIN ICH DA=
MEIN HERZ SINGT WIEDER VOR POESIE=
SUE+

20. Kapitel

Margaret

3. September 1940

Liebe Maisie,

ich hätte nie gedacht, dass Du den Schlüssel zu Deiner Mutter in ihren Gedichten findest. Als ich sie damals im Schrebergarten kennenlernte, erschien sie mir durch und durch bodenständig. Meine Gran ist ein harter Knochen, aber dann sah ich Deine Mutter, wie sie gegen ihre Schaufel trat und lauthals auf Gälisch fluchte. Wenn ich mir vorstelle, dass ich Dir nie begegnet wäre, wenn ich nicht Mitleid mit Deiner Mutter und ihrer armen Schaufel gehabt und ihr geholfen hätte, die Körbe mit Kohl nach Hause zu schieben.

Als sie die Haustür aufstieß, habe ich Dich gesehen, wie Du mitten in der Küche in einem alten Pullover und

Knickerbockern einen Jig getanzt hast, und ich wusste, das muss mein Mädchen werden. Und falls Du mich nicht haben wolltest, würde ich Dein bester Freund sein, damit ich immer in Deiner Nähe sein könnte.

Deine Mam hat mich allerdings sofort durchschaut. Als sie mich zur Tür begleitete und sich bei mir bedankte, beugte sie sich vor und sagte: »Sie denkt mit dem Herzen. Zerbrich es nicht.« Darum bin ich auch erst zwei Wochen später wieder zu euch gekommen.

Aber die Vorstellung, dass sie Gedichte geschrieben hat! Vermutlich hat sie meine Gefühle deshalb sofort durchschaut.

Und Du hast wirklich nie eines ihrer Gedichte gesehen? Nachdem ich Deinen Brief bekommen hatte, habe ich ein bisschen nachgeforscht. Sie hat sieben Bücher veröffentlicht. Sieben! Meine Gran ist fast doppelt so alt und könnte keine gerade Strophe hinbekommen, selbst wenn das Schicksal der Welt davon abhinge.

Was hast Du herausgefunden? Ich nehme an, Du bist nicht zufällig auf ein Gedicht mit dem Namen und der Anschrift von »Davey« gestoßen?

Alles Liebe

Paul

Beagan Mhìltean, Skye, 6. September 1940
(Welcher Wochentag ist überhaupt?)

Lieber Paul,

nein, keine Adresse zwischen den Seiten, aber ich habe Blumen gefunden, Grashalme, Wollkringel, Sand. Es sah aus, als hätte sie die Bücher auf Skye immer bei sich getragen und alles, was ihr in die Hände fiel, zwischen den Seiten gesammelt.

In *Aus dem Chaos*, ihrem letzten Buch, dessen roter Einband kaum abgenutzt ist, stecken lauter Fotos. Von einem grinst mir ein fröhlicher junger Mann in einem karierten Jackett entgegen. Ein anderes zeigt eine dunkelhaarige Frau in einem dünnen hellen Kleid, die in einem Blumengarten sitzt und sehnsüchtig in die Kamera schaut. Noch einmal derselbe Mann, in Robe und Barett neben einem winzigen Bäumchen, das Kinn stolz vorgereckt.

Auf dem letzten Bild, das ganz hinten im Buch versteckt war, sieht man ein Paar auf einer Straße, im Hintergrund verschwommene Fußgänger und Fahrzeuge. Der Mann hat beide Hände um die Taille der Frau gelegt und beugt sich vor, um ihr etwas ins Ohr zu flüstern. Die Frau hält eine Hand ans Gesicht, als wollte sie sich vor der Kamera verstecken, lacht aber mit zurückgeworfenem Kopf. Auf die Ecke hat jemand mit Füller »1915. Wir« geschrieben. Obwohl das Bild unscharf ist, erkenne ich, dass es derselbe Mann ist wie auf den anderen Bildern. Derselbe Krankenwagenfahrer, der auf die Wand von Seo a-nis gemalt ist. Die Frau ist meine Mutter.

Das Foto wirkt so unbekümmert, so unbefangen. Nur

die beiden, festgehalten auf einem Foto – ein flüchtiger, ein intimer Moment. Ihre Finger, die sich vorsichtig um ihre Wange schmiegen, während sie sich ganz dem Lachen hingibt. In diesem Augenblick ist die verschwommene Stadt hinter ihnen bedeutungslos. Es muss das London sein, nach dem meine Mutter sucht, das London, das sie wiederfinden möchte. Ein Augenblick zu zweit, während hinter ihnen der Krieg weitertobt.

Er ist ihre Muse, das weiß ich. Obwohl der Name »David« in keinem ihrer Bücher auftaucht, weiß ich, dass die Gedichte für ihn sind. Für den Menschen, dem sie schreibt, den sie »meinen Magneten« nennt und »meine warme Sommernacht«, dem »ihr Herz entgegenfliegt«. Gran will nichts verraten. Sie nickt nur und klopft auf die Gedichtbände, als enthielten sie alle Geheimnisse des Universums.

Vielleicht tun sie das auch. In der Schule konnte ich nicht einmal das Thema in einem Gedicht finden. Was bringt mich auf die Idee, ich könnte heute in einem Gedicht ein Leben finden?

Eins hat Mutter mir immer beim Schlafengehen aufgesagt, zwischen den Märchen und den gälischen Schlafliedern, ein Gedicht über den Wind, der frisch und salzig vom Meer herweht. Der über das Wasser und an den Klippen empordonnert, der alle, die sich ihm in den Weg stellen, mit kalten Fingern umstößt. Ich weiß nicht, ob es von ihr war, da ich es in keinem Buch gefunden habe, aber es ist das einzige, das sie mich je gelehrt hat.

Wenn ich über die Insel laufe, erinnere ich mich an das Gedicht. Ich stehe auf den Hügeln, schaue aufs Meer und rufe die Verse in den Wind. Er peitscht mir das Kleid zwischen die Beine, besprüht meine bloßen Arme und lässt meine Lippen salzig schmecken. Und ich weiß, was das Gedicht bedeutet.

Denn sosehr einen der Wind auf den Hügeln auch durchschüttelt, sosehr er nach Aufmerksamkeit verlangt, verblasst er doch, sobald man hinuntersteigt. Dort unten ist er gewiss nicht schwächer. Die Möwen kämpfen gegen ihn an; er drückt das Gras zu Boden. Er ist da, aber nach einer Weile verschwindet er aus den Gedanken. Er ist eine Gegebenheit, eine Konstante, eine Erwartung. Man denkt nicht mehr an ihn, bis er eines Tages ganz unvermittelt über einen hinwegrauscht, einem Mund und Ohren und Seele füllt und einen daran erinnert, was es bedeutet zu atmen. Man atmet jeden Tag, doch in diesem Augenblick fühlt man sich vollkommen lebendig.

Von dem Tag an, an dem Du mit dem Korb voller Kohlköpfe in unsere Küche getreten bist, warst Du bei mir. Immer, genau wie der Wind. Doch als ich zum ersten Mal einen Brief von Dir mit der Post bekam, hüpfte mein Herz wie nie zuvor. Du bist über mich hinweggerauscht, und ich wusste, ich war verliebt.

Ich wünschte, Du wärst hier bei mir und könntest den Wind spüren. Er selbst ist Poesie.

In Liebe
Maisie

London, 28. August 1940

Sehr geehrte Damen und Herren,

vor vielen Jahren studierte ein junger Mann namens David Graham an der University of Illinois. Er schloss 1913 sein Studium der Naturwissenschaften ab. Ich weiß nicht, ob er einer Ehemaligenvereinigung angehört, aber meines Wissens erhalten Sie oft Nachricht von Ehemaligen und dokumentieren ihr Leben, nachdem sie die Universität verlassen haben.

Könnten Sie bitte Kontakt zu mir aufnehmen, falls Sie irgendetwas über David Graham wissen? Sie können mir ins Langham Hotel, London, schreiben. Ich bedanke mich im Voraus.

Mit freundlichen Grüßen
Mrs. Elspeth Dunn

21. Kapitel

Elspeth

Irgendwo zwischen Edinburgh und London,
22. September 1916

Oh, Sue!

Diesmal ist es mir so schwergefallen, wieder in den Zug zu steigen. Nicht dass mir der Abschied vorher leichtgefallen wäre, doch nun weiß ich, wie es ist, von Dir getrennt zu sein, und das macht es besonders schwer. Als ich nach unserem letzten Abschied im Zug saß und zu dem Schiff fuhr, das mich über den Kanal bringen würde, war mein Geist von Dir erfüllt, aber auch voller Ungewissheit und Erwartung. Diesmal sitze ich da und schaue hinaus auf die englische Landschaft, die vor dem Fenster verschwimmt, und kann nur daran denken, dass jede Hecke und jedes ordentliche, grüne Feld, an dem wir vorbeifahren, eine Hecke und ein grünes Feld mehr sind, die uns trennen.

Ich werde diesen Brief abschicken, bevor ich England verlasse. Heute kann ich etwas ungezwungener schreiben, weil ich mich nicht unter den wachsamen Augen der Zensoren befinde. Ich konnte es Dir nicht sagen, als wir zusammen waren, aber ich bin es allmählich müde. Der letzte *poste*, auf dem wir stationiert waren, draußen vor Château Billemont, war kraftraubend und erschöpfend, doch immerhin hatte ich dort das Gefühl, am Krieg teilzunehmen. Meist aber sind wir unterwegs oder *en repos*.

Wir hören die Granaten, sehen sie gelegentlich auf die Straße fallen, näher kommen wir dem Kampfgeschehen nicht. Wir erleben das Geschehen stellvertretend durch die Geschichten, die uns die Verwundeten erzählen. Manchmal ist es, als stünden wir draußen vor dem Kino und versuchten, aus den Wortfetzen, die wir aufschnappen, wenn die Zuschauer herauskommen, den Film zusammenzusetzen.

Als ich die Böschung hinaufgestürmt war, um dem verwundeten Sanitäter zu helfen, in Sicht- und Schussweite der *Boches*, hatte ich wieder die vertraute kribbelnde Angst und Erregung gespürt. Ich fühlte mich so lebendig. Es war, als würde ich wieder mit den Eichhörnchen an der Hauswand emporklettern. Etwas zu *tun*, statt nur zu warten und anderen dabei zuzuschauen. Es ist mir wirklich schwergefallen, nach der Entlassung aus dem Lazarett wieder meine übliche Arbeit zu tun.

Verstehst Du, weshalb ich Dir das alles nicht erzählen konnte? Du hättest Deine erstaunlich starken Arme um mich geschlungen und mich nicht gehen lassen. Nicht dass ich etwas dagegen gehabt hätte, von einer solchen Wärterin gefangen zu werden, aber, wie ich schon sagte, ich muss mein Jahr zu Ende bringen. Ich muss etwas aus meinem Leben machen. Wenn ich das hier nicht mal ein Jahr aushalte, was kann ich denn dann aushalten? Du willst doch keinen Mann, der nichts zu Ende bringt.

Wo wir gerade von der Zukunft sprechen: Ich kann nicht glauben, dass Du Dir eine Wohnung in Edinburgh genommen hast! Nur für eine Woche, aber immerhin. Du wusstest, was es mir bedeuten würde. Dorthin zu kommen und die Gardinen an den Fenstern zu sehen war für einen Mann, der praktisch in einem Krankenwagen lebt, wie eine Heimkehr.

Ich bin immer noch müde, weil wir uns so ausgiebig geliebt haben, aber das macht mir nichts aus. Ich wollte keinen Augenblick unserer Zeit mit Schlafen verschwenden. Das hole ich jetzt auf der Zugfahrt nach London nach.

Trotz meiner Müdigkeit fühle ich mich wie ein neuer Mensch. Sauber, gut genährt, mit gewaschener und geflickter Kleidung, einem neuen warmen Mantel. Körperlich und geistig gesättigt. Du hast mich ausgelacht, aber ich musste diese »Sättigungen« horten! Ich habe so lange darauf verzichtet, dass ich mir einen Vorrat anlegen wollte, Erinnerungen, die ich hervorholen und genießen kann, wenn ich sie brauche.

Selbst der eine Zwischenfall hat nichts verdorben. Ich weiß, Du hast Dich aufgeregt, aber Du hast nichts falsch gemacht, Sue. Er hätte diese Dinge nicht sagen dürfen, aber ich bin mir sicher, er hat es nicht so gemeint. Ich hoffe, Du bist darüber hinweg.

Damit beende ich den Brief, damit ich die Augen schließen und eine der vorhin erwähnten Erinnerungen hervorholen kann. Was meinst Du – vielleicht die mit der Badewanne?

David

Irgendwo zwischen Edinburgh und Skye, 22. September 1916

Davey,

wie ich das hasse! Ich hasse es, nur diese wenigen gestohlenen Tage mit Dir zu haben! Es fällt mir so schwer, mich völlig in ihnen zu verlieren, weil ich die Uhr ticken höre, die von Deiner Abreise kündet, genau wie der verdammte Wecker in unserem Pariser Hotel.

Und dann muss mein Bruder uns auch noch einen Teil unseres kostbaren Urlaubs verderben. Das macht mich so wütend! Seit seiner Entlassung ist er nicht mehr der Alte, und dann kamen noch die Probleme mit Kate und Iains Tod hinzu. Ich kann nichts dafür, und doch tut er, als wäre es meine Schuld. Ich sage mir, dass er das alles nicht so gemeint, dass er im Zorn gesprochen hat, dass ich nach Hause fahren und wir wieder am Strand nach Steinen suchen werden, wie wir es immer getan haben. Aber dass er mir vor die Füße gespuckt hat, als wäre ich ein Nichts, und wie er mich angesehen hat, als er davonging! Ich glaube, da ist etwas in mir zerbrochen, und ich habe keine Ahnung, wie ich es reparieren soll.

Nicht dass ich besonders gut darin wäre, Dinge zu reparieren. Aber ich kann wenigstens für Dich da sein.

Davey, wenn Du wüsstest, wie viel Gutes Du tust, selbst weit hinter den Linien. Wie viel Zeit Du geopfert hast, die Du mit mir hättest verbringen können, nur um dort zu sein. Wenn Du wüsstest, wie wichtig Deine Arbeit ist, wie sehr Du *zählst*, würdest Du Dir nicht vorwerfen, Du tätest zu wenig. Du würdest die Männer im Niemandsland nicht beneiden.

Ich bin so froh, dass Du fern der Gefahr bist. Ich bin so froh, dass ich Dich sicher und gesund weiß und Dich in Edinburgh wiedersehen kann. Am Abend nach Deiner Ankunft habe ich lange wach gelegen und Dich nur beobachtet. Wie Deine Wimpern gezuckt haben, wie Du ein- und ausgeatmet hast. Ich habe meine Finger ganz leicht auf Deine nackte Brust gelegt, nur um Deinen Herzschlag zu spüren und zu wissen, dass Du *da* bist. Wie sehr habe ich Gott in diesem Augenblick gedankt, dass er Dich zu mir zurückgebracht hat. Ich könnte es nicht ertragen, Dich zu verlieren.

Ich konnte Dir die Zweifel schon ansehen, die Art, wie Du heruntergespielt hast, was in Deiner Abteilung geschieht, wie Du mit den Achseln gezuckt hast, als ich sagte, wir hätten Glück, dass wir zusammen sein können. Darum war ich auch so wütend auf Finlay. Er hat Zweifel in Dir geweckt, er hat getan, als wäre es falsch, dass Du hier bei mir bist.

Davey, es gibt keinen wichtigeren Ort für Dich. Du bist mein Atem, mein Licht, der, dem mein Herz entgegenfliegt. Du hast gesagt, Du willst mir nichts wegnehmen, das mich mit Iain verbindet. Du willst nicht mit einer Erinnerung wetteifern. Du willst nicht weniger Mann sein als er. Aber, Davey, er ist tot. Und ich sitze nicht in meinem Cottage und gräme mich um ihn. Ich war die ganze Woche hier. Mit Dir.

Sue

21 Rue Raynouard, Paris, 25. September 1916

Sue,

ich bin wieder in Paris, und was glaubst Du, wen ich hier getroffen habe? Pliny, Harry, Riggles, Wart und noch ein paar andere Jungs, die alle hier im Hauptquartier in der Rue Raynouard untergebracht sind. Sie sind erst gestern von der Front zurückgekommen.

Gerade, als ich dachte, es könnte langweilig werden, bietet sich eine neue Chance. Die Franzosen haben um eine Abteilung ersucht, die in ______ in der Nähe von ______ eingesetzt werden soll. Nach allem, was wir gehört haben, mussten die *Sanitäter* die Verwundeten bis jetzt eigenhändig zum *poste de secours* schleppen. Seit die *Boches* die nahe gelegene Anhöhe eingenommen haben, ist die Straße zum *poste* ungeschützt und unter Beschuss. Sie brauchen eine Flotte schneller Krankenwagen, die bis in die vordersten Linien und wieder zurück fahren. Die Strecke wird näher an den Schützengräben sein als alle anderen. Und wir müssen nachts fahren.

Statt die Abteilung Eins dorthin zu schicken, haben sie eine völlig neue Abteilung gebildet, die der gute alte Pliny, der soeben befördert wurde, kommandieren wird. Sie schicken ihm einige neue Rekruten, um die Truppe aufzufüllen, aber er besteht hartnäckig darauf, die schnellsten und verrücktesten Veteranen einzusetzen. Sie haben ihm Urlaub gegeben, damit er einige Leute aus der Abteilung Eins auswählen kann. Wir haben viel darüber gehört und wissen, wie schwierig der Einsatz dort wird. Man muss schnell und geschickt sein.

Da meine Wenigkeit sowohl schnell als auch geschickt ist (und wohl auch verrückt genug), hat mich Pliny angefordert. Ist das zu fassen, Sue? Es scheint nicht nur die Antwort auf meine Probleme zu sein, Harry und alle meine alten Kameraden werden auch dort sein. Das wird prima!

Die Franzosen müssen einen großen Vorstoß planen, da sie die Krankenwagen am liebsten gestern vor Ort haben wollen. Wir warten auf den Rest der Abteilung und unsere nagelneuen Lizzies. Bis dahin ruhen wir uns aus.

Später mehr!

David

21 Rue Raynouard, Paris, 27. September 1916

Liebe Sue,

ich habe gerade den Brief erhalten, den Du im Zug geschrieben hast. Mach Dir keine Sorgen wegen Deines Bruders – es war ja nicht mein erstes Veilchen. Er will Dich nur beschützen. Immerhin bist Du seine einzige Schwester. Das verstehe ich. Welcher Bruder würde nicht aus der Haut fahren, wenn er seine Schwester mit einem Amerikaner sieht? Vergiss nicht, wir sind alle Gesetzlose und Cowboys. Ich hoffe, Du versöhnst Dich mit ihm, wenn Du wieder auf Skye bist. Geschwister können nicht ewig wütend aufeinander sein. Vor allem nicht Finlay und Du.

Und, Sue, dass ich desillusioniert war, hatte nichts mit Dir zu tun. Nicht in einer Million Jahren. Ich hatte den Field Service und meine Untätigkeit fernab der Front satt. Und diese Reise war irgendwie anders, weil Iain tot ist. Zuletzt drehten sich viele Deiner Briefe um ihn, was nur verständlich ist. Mir kam es vor, als hätte er auf dieser Reise mehr zwischen uns gestanden als zuvor.

Aber glaub mir, meine Desillusionierung verschwand, sowie ich meinen Kopf in Deinen Schoß legen konnte. Ich habe gesagt, dass es wie eine Heimkehr war, als ich Deinen Namen an der Tür las. Und das ist genug für mich. Zu wissen, dass ich hier etwas Sinnvolles tue und Du in Schottland auf mich wartest. Mehr brauche ich nicht.

Die Sorge um die neuen Rekruten war unnötig, man hat uns nur die allerbesten geschickt. Darunter Rex Redman, den tollkühnen Radkünstler. Leo Nickles, einen Spitzenpiloten, der mit der Escadrille geflogen ist. Und meinen persönlichen Favoriten Roy Jansson, einen Rennfahrer. Ich habe ihn damals in Chicago im Speedway Park bewundert. Kannst Du Dir vorstellen, dass er auf bis zu hundert Meilen in der Stunde kommt?

Die Männer aus den anderen Abteilungen treffen auch allmählich ein. Jeder, der sich in seiner Abteilung einen Namen gemacht hat, wurde für die »Plinston-Boys« empfohlen, wie man uns heimlich nennt. Sie haben uns einen heißen Einsatz nach dem anderen versprochen.

Wir müssten morgen oder übermorgen unseren Einsatzbefehl erhalten, daher weiß ich nicht, wann ich wieder schreiben kann. Harry hat einen ganzen Stapel Briefe für Minna, und ich versuche, meinen eigenen Umschlag darunterzuschmuggeln.

David

4. Oktober 1916

Oh, Sue,

hierfür wurde ich geboren! Du kannst es Dir nicht vorstellen, es ist wie ein Rausch. Sicher, ich arbeite härter als je zuvor und bin abends hundemüde. Und ich weiß auch, dass das hier ein Kinderspiel ist im Vergleich zu dem, was die Jungs draußen im Niemandsland tun, aber genau das habe ich gebraucht.

Wir bedienen zwei *poste de secours*, die über eine einzige Straße zu erreichen sind. Sie ist schnurgerade und ganz schmal. Wir haben kaum Deckung, und die *Boches* haben kürzlich eine Stellung erobert, die ihnen einen perfekten Blick auf die Straße bietet. Die Verwundeten wurden bis vor Kurzem über diese Straße getragen, und die *Boches* haben eine beträchtliche Menge an Sanitätern erwischt, bevor bei den Franzosen der Groschen gefallen ist.

Wenn wir beim Einsatz zu den *postes* fahren, kommen wir an einer baufälligen Scheune vorbei, der inoffiziellen Grenze zwischen der umkämpften und der sicheren Zone. Wenn wir uns der Scheune nähern, gibt es immer einen Augenblick, in dem wir die ganze Angst hinter uns lassen und die Blechkiste so schnell wie möglich vorantreiben.

Wir können nicht überlegen, während wir durch diesen

Korridor des Todes fahren, können uns nicht konzentrieren, nicht logisch denken. Wir schauen nur auf die braune Böschung des hinteren Schützengrabens, die das Ende des Korridors markiert, und vergessen alles andere. Wir brauchen nur sechsundzwanzig Sekunden, um die Straße zu passieren, aber es fühlt sich an wie sechsundzwanzig Stunden, daher zählen wir laut mit. Gestern habe ich es in fünfundzwanzig geschafft.

O Gott, ich weiß gar nicht, wie Riggles nach dem hier noch als Autoverkäufer glücklich werden soll. Ich weiß auch nicht, wie Harry damit glücklich werden soll, jammernde Studenten zu unterrichten. Ich weiß nicht, wie irgendeiner von uns mit etwas glücklich werden soll, bei dem er sich nicht unbesiegbar fühlt.

David

Isle of Skye, 4. Oktober 1916

Davey,

mein Bruder ist weg.

Als er mich in Edinburgh verließ, hat er die ganze Familie verlassen. Er hat Màthair nicht einmal ein Telegramm geschickt, um sich von ihr zu verabschieden. Sie hat seit Tagen nicht das Bett verlassen.

Wir alle haben wohl irgendwie damit gerechnet, weil er die Augen stets auf den Horizont gerichtet hatte, vor allem nach seiner Entlassung. Tief im Herzen habe ich gewusst, dass er eines Tages weggehen würde. Màthair sagt, er sei nur wegen mir auf Skye geblieben, weil er als Heranwachsender erkannt habe, dass ich niemals einen Fuß auf die Fähre setzen würde. Da habe er seine eigenen Wünsche zurückgestellt und sei mit Vater aufs Fischerboot gegangen. Wenn ich nicht weggehen konnte, würde er es auch nicht tun.

Doch nun ist er gegangen! Ohne einen Blick zurück. Ich sollte mich freuen, dass er der Fischerei und dem Bauernhof entkommen ist, die er ohnehin nie wollte, aber ich muss trotzdem weinen. Nach all den Jahren hat er es allein getan. Schlimmer noch, er hat es getan, um mich zu verletzen.

Ich habe Finlay geschrieben, obwohl ich keine Adresse habe, an die ich den Brief schicken könnte. Ich habe ihm geschrieben, es tue mir leid, er irre sich, mein »Amerikaner«, wie er sich ausdrückte, habe mir sein Versprechen gegeben. Mein Amerikaner werde mich hier oben auf meiner Insel nicht vergessen. Er werde nicht einfach nach Amerika zurückkehren. »Hier bin ich«, hat er einmal zu mir gesagt. Und das ist er auch. Er ist hier, was auch geschieht. Und in einem weiteren Monat endet sein Vertrag, und dann kommt er und zaubert mich davon.

Weihnachten, Du hast es mir versprochen, Davey. Ich weiß, dass Du nicht weggehst wie mein Bruder. Bitte.

Sue

Frankreich, 18. Oktober 1916

Sue,

ich sage es äußerst ungern, aber ich weiß nicht, ob ich Weihnachten nach Hause kommen kann. Ich weiß, dass Du diesen Brief vermutlich schon quer durchs Zimmer geworfen hast, aber höre mich bitte an, wenn Du ihn aufgehoben hast.

Ich war nicht glücklich damals, als ich Dir sagte, dass ich mich nur bis Dezember verpflichte. Der Glanz und die Aufregung, die ich gespürt hatte, als ich mich freiwillig meldete, waren verblasst. Ich hatte nicht viel getan, außer hinter den Linien herumzusitzen und auf die nächste Verlegung zu warten. Ich wünschte mir nichts mehr, als auf Dauer mit Dir *en repos* zu sein.

Nun aber, in der neuen Abteilung, fühle ich mich so lebendig. Du kannst Dir gar nicht vorstellen, wie sehr. Zum ersten Mal bin ich von Bedeutung, Sue.

Als Student habe ich nicht getaugt. Als Lehrer auch nicht. Verdammt, nicht einmal als Sohn. Mein Vater ist noch immer enttäuscht von mir. Nun aber, da ich die Tollkühnheit einsetzen kann, die mich als Kind nur in Schwierigkeiten gebracht hat, habe ich Erfolg. Männer, die ansonsten nichts taugen, können sich hier nützlich machen. In einer Blechkiste. Meiner Blechkiste.

Verstehst Du, dass ich jetzt nicht weggehen kann? Nicht, wenn ich gerade erst anfange. Verstehst Du das, Sue? Würdest Du mich von all dem wegholen, wenn ich am dringendsten gebraucht werde?

David

Isle of Skye, November 1916

»Würdest Du mich von all dem wegholen, wenn ich am dringendsten gebraucht werde?« Ja, ja, das würde ich, vor allem, wenn Du hier noch dringender gebraucht wirst. Ich bin schwanger, Davey. Also hör auf mit dem Unsinn und komm nach Hause.

Frankreich, 12. November 1916

So bringst Du einem Mann derartige Neuigkeiten bei? Das hätte nicht passieren sollen. Deswegen hatte ich die Pariser dabei. Wir sind nicht in der Lage, eine solche Entscheidung zu treffen. Eine Familie, Sue? Du bist noch in Trauer, und ich »spiele Krieg«. Wir sind siebenhundert Meilen voneinander entfernt. Und schau Dir an, wie sich Dein Bruder in Edinburgh verhalten hat. Ich habe jeden einzelnen Schlag verdient. Schließlich bin ich der Amerikaner, der sich zwischen Dich und Deinen Mann gedrängt hat. Ich bin derjenige, der den Bruch mit Deinem Bruder verschuldet hat. Weshalb sollte mich Deine Familie noch willkommen heißen?

Isle of Skye, 29. November 1916

Dann komm und bring mich von hier weg! Zaubere mich nach Amerika, wo es keinen Krieg und keine missbilligenden Brüder gibt. Die Nachbarn beginnen schon zu flüstern.

Davey, ich möchte einfach nur mit Dir weggehen und die Zukunft beginnen, von der wir ständig reden.

Ja, es ist ungeheuerlich. Es ist überwältigend. Es macht mir sogar ein bisschen Angst. Aber wie kann der Gedanke, Vater zu werden, angsteinflößender sein, als jeden Tag durch den »Korridor des Todes« zu rasen?

Es erschreckt mich auch. Dass ich meine eigene Familie zerrissen habe und nicht in der Lage sein könnte, ein Kind großzuziehen. Vielleicht hatte ich recht, als ich vor Jahren gesagt habe, ich sollte besser nicht Mutter werden. Ich glaube, ich bin nicht dazu fähig.

Davey, Du musst für mich stark sein. Du musst für uns beide tapfer sein. Komm und bringe mich von hier weg. Mit Dir fühle ich mich unbesiegbar.

Jetzt bin ich müde. Ich will nicht deswegen streiten. Es ist eine Tatsache, über die sich nicht zu streiten lohnt. Inmitten des Krieges, des Todes, haben wir Leben erschaffen. Das Baby ist nur ein neues Abenteuer. Und denk dran, mit Dir an meiner Seite kann ich jedes Abenteuer bestehen.

Sue

3. Dezember 1916

Liebe Elspeth,

ich wünschte, ich müsste Dir nicht schreiben. Dave hat mir diesen Brief vor Monaten anvertraut und mich gebeten, ihn abzuschicken, falls etwas geschieht.

Vor vier Nächten sind wir eine Tour gefahren. Als wir am Ziel ankamen, war der Unterstand gerade getroffen worden. Ärzte, Sanitäter, Verwundete – alle weg. Ein Offizier versuchte, irgendwie Ordnung zu schaffen und die Soldaten, die aus dem vordersten Graben zurückkamen, zu dirigieren.

Da ich ein wenig medizinische Erfahrung besitze, fing ich an, die Verwundeten zu untersuchen, um zu entscheiden, wer es bis zum nächsten *poste de triage* schaffen würde. Die Sanitäter, die noch laufen konnten, luden einfach ihre Last ab und stolperten, so schnell sie konnten, zurück. Dave, dieser Narr, sprang in den Graben und lief ihnen nach. Er brachte Verwundete herein und achtete nicht auf meine Warnungen, sondern lief wieder hinaus. Und kam irgendwann nicht mehr zurück.

Er hatte nicht die Anweisung, so weit nach vorn zu gehen, aber Du kennst ihn ja. Er war nie vorsichtig. Er tat, was getan werden musste.

Ich habe vier Tage lang mit mir gerungen, ob ich Dir diesen Brief schicken soll. Ich habe gehofft, er würde aus dem Niemandsland herbeihinken und belustigt erzählen, wie er wieder einmal knapp davongekommen sei. Doch es sollte nicht sein.

Von hier aus kann ich nicht viel für Dich tun, aber schreibe bitte an Minna, wenn Du etwas brauchst. Ich weiß Bescheid über Deine Situation. Dave hat es mir an jenem Abend erzählt, als wir zum *poste* fuhren. Ja, er war schockiert und verängstigt. Aber auch hoffnungsvoll. Und ziemlich glücklich.

Und so erfülle ich den letzten Wunsch des besten Freundes, den ich je hatte …

Harry Vance

Sue, mein liebstes Mädchen.

Diesen Brief solltest Du niemals lesen. Tust Du es dennoch, ist es der letzte, den Du je von mir bekommst.

Ich schreibe dies im Mai und bin gerade aus Paris zurückgekommen, wo wir uns gesehen haben. Bei meiner Rückkehr warteten Deine zunehmend verzweifelten Briefe auf mich. Während ich sie las, wurde mir klar, wie ängstlich und besorgt Du gewesen sein musst. Ich will nicht, dass Du das noch einmal durchmachst, dass Du in Ungewissheit lebst. Also tue ich, was wir beide am besten können. Ich schreibe Dir einen Brief.

Ich weiß nicht, wann Du das hier lesen wirst. Es könnte nächsten Monat sein oder in sechs Monaten oder in einem Jahr. Hoffentlich nie. Ich weiß nicht, wie die Welt dann aussehen wird. Ich weiß nicht, worüber wir uns bis dahin geschrieben haben werden. Ich weiß nicht, ob Du Dir schon einen anderen gut aussehenden amerikanischen Krankenwagenfahrer gesucht hast.

Ich kann jedoch mit Gewissheit sagen, dass ich niemals eine andere Sue finden werde. Wegen Dir runzle ich bei Sonnenaufgang die Stirn und lächle, wenn sie untergeht. Ich runzle die Stirn, weil ich dem Tag allein begegnen muss, ohne Dich an meiner Seite. Und ich lächle, weil es ein Tag weniger ist, den wir getrennt voneinander verbringen müssen.

Du hast in einem Deiner Briefe geschrieben, dass Du glaubst, Du seist nicht stark genug. Du hast gesagt: »Ich schaffe das nicht, ohne zu wissen, dass Du auf dieser Welt existierst.« Aber Du bist stark, Sue. Sieh Dich an – Du hast für mich den Ärmelkanal überquert! Wenn ich sehe, was

Du alles für mich getan hast, wünsche ich mir, ich könnte Dir ein stärkerer Mann sein.

Ich weiß, Du wünschst Dir, ich hätte mich nie in diesen Krieg gestürzt und dass ich nach Skye gekommen und nie wieder weggegangen wäre. Aber ich musste es tun. Ich konnte nicht als Versager zu Dir kommen, Sue. Ich musste beweisen, dass ich *jemand* bin. Du hast mich immer einen Jungen genannt. Ich muss erwachsen und ein Mann werden.

Ich kenne Dich, Liebste. Ich weiß, dass Du jetzt wütend den Kopf schüttelst und sagst: »Aber du hast nicht versagt. Du hast es geschafft, dass ich mich in dich verliebe! *Ich* bin dein Erfolg.« Du bist mein Erfolg, Sue. Das weiß ich. Ich weiß nicht, was ich in meinem Leben richtig gemacht habe, aber es muss etwas Bedeutsames gewesen sein, wenn ich Dich dafür bekommen habe. Meine Perle.

Ich bedaure es, Dir dies nicht sagen zu können. Ich möchte das Erste sein, worauf am Morgen Dein schläfriger Blick fällt. Ich möchte zusehen, wie Du Dir das Gesicht wäschst und die Strümpfe überstreifst. Ich möchte Dir Frühstück machen und das Ei aus dem Mundwinkel küssen. Ich möchte mich am Fenster zusammenrollen, mit Dir auf dem Schoß, lesen, schreiben, reden, atmen. Ich möchte im Bett Deine nackten Füße zwischen meinen Knien wärmen. Ich möchte einschlafen, während mich Dein Haar am Kinn kitzelt.

Ich wäre nach Skye gezogen und hätte die Missbilligung Deiner Nachbarn und Verwandten ertragen, wenn Du es gewollt hättest. Ich wäre in den äußersten Winkel von Sibirien gegangen, wenn Du es gewollt hättest. Ich weiß, dass ich mich jetzt an einem Ort befinde, den keiner von uns ausgesucht hätte.

Du hast vor langer Zeit gesagt, es sei eine abgedroschene Phrase, dass man jemanden für immer lieben könne. Gibt es ein Wort, das »länger als für immer« bedeutet? So lange werde ich Dich nämlich lieben.

Jetzt, für immer und darüber hinaus. Ich liebe Dich.

David

22. Kapitel

Margaret

Glasgow, 6. September

Margaret,

es liegt mir seit Jahren auf der Seele, dass ich meine Schwester traurig gemacht habe. Das hat sie mir sicher nicht verziehen.

Ich hatte damals ein Mädchen namens Kate. Als ich Soldat wurde, flocht sie eine Haarsträhne zu einer Rosette und nähte sie an mein Hemd, in die Nähe meines Herzens, damit sie immer bei mir sein konnte.

Dann kam Festubert, und ich kehrte mit nur einem Bein heim. Ich wünschte mir nichts sehnlicher, als mein Gesicht an ihrer Schulter zu vergraben. Doch schon, als ich sie zum ersten Mal an mich ziehen wollte, zuckte sie zurück. Sie kam immer seltener vorbei, was es andererseits auch leichter machte. So musste ich auch nicht mit ansehen, wie ihr Blick sich zu meinem gefalteten Hosenbein stahl, musste nicht die Luft zwischen uns spüren, wenn sie beiseitetrat, um mich vorbeizulassen.

Ich dachte, ich könnte sie verstehen. Welches Mädchen möchte schon einen Krüppel zum Ehemann? Ich wusste, selbst die Prothese würde nichts daran ändern. Es kam mir vor, als wäre sie schon ganz weit weg.

Dann kam Willie auf Urlaub. Ich schnitzte gerade einen Kaminsims für Elspeths neues Haus. Willie entdeckte mich hinter dem Küchengarten, den Schoß voller Holzspäne. Er zog sein Uniformhemd aus, um mir zu helfen. Und da, eingenäht in sein Hemd, genau über dem Herzen, entdeckte ich eine goldene Haarrosette.

Wir prügelten uns. Er wiederholte ständig, man könne sich nicht aussuchen, wen man liebe. Ich glaube, ich habe ihm die Nase gebrochen. Màthair war außer sich, und Elspeth hörte gar nicht mehr auf zu weinen. Am nächsten Tag ging Willie weg und kam danach nicht mehr auf Urlaub nach Hause.

Ich dachte, damit sei alles erledigt. Ich kochte noch immer vor Wut, aber Willie war fort, und ich konnte Elspeths Kaminsims schnitzen und vergessen, dass ich Kate je gekannt hatte. Doch der Friede währte nicht lange. Elspeth erhielt einen Brief vom Kriegsministerium. Man hatte Iain offiziell für tot erklärt.

Ich habe nur verschwommene Erinnerungen an diese Monate. Iain, der mir näherstand als mein eigener Bruder, war tot. Wir waren tollkühn nach Frankreich aufgebrochen und hatten versprochen, aufeinander aufzupassen.

Ich hatte versagt. Es waren sehr dunkle Tage. Elspeth war besser dran als ich. Immerhin waren Alasdairs Kleine mitgekommen und lenkten sie ab. Seit Kate mich verlassen hatte, hatte ich niemanden mehr. Ich verbrachte meine Zeit allein, lief mit meinem Stock und einer Taschenflasche über die Hügel. Als ich nach Edinburgh fuhr, um meine Prothese überprüfen zu lassen, schimpfte der Arzt, weil ich mich zu sehr verausgabt hatte. Es war mir egal. Ich brauchte den Schmerz.

Doch auf dem Rückweg zur Waverley Station entdeckte ich Elspeth. Sie war gar nicht daheim auf Skye und trauerte um Iain. Sie umarmte auf offener Straße einen Fremden.

Ich weiß, es war nicht gerecht, dass ich sie herumgerissen und zur Rede gestellt habe. Der Mann trat zwischen uns, als ginge ihn das etwas an. Er war nicht einmal von hier; nur irgendein Amerikaner. Wie konnte sie Iain so rasch vergessen? Er war erst wenige Monate tot, und schon warf sie sich einem anderen an den Hals. Wie konnte sie ihn nur betrügen, und dazu mit einem Amerikaner?

Sie stand mit gesenktem Kopf da und ließ mich reden. Flüsterte, sie habe Iain nicht vergessen und werde es auch nie. Doch dann begann sie zu weinen, und der Amerikaner ging wieder dazwischen. Ich griff ihn an, fragte, was er mit den Ehefrauen anderer Soldaten zu schaffen habe, die in den Schützengräben starben. Da blitzten Elspeths Augen.

Ja, in den Schützengräben stürben Männer. Aber zu Hause lebten Menschen. *Sie* lebe. Und ich würde mich nie wieder in ihr Leben einmischen. Sie drückte stur die Schultern zurück, eine Geste, die ich nur zu gut kannte, und sagte, sie könne sich nicht aussuchen, wen sie liebe. Genau das hatte Willie auch gesagt.

Bedeuteten Herzen mehr als Blut? Jetzt begriff ich, warum Willie so dachte. Aber er war nur ein Junge. Elspeth war immer die Kluge gewesen. Die Treue. Diejenige, die sich niemals von ihrer Familie abgewendet oder ein Versprechen gebrochen hätte. Elspeth, Iain und ich gegen die ganze Welt, so war es immer gewesen. Ich sagte, sie müsse sich entscheiden. Sie griff mit erhobenem Kinn nach dem Arm des Amerikaners. Ich spuckte aus, nannte sie eine Närrin, alle in meiner Familie seien Narren. Eines Tages würde er sie betrügen, und dann wäre ich nicht da, um sie zu trösten. Das war ich auch nicht.

Ich habe Màthair ein paar Wochen danach einmal geschrieben und gefragt, ob Elspeth auf mich gehört habe, ob sie noch mit dem Amerikaner zusammen sei. Màthair antwortete, ob ich nicht wisse, wann es genug sei. Elspeth kümmere es nicht mehr, was andere sagten. Sie habe soeben Nachricht erhalten, dass ihr Amerikaner tot sei, und Màthair brauche all ihre Kraft, um zu verhindern, dass Elspeth ihm folge.

Danach fühlte ich mich natürlich miserabel. Kein Wunder. Aber ich war jung und dumm und glaubte, es sei zu spät für eine Entschuldigung. Vorbei ist vorbei, sagte Màthair immer, und so zog ich mich von allen zurück. Falls Elspeth mir eines Tages vergeben wollte, würde sie mich finden. Das dachte ich jedenfalls und fand es durchaus logisch.

Heute weiß ich, dass es nur Sturheit war – törichte Sturheit – und ich zu alt bin, um auf Vergebung zu hoffen.

Vielleicht wird man mir nie vergeben, weil ich ihr Herz gebrochen, weil ich unsere Familie zerbrochen habe.

Doch nun bitte ich darum. Ich weiß, dass sich im Krieg vieles sehr schnell ändern kann. Ich weiß, wie schnell etwas verloren gehen kann. Wenn Du wieder von Deiner Mutter hörst, sag mir bitte Bescheid. Ich muss ihr schreiben. Nach all der Zeit muss ich ihr sagen, dass es mir leidtut.

Alles Liebe
Onkel Finlay

London, 2. September 1940

Sehr geehrte Damen und Herren,

zu Beginn des letzten Krieges meldete sich ein junger Mann namens David Graham freiwillig zum American Ambulance Field Service. Wie ich hörte, organisiert die American Field Service Association Ehemaligentreffen der Ambulanzeinheiten und unterhält eine Zeitschrift, in der es Neuigkeiten und Informationen über die früheren Mitglieder gibt.

Sollten Sie Informationen über David Graham haben, und mögen sie noch so unwichtig erscheinen, nehmen Sie bitte Kontakt zu mir auf. Sie können mir ins Langham Hotel in London schreiben. Vielen Dank im Voraus.

Mit freundlichen Grüßen
Mrs. Elspeth Dunn

23. Kapitel

~

Elspeth

Kriegsgefangenen-Sendung, Postkarte, 2. Januar 1917

Sue,

falls Du einen Brief von Harry bekommst, *mach ihn nicht auf!* Wirf ihn weg. Du solltest ihn nie lesen.

Ich weiß, welche Sorgen Du Dir machst, weil Du so lange nichts von mir gehört hast, aber vertrau mir, ich konnte wirklich nicht früher schreiben.

Es geht mir gut, aber ich wurde gefangen genommen. Ich bin mir nicht sicher, wie viel ich schreiben darf oder wie oft ich überhaupt Briefe schicken kann, aber Du kannst mich unter der Adresse auf der Rückseite dieser Karte erreichen.

Könntest Du bitte an Harry schreiben, damit er weiß, was passiert ist, und ihm die Adresse geben?

Es tut mir leid, dass ich Weihnachten nicht bei Dir sein konnte, aber wie Du siehst, habe ich mein Versprechen gehalten. Ich muss seine Erfüllung nur verschieben.

Ich liebe Dich. Mehr, als Du je wissen wirst.

David

Isle of Skye, 22. Januar 1917

Davey,

ich kann vor lauter Tränen kaum schreiben. Deine Postkarte – dieses kostbare Stückchen Pappe – halte ich ganz fest in der Hand, während ich mit der anderen schreibe. Màthair hat versucht, sie mir wegzunehmen und zu lesen, aber ich wollte sie nicht loslassen. Sie hat Deine Handschrift gesehen und alle aus dem Zimmer geschickt.

Ich wusste, dass Du nicht tot sein kannst. Das sagen wohl alle von den Menschen, die sie lieben. Aber ich habe Dich gespürt! Solange mein Herz heil war und schlug, musstest Du noch auf dieser Erde existieren.

Und so ist es! An jedem Tag, an dem ich an Dich gedacht und um Dich geweint habe, hast Du mit ebensolcher Kraft an mich gedacht.

Oh, mein Liebster. Mir – der Dichterin – fehlen die Worte.

Deine *Sue*

Isle of Skye, 24. Januar 1917

Davey,

ich habe sie wiedergefunden. Die Worte, meine ich.

Wie geht es Dir? Ganz ehrlich? Brauchst Du etwas? Hast Du es warm genug?

Ich kann die Vorstellung, dass Du im Gefängnis bist, nicht ertragen. Es muss schrecklich kalt und unbequem sein, wenn es irgendeine Ähnlichkeit mit dem hat, was in den Büchern beschrieben wird. Darf ich Dir Päckchen schicken?

Die letzten Monate waren aus verschiedenen Gründen sehr düster, aber jetzt dringt ein Sonnenstrahl durch die Wolken. Ich kann die Gedichte, die ich seit Dezember geschrieben habe, zerknüllen und ins Feuer werfen.

Es ist die langsame Zeit des Jahres. Ich sitze oft am Feuer, lese und schreibe. Ich habe versucht, die Kinder für Poesie zu interessieren, leider ohne Erfolg. Darfst Du Bücher lesen?

Sosehr mich die Vorstellung, dass Du im Gefängnis bist, auch erschauern lässt, bin ich froh, dass Du lebst und ich Dich, so Gott will, bald wieder in meinen Armen halten kann.

Deine

Sue

7. Februar 1917

Sue,

ich darf nur zwei Briefe (mit nicht mehr als sechs Seiten) und vier Postkarten im Monat schicken. Ich sollte ab und an auch meiner Mutter, Evie und Harry schreiben, sodass Du bei Weitem nicht die Fülle von Briefen bekommst wie früher. Aber die Fülle meiner Gedanken bleibt unverändert.

Soweit ich weiß, darfst Du so viele Päckchen und Briefe schicken, wie Du möchtest. Falls ja, brauche ich eine ganze Menge Sachen. Ich hatte meine Tasche nicht dabei, als ich gefangen genommen wurde, daher sind es ganz grundlegende Dinge: Kamm, Zahnbürste, Seife, Socken und ein Hemd. Das alles habe ich mir bis jetzt von anderen geliehen. Könntest Du mir auch eine Decke schicken? Und Bücher! Jeglichen Lesestoff, der Dir in die Hände fällt. Ich habe Deine beiden kostbaren Briefe wieder und wieder gelesen (die übrigen sind in meinem Sack, ich sollte Harry deswegen schreiben). Ich hatte nur Dein Bild und »Ruhe« in meiner Jackentasche, aber ich könnte auch jahrelang von Sand und Wasser leben, solange ich diese beiden Dinge habe.

Was würde ich darum geben, wenn alles so wäre wie in Edinburgh. Nur Du und ich an einem ruhigen Ort. Nur Du und ich.

Ich liebe Dich.

Davey

PS Wie geht es Dir? Du hast das Baby gar nicht mehr erwähnt.

Isle of Skye, 28. Februar 1917

Ich wollte Dir das Päckchen so schnell wie möglich schicken und hoffe, dass alles drin ist, was Du brauchst – Socken (ich habe Dir einen ganzen Korb voll gestrickt, Liebster!); die einzigen Herrenhemden, die ich in Portree finden konnte; Kamm, Zahnbürste und Zahnpulver; Seife; Taschentücher. Die Decke ist von meinem eigenen Bett.

Harry hat sich schon um Deinen Seesack gekümmert. Als er dachte, Du kämest nicht zurück, hat er den Inhalt an Deine Mutter geschickt. Deine Ausgabe von *Huck Finn* und die Bibel hat er behalten und mir geschickt. Er wusste ganz genau, was mich am meisten an Dich erinnern würde. Ich weiß, dass Du Huckleberrys Gesellschaft dringender brauchst als ich. Außerdem habe ich meine eigene Ausgabe. Also bekommst Du ihn zurück.

Ich habe schnell in meinen eigenen Sachen gesucht und Byron und Plutarch hineingeworfen, dazu ein paar Groschenromane, die ich in der Stadt entdeckt habe. Mehr passte nicht hinein. Die Decke hat so viel Platz weggenommen. Ich habe Dir außerdem Briefpapier in den Byron geschoben und ein paar Bleistifte dazugelegt.

Die Bibel würde ich vorerst gern behalten. Betrachte sie doch einfach als unser Paar Socken.

Ich höre nie auf, an Dich zu denken, und wünsche mir, Du wärst hier.

In Liebe

Sue

PS Ich bin nicht mehr schwanger. Vielleicht ist es besser so.

16. März 1917

Meine liebe Sue,

vielen Dank für das Paket. Ich kann das alles sehr gut gebrauchen, vor allem die Socken.

Mir geht es hier nicht schlecht. Leider bin ich der einzige Amerikaner im Lager. Es gibt nicht einmal einen Engländer, mit dem ich mich unterhalten könnte. Lauter Franzosen, Russen und Polen. Einige Franzosen können ein bisschen Englisch, und ich fange an, ein paar Wörter Russisch zu lernen, aber es ist nicht das Gleiche.

Die Bücher sind übrigens perfekt, Sue, sogar die Groschenromane. Die fehlende Lektüre hat mich schon ganz verrückt gemacht. Diejenigen von uns, die gerne lesen, verschlingen wieder und wieder alles, was aus Wörtern besteht. Ich habe mir alles Französische ausgeliehen, das ich in die Finger bekommen konnte. Schick mir Bücher, wann immer Platz in einem Päckchen ist, mein liebes Mädchen. Ich freue mich über alles. Was würde ich nicht für eine *Tribune* geben! Noch ein frommer Wunsch.

Ich denke an Dich.

David

PS Vielleicht ist es in dieser ungewissen Lage wirklich besser so. Ein Kerl, der im Gefängnis sitzt, ist nicht gerade der ideale Vater. Wir können in Ruhe darüber sprechen, wenn ich nach Hause komme. Ich liebe Dich.

24. Kapitel

Margaret

London, 7. September 1940

Oh, Màthair,

ich weiß nicht, was ich noch versuchen soll. Ich bin seit zwei Monaten in London, mitsamt einem Koffer voller Briefe mit Daveys Gekritzel, die ich wieder und wieder lese. Ich habe an sämtliche Adressen geschrieben, die mir nur einfallen – sein Elternhaus in Chicago; die Wohnung, die er sich mit Harry geteilt hat; sein Wohnheim; das Haus seiner Schwester; sogar an die Ehemaligenorganisation seiner Universität und die American Field Service Association – an jede Adresse, die mich zu irgendjemandem führen könnte, der weiß, was aus ihm geworden ist. Aus »meinem Amerikaner«.

Ich habe keine einzige Antwort erhalten. Ich weiß,

nach mehreren Jahrzehnten konnte ich nicht damit rechnen. Die Menschen blicken nach vorn, sie leben weiter. Ich kann nicht erwarten, dass sie noch unter derselben Adresse wohnen. Ich kann nicht erwarten, dass sie etwas über Davey wissen. Ich kann nicht erwarten, dass sie mein Herz heilen können.

Ich habe diese langen Wochen des Wartens damit verbracht, durch London zu laufen. Habe jeden Ort besucht, an dem wir gemeinsam gewesen sind, jedes Geländer, an dem er vorbeigestrichen ist, jede Straßenbiegung, an der er stehen geblieben ist, um mein Gesicht zu berühren. Habe ich Dir je von dem Weihnachtsfest erzählt, das ich mit Chrissie in Edinburgh verbracht habe? An dem Davey und ich um Mitternacht nach draußen gegangen sind, nur um den anderen über all die Meilen hinweg zu spüren? Ich habe gedacht, ich könnte ihn spüren, wenn ich die richtigen Orte in London aufsuche: seinen Atem auf meinem Gesicht, seine Stimme in meinem Ohr, seine Hand in meiner. Ich dachte, ich könnte jene Momente wiederfinden und in meinen Händen halten.

Aber dies ist nicht mehr das London, in dem ich mein Herz verschenkt habe. Diese Stadt rüstet sich für die Belagerung. Alles ist etwas trüber, etwas grauer. Die Schaufenster, an die wir uns damals gedrückt haben, sind voller Konservendosen und Gasmasken. Die Hauseingänge, in denen wir uns geküsst haben, sind mit Sandsäcken blockiert. Es gibt keine Romantik unter den Kronleuchtern des Langham. Heutzutage ist es voller Uniformen und aufdringlicher Leute. Der Krieg ist überall.

Einmal trat ich aus dem Hotel, und mir war, als hätte

ich Davey auf der anderen Straßenseite gesehen, auf den Stufen der All Souls Church. Aber dann fuhr ein Bus vorbei, und das Bild war verschwunden. Selbst hier gibt es nichts als Geister.

Màthair, ich kann keine Spur von Davey finden. Nicht mehr. Nicht einmal in unserem alten Zimmer im Langham. Ich dachte, ich könnte ihn herbeilocken, wenn ich die Orte von früher aufsuche. Dass ich durch diese Briefe endlich Antworten bekommen würde. Dass ich endlich herausfinden könnte, was aus meinem Amerikaner geworden ist.

Ich bin müde. Es kommt mir vor, als hätte ich mein halbes Leben lang gewartet, und ich weiß nicht, wie lange ich das noch kann. Es erschöpft mich.

Ich bleibe noch eine weitere Woche im Langham, um sicherzugehen, dass keine Briefe eintreffen. Dann kehre ich nach Edinburgh zurück, wo ich die Erinnerungen wieder in mir verschließen und weiter warten werde. Ich kann nicht anders. Ich vermisse meine Margaret so sehr.

Alles Liebe
Elspeth

9. September 1940

Maisie,

hast Du von Deiner Mutter gehört? Ich hoffe es sehr. Geht es ihr gut?

Sowie ich von den Bombenangriffen auf London erfuhr, habe ich nur gehofft, dass sie die Stadt verlassen hat.

In keinem der Artikel steht, wie viele Flugzeuge es waren, wie viele Gebäude getroffen wurden. Hunderte? Tausende? Es heißt, London brenne noch immer. Sie nennen es Blitz.

Ich werde mehr herausfinden, aber schreib mir bitte, dass Deine Mutter es rechtzeitig geschafft hat.

In Liebe

Paul

Beagan Mhìltean, Skye, Samstag, 14. September 1940

Paul,

Mutters Brief kam zusammen mit Deinem, ist aber zwei Tage älter.

Oh, Paul, wir hatten ja keine Ahnung! Tagelang keine Post, geschweige denn eine Zeitung. Ein Blitzangriff, der ganz London in Brand gesetzt hat? Gran hat mich sofort nach Portree geschickt, um Neuigkeiten zu erfahren und ein Telegramm an Emily zu schicken, falls Mutter London schon verlassen und es nach Edinburgh geschafft haben sollte.

Ich kann kaum glauben, was ich lese. Hunderte Bomben, überall in der Stadt. Gewiss, es gab früher schon Luftangriffe auf London. Wir alle haben Luftangriffe erlebt. Aber so viele Bomben in so rascher Folge auf eine einzige Stadt … Das kann ich nicht begreifen. Wenn Bomben fallen, machen sie keine Unterschiede. Das London, das meine Mutter kannte, ist wirklich und wahrhaftig verschwunden.

Und seither greifen sie fast täglich an! Eine Stadt im Belagerungszustand. Ich hoffe und bete, dass sie nicht mehr dort ist, aber Emily sagt, das Haus in Edinburgh sei noch immer fest verschlossen. Also mache ich, was sie die ganzen Monate gemacht hat. Ich warte. Und hoffe auf die Post.

Ich weiß, dass Du da draußen fliegst. Pass bitte auf Dich auf, Paul, für mich.

In Liebe

Maisie

LONDON TROTZT AUCH
DER ZEHNTEN ANGRIFFSNACHT

London, Dienstag, 17. September

Auch nachdem Hunderte deutscher Bomber in der vergangenen Nacht und am frühen Morgen den bisher heftigsten Angriff geflogen haben, bleibt die Stadt stark. Es gibt nur einen einzigen Todesfall und geringe Schäden.

Tagsüber heulten mehrfach die Sirenen, ein Alarm dauerte beinahe vier Stunden – bisher die längste Warnung, die es tagsüber gegeben hat. Der Angriff wurde schwierig, weil Nebelbänke tief über der Stadt hingen. Die Sirenen erklangen um kurz nach 20.00 Uhr, als der Himmel aufklarte, und ertönten ohne Pause bis 2.42 Uhr morgens, als die Flak endlich die Nazi-Angreifer verjagen konnte. Doch die Bürger von London konnten nicht lange in ihren Bunkern ausruhen, da um 3.52 Uhr die nächste Angriffswelle die belagerte Stadt heimsuchte.

Hochexplosive Bomben wurden in mehreren Wellen über der Stadtmitte abgeworfen, sie beschädigten Gebäude und zerstörten Fensterscheiben im Umkreis von einer halben Meile. Brandbomben fielen auf eine beliebte Einkaufsgegend und einige Wohngebiete. Die Feuerwehr trotzte ihnen in ritterlichem Kampf. Eine schwere Bombe fiel auf Portland Place, zerstörte eine Kohlegasleitung in der Straße und beschädigte das elegante Langham Hotel …

25. Kapitel

Elspeth

Isle of Skye, 6. April 1917

Mein Liebster,

ich bin mir nicht sicher, ob ich Dir auch Essen schicken darf, aber ich kann es nicht ertragen, dass Du hungrig bist, während ich so viel habe. Äpfel, Brot, Räucherwurst, Käse, Bohnen, Reis, Salzheringe, Zwiebeln, Marmelade. In meinem kleinen Garten gibt es noch nicht viel Frisches, also habe ich ein paar getrocknete Erbsen eingepackt. Ich hoffe, dass Du alles ohne Schwierigkeiten bekommst.

Letztes Jahr um diese Zeit warst Du im Lazarett, und ich wurde fast wahnsinnig vor Sorge. Ich will nicht behaupten, ich sei jetzt nicht besorgt, da ich mir jeden Tag, den wir getrennt sind, Sorgen um Dich mache, aber immerhin weiß ich, dass Du gesund und in Sicherheit bist und mich sehr vermisst.

Ich habe auch angefangen, an Minna zu schreiben. Wusstest Du, dass sie ein Baby bekommen hat? Einen wunderschönen kleinen Jungen mit blondem Haar, genau wie Harry. Sie hat mir ein Foto geschickt. Hast Du überhaupt etwas von Harry gehört? Es muss sehr schwer für sie sein, dass sie mit dem Kind allein ist.

Ich stecke einen Kuss in den Umschlag. Halte ihn gut fest, bevor er hinaushüpft und verschwindet!

In Liebe

Sue

Kriegsgefangenen-Sendung, Postkarte, 23. April 1917

Sue,

gestern Abend habe ich einen wunderbaren Sonnenuntergang erlebt. Ich musste daran denken, wie wir die Straßenbahn nach Portobello genommen und uns den Sonnenuntergang am Strand angesehen haben. Obwohl das Wasser eisig war, hast Du mich aufgefordert, meine Hose aufzurollen und hineinzuwaten. Dann hast Du auf meinem Schoß gesessen und Deine Zehen im Sand vergraben, und wir haben zusammen die schreckliche Pastete gegessen, die Du gebacken hattest. Schrecklich oder nicht, ich hätte sie jetzt gern. Und den Sand. Und den Sonnenuntergang. Vor allem aber Dich.

Davey

Isle of Skye, 2. Mai 1917

Davey,

natürlich erinnere ich mich an den Sonnenuntergang. Ich glaube, damals habe ich zum ersten Mal einfach dagesessen und zugeschaut, wie die Sonne langsam am Horizont versinkt. Ich habe wirklich gespürt, wie sich die Erde unter mir dreht. Aber das könnte auch an Deinem Kuss gelegen haben.

Ich liebe Dich.

E

Isle of Skye, 18. Mai 1917

Davey,

ich habe länger nichts von Dir gehört. Ich wünschte, ich würde nicht die leisen Finger der Sorge spüren, die an meinem Herzen zupfen, so wie sie es immer tun, wenn ich vergeblich auf einen Brief von Dir warte. Du musst zugeben, Du bist nicht immer vorbildlich gewesen, was das angeht. Wenn Du mir längere Zeit nicht geschrieben hast, muss ich mich gewöhnlich hinsetzen, wenn ein Brief kommt – entweder bist Du verwundet und im Lazarett oder in einem Gefangenenlager. Was ist es diesmal? Was bleibt noch übrig?

Ich habe etwas Neues gewagt. Ich habe Emily bei den Jungs gelassen und bin in die Kirche gegangen. Nicht in die steife presbyterianische Kirche meiner Jugend, sondern in die winzige katholische Kapelle in Portree. Ich erinnerte mich an die Wärme und die geheimnisvolle Atmosphäre von St. Mary's. Außerdem dachte ich, ich sollte vielleicht lieber Deinen katholischen Gott darum bitten, dass er Dich besonders beschützt.

Ich war nicht allein in der Kapelle. Es waren noch andere Frauen da, mit Schleiern und Tüchern, die Gebete murmelten und Kerzen entzündeten. Ich hatte Deine kleine Bibel mitgebracht und fuhr Deinen Namen mit der Fingerspitze nach. Ich zündete eine Kerze an, und da ich nicht die richtigen Gebete kannte, schloss ich einfach die Augen und dachte an Dich. Als ich sie wieder öffnete, saß eine Frau neben mir, die mich still beobachtete. »Haben Sie eine Novene für ihn gebetet?« Ich gestand, dass ich keine Katholikin sei, und rechnete schon damit, sie würde mich aus der Kirche schicken. Stattdessen legte sie ihre Hand auf meine und sagte: »Keine Sorge. Ich bete zusätzlich eine für Sie.« Sie gab mir ihren geschnitzten hölzernen Rosenkranz und versprach, mir die Gebete beizubringen, wenn wir uns wiedersähen.

Als ich die Kapelle verließ, fühlte ich mich viel besser. Obwohl es ein recht weiter Weg bis nach Portree ist, habe ich jetzt einen Ort, an dem ich Dir nahe sein kann.

In Liebe

Sue

Isle of Skye, 22. Mai 1917

Davey,

bitte nimm mir die Angst. Ich bin mit dem Fahrrad fast täglich nach Portree gefahren, um für Dich zu beten, und brauche eine Bestätigung, dass meine Gebete erhört wurden. Ich habe die katholischen Gebete gerade erst gelernt und möchte sicher sein, dass ich es richtig mache.

Egal was, Davey! Eine Postkarte. Einen Satz. Nur ein Wort. Bitte.

Sue

Juni 1917

Sue,

ich habe lange mit mir gerungen, wie ich es Dir am besten sagen soll. Du ahnst nicht, wie viele Entwürfe im Feuer gelandet sind. Ich sage es wohl am besten geradeheraus.

Iain ist am Leben.

Er ist nicht tot, Sue. Er ist hier, in diesem Lager.

Vor einigen Wochen hatten wir Hofgang. Eine Gruppe britischer Männer war erst kürzlich in dieses Lager überstellt worden und drängte sich auf einer Seite des Hofes zusammen. Ich kann Dir sagen, mein Mädchen, ich hatte Tränen in den Augen, nachdem ich so lange nur Französisch und ein paar unverständliche russische Brocken gehört hatte. Ich eilte zu einem der Jungs und bat ihn, mich mit ihm reden zu lassen, egal worüber.

Einer fragte, woher ich käme. »Illinois«, antwortete ich, worauf ein anderer Mann rief: »Illinois? Was du nicht sagst! Ich habe Verwandte da drüben. Welche Gegend?« Europäer scheinen nie zu begreifen, wie gewaltig groß die Vereinigten Staaten sind, also sagte ich: »Chicago. Urbana, da habe ich eine Weile gewohnt.« Worauf der Bursche meinte: »Na so was, mein Cousin wohnt in Chicago! Frank Trimball, du kennst ihn sicher. Ich frage ihn mal nach dir. Wie heißt du denn?«

Ich nannte meinen Namen und hörte einen Schrei aus der Menge: »David Graham aus Urbana, Illinois?«

Ich muss geantwortet haben, denn ehe michs versah, lag ich mit einer schmerzenden Wange und Sand in den Augen auf dem Boden.

Ich hörte jemanden fragen: »Wofür war das denn, Kumpel?« Ich stand auf, noch schwindlig, und sah mich einem Fremden mit geballten Fäusten und verzerrtem Mund gegenüber.

»Dafür, dass er sich in meine Frau verliebt hat.«

Ich konnte nicht schnell genug reagieren, um den zweiten Hieb abzufangen.

»Und dass er dafür gesorgt hat, dass sie sich in ihn verliebt.«

Ich spuckte Blut. »Wer zum Teufel bist du?« Doch ich ahnte schon die Antwort.

»Elspeths Ehemann. Oder bist du so vielen verheirateten Frauen nachgestiegen, dass du den Überblick verloren hast?«

Diesen Kommentar konnte ich ihm nun wirklich nicht durchgehen lassen, oder? Also bin ich auf ihn losgegangen. Was folgte, kann man nur als altmodische Schulhofprügelei bezeichnen.

Sie schien ewig zu dauern, vermutlich waren es aber nur wenige Minuten, denn dann hörten wir jemanden auf Deutsch rufen, und die anderen konnten uns endlich voneinander trennen.

Wir sanken keuchend auf den staubigen Boden, die Menge zerstreute sich. Ehrlich gesagt, waren wir zu müde, zu hungrig und zu demoralisiert, um weiterzukämpfen.

»Warum hast du sie verlassen? Warum hast du ihr nicht geschrieben?« Das musste ich ihn fragen, um deinetwillen. »Sie hält dich für tot.«

Iain hielt sich die blutige Nase. »Sie hatte ja dich.«

Sue, er wusste Bescheid. Die ganze Zeit über. Er hat die Briefe gefunden, er hat gewusst, dass Du mir jahrelang heimlich geschrieben hast. Er hat zwischen den Zeilen gelesen, was wir beide erst später erkannt haben. Er hat es erraten, bevor wir es uns eingestanden haben. Warum hat er sich wohl so schnell zur Armee gemeldet? Warum wollte er um jeden Preis an die Front? Er dachte, er hätte nichts zu verlieren.

Ich weiß nicht, was das für uns bedeutet. Ich kämpfe noch mit meinem Gewissen, daher kann ich verstehen, wenn Du mir nicht sofort zurückschreibst. Falls Du ihm schreiben möchtest, kannst Du das unter derselben Adresse tun.

David

Isle of Skye, 18. Juni 1917

Was für ein furchtbarer Scherz, Davey! Ich bin nach den ersten Zeilen ohnmächtig geworden. Der tapfere Allie hatte schon den Mantel an und wollte durch den Regen laufen, um den Arzt zu holen, als ich zu mir kam und ihm versicherte, dass es nur ein gemeiner Scherz gewesen sei.

Das war es doch, oder? Iain kann nicht am Leben sein. Die ganzen Briefe, in denen man mir seinen Tod bestätigt hat. Das Trennungsgeld, das in eine Witwenpension umgewandelt wurde. Wie konnte sich das Kriegsministerium so irren?

Was soll ich denn jetzt fühlen? Mein Ehemann meldet sich zur Armee und zieht in den Krieg, um im großen Stil Selbstmord zu begehen. Er schreibt mir nicht; er kommt mich nicht besuchen. Er ist seit über einem Jahr in Gefangenschaft und hat weder mir noch seiner Mutter geschrieben, dass er am Leben ist. Überrascht es ihn, dass ich mich in einen anderen Mann verliebt habe? Würde nicht jede Frau das Gleiche tun?

Oh, Davey! Ich kann das nicht ertragen. Ich kann das alles nicht ertragen.

Sue

Kriegsgefangenen-Sendung, Postkarte, 23. Juni 1917

Sue,

morgen breite ich die Flügel aus. Es mag eine Weile dauern, bevor ich wieder schreibe, aber mach Dir keine Sorgen um mich. Du bist die Blüte, zu der ich fliege.

Ich vermisse Dein Lächeln.

Davey

24. Juni 1917

Sue, mein liebstes Mädchen,

wenn Du das hier liest, heißt das, dass Iain durchgekommen ist. Ich weiß, es muss ein Schock für Dich sein, ihn vor Deiner Tür zu finden, auferstanden von den Toten, sozusagen. Aber ich habe Dir einmal versprochen, dass ich nicht zwischen euch stehen würde, wenn er zu Dir zurückkehrt.

Ich habe ein Märchen für Dich geschrieben. Ich hoffe, dass es erklärt, was ich nicht erklären kann. Du sollst wissen, dass ich Dich liebe.

Für immer der Deine

David

Die Frau des Fischers

Es war einmal ein Fischer, der hatte eine wunderschöne Frau namens Lucinda. Er fuhr für Wochen hinaus, folgte den Fischen, und Lucinda wartete am Ufer, ließ die bloßen Füße in die Wellen baumeln und knüpfte seine Netze. Sie webte und knüpfte die starken silbrigen Fäden, und während sie webte, sang sie. Sie sang einsame Lieder über das Meer, lebhafte Matrosen-Shantys und schmerzhaft schöne Melodien, die klangen, als sängen die Meerjungfrauen selbst. Doch als sie so über das Wasser schaute, die Augen auf den Horizont gerichtet, wo sie das Boot ihres Mannes zu sehen hoffte, war jedes ihrer Lieder von Traurigkeit gefärbt.

Lucinda war so lieblich und ihr Gesang so rein, dass ein Wassergeist sich in sie verliebte. Während sie am Ufer saß und ihre Netze knüpfte, trieb der Geist in der Nähe dahin, beobachtete sie, und seine Liebe wuchs. Mit jeder kristallenen Träne, die Lucinda ins Meer vergoss, kam der Geist ein wenig näher und wünschte sich, er könnte sie zum Lächeln bringen. Er war entschlossen, ihre Liebe zu gewinnen und sie zu sich ins Meer zu holen.

Der Geist schwamm hinaus und suchte nach dem kostbarsten Geschenk, das er finden konnte, nach etwas, das Lucinda in ihrem bescheidenen Land noch nie gesehen hatte und das ihr beweisen würde, dass die Welt größer war als ihr kleiner Uferstreifen und der leere Horizont. Wenn sie erst erkannte, wie weit das Meer reichte und was sich unter den Wellen verbarg, würde sie mit ihm kommen.

Er tauchte in die tiefsten Tiefen und fand die schönste Muschel, die man sich nur denken kann, groß und cremeweiß, die von innen her rosa und blassblau schimmerte. Er brachte sie Lucinda mit einem schüchternen Lächeln und freute sich, dass sie es erwiderte.

Doch sie wollte das Geschenk nicht annehmen. »Wenn ich eine schöne Muschel möchte, muss ich nur am Strand entlanggehen und mir eine suchen.«

»Aber keine wird so schön sein wie diese Muschel, die von so weit her kommt.«

»Sie wird schöner sein, weil ich sie vor meiner Tür finden kann.«

Am nächsten Tag tanzte der Geist durch die Wellen, bis er einen herrlichen Fisch fand, dessen lange Flossen leuchtend blau und gelb gefärbt waren. Er fing ihn in einer Glasschale und brachte ihn Lucinda, die wieder lächelte, aber die gleiche Antwort gab wie zuvor. »Wenn ich einen herrlichen Fisch möchte, muss ich nur ins flache Wasser der Bucht schauen.«

»Aber keiner wird so herrlich sein wie dieser, der unter den Wellen lebt.«

»Er wird noch herrlicher sein, weil ich ihn vor meiner Tür finden kann.«

Der Geist schwamm Tag und Nacht bis zu einem Strand in einem exotischen Land, an dem sich Palmen wiegten und die Luft nach Früchten duftete. Der Sand am Strand glitzerte in reinem Weiß. Der Geist schöpfte von dem funkelnden Sand und brachte ihn Lucinda. Doch sie antwortete wie zuvor: »Wenn ich funkelnden Sand sehen möchte, muss ich nur auf diesen Strand schauen.«

»Aber er wird nicht so funkeln und so rein weiß sein wie dieser Sand, den ich für dich gesucht habe.«

»In meinen Augen wird er noch mehr funkeln, weil ich ihn

vor meiner Tür finden kann.« Sie lächelte den Geist freundlich an. »Das Meer gehört dir. Du treibst mit der Strömung dahin und reist durch die Wellen an ferne Orte. Doch das Meer ist nicht meine Welt und wird es auch nie sein. Meine Heimat am Strand ist mir kostbarer als alle Schätze der Welt.«

Da schwamm der Geist wütend davon. Er verstand nicht, dass Lucinda trotz der herrlichen Schätze, die er ihr dargeboten hatte, und des Lebens unter dem Meer, das er ihr schenken konnte, die Gesellschaft eines bloßen Fischers und ihr schlichtes Leben an diesem Strand bevorzugte. Das Lied, das sie dort sang und das der Wind mit sich trug, kündete von Sehnsucht und Verlust.

Der zurückgewiesene Geist brach durch die Wasseroberfläche und beschwor in seinem Zorn einen Sturm herauf. Regen strömte hernieder und verbarg den Strand hinter einem grauen Vorhang. Draußen hüpfte ein winziges Fischerboot auf dem tobenden Wasser. Als das Wasser stieg, ritt ein Seepferd mit nackter Brust, scharfen Zähnen und Algen in der Mähne auf einem Wellenkamm dahin. Weiße Gischt spritzte hinter ihm auf, und das Seepferd flog geradewegs auf das Boot zu.

Der Fischer, einmal unter die Oberfläche gezogen, würde nie mehr heimkehren. Der Geist würde nie wieder um Lucindas Liebe kämpfen müssen. Doch ihr Lied erhob sich über den Donner und die tobenden Wellen, und der Geist wusste, was er zu tun hatte. Er tauchte unter.

Er schaffte es zur anderen Seite des Bootes, gerade, als das Seepferd sich aufbäumte, während Salzwasser von seinen krallenbesetzten Hufen tropfte. Der Geist trat mit den Beinen, schoss wie ein Fisch aus dem Wasser empor und warf sich zwischen das Seepferd und den Fischer, der am Boden des

Bootes kauerte. Die Krallen des Seepferds bohrten sich in den Geist.

Mit all seiner Kraft beschwor der Geist einen Wind herauf, der das kleine Fischerboot ans Ufer trieb. Er wusste, dass kein Geschenk Lucinda von ihrer Heimat weglocken konnte. Doch indem er ihr den Fischer zurückbrachte, hatte er das einzige Geschenk gefunden, das ihr wichtig war.

Isle of Skye, 17. August 1917

Davey,

dieser Mann – dieser *Fremde*, der vor meiner Tür erschienen ist – ist nicht mein Ehemann. Als er vor drei Jahren wegging, war mein Ehemann stark, anmaßend und nachdenklich. Ich weiß jetzt, dass die Glut in seinem Blick, die ich für Fanatismus hielt, die Glut der Eifersucht war. Doch dieser Mann – dieser Fremde, den Du mir geschickt hast – ist dünn, nervös, halb verhungert, zaghaft, vorsichtig. Er ist ganz und gar nicht, wie Iain war. Ich kenne ihn nicht.

Er sagt, Du hättest eine große Flucht geplant, falsche Uniformen genäht und vorgehabt, einfach aus dem Eingangstor des Gefangenenlagers zu spazieren. Doch er habe es als Einziger geschafft.

Ich möchte wissen, was euch das Recht gegeben hat, für mich zu entscheiden. Wie kommst Du darauf, dass ich ihn zurückhaben will? Wie kommst Du darauf, dass ich nicht auf *Dich* warten würde?

Ich weiß nicht, was ich mit ihm anfangen soll. Er sitzt den ganzen Tag im Haus und scheint sich unwohl zu fühlen.

Er raucht und zuckt und weint, wenn er versucht, mit mir zu schlafen. Wenn ich die Stiefel anziehe, um nach draußen zu gehen, klammert er sich an meine Schürze, als würde ich nie zurückkehren.

Ich habe tatsächlich mit dem Gedanken gespielt. Aber wohin sollte ich gehen? Ich weiß nicht, ob Du noch in Gefangenschaft bist. Ich weiß nicht, warum Du in dem Brief, den Du Iain mitgegeben hast, so kalt geklungen hast. Ich weiß nicht, ob Du mich noch liebst. Ich weiß nicht, ob Du diesen Brief jemals öffnen und lesen wirst.

Wann immer ich in Portree bin, gehe ich in die katholische Kapelle. Ich bete, dass Du in Sicherheit bist, wo immer Du sein magst, und dass alles irgendwie gut wird. Nichts ist so, wie es sein sollte.

Davey, ich brauche Dich. Du hast keine Ahnung, wie sehr ich Dich brauche. Ohne Dich ist nichts richtig. Es ist meine Entscheidung, *ich* muss sie treffen.

Sue

26. Kapitel

Margaret

London, Freitag, 20. September 1940

Gran,

ich habe sie gefunden! Oh, meine Mutter sah so klein und blass aus in ihrem Krankenhausbett. Der Arzt sagte, sie sei im Langham gewesen, als es getroffen wurde, aber ohne allzu große Verletzungen davongekommen. Sie hat einige gebrochene Rippen, ihr Knöchel ist verstaucht, und sie leidet unter nervöser Erschöpfung. Sie befürchteten eine Lungenentzündung, aber das hat sich nicht bestätigt.

Ich bin zuerst gar nicht zum Hotel gegangen, weil ich dachte, man wüsste dort sicher nicht, wo sie ist. Doch Mutter hat zwei Monate lang dort gewohnt und jeden Tag nach dem Spaziergang an der Rezeption gefragt, ob Post für sie gekommen sei. Man kannte sie also. Der Empfangschef nannte mir den Namen des Krankenhauses und wünschte ihr alles Gute.

Sie saß im Bett, als ich hereinkam, die Hände an den Schläfen, und weinte. Doch sowie sie mich sah, sagte sie: »Meine Margaret. Da bist du ja.« Und legte sich sofort hin. Die Krankenschwestern sagten, sie habe keine Ruhe gefunden, seit man sie eingeliefert habe, aber nachdem sie mich gesehen hatte, schlief sie beinahe einen ganzen Tag.

Ich bin bei ihr geblieben und schreibe Dir, damit Du weißt, wie es ihr geht. Der Arzt scheint nicht besorgt und ist froh, dass die Familie sich jetzt um sie kümmert. Sie braucht nur Zeit und unsere Gebete.

Alles Liebe
Margaret

London, Freitag, 20. September 1940

Lieber Paul,

ich habe sie endlich gefunden. Und es geht ihr den Umständen entsprechend gut. Sie war im Langham, als es getroffen wurde, ist aber nicht schlimm verletzt. Sie möchte unbedingt nach Edinburgh zurück. Ihr Bett wird gebraucht, da nach den Angriffen täglich Verwundete eingeliefert werden. Sie haben nichts dagegen, solange sie nicht allein ist.

Sie hat sich sofort hingelegt, als ich kam, und ist mit einem Lächeln auf den Lippen eingeschlafen. Die Oberschwester hat gemerkt, dass ich eine lange Fahrt hinter mir habe – ich trug noch mein graues Reisekostüm –, und ich darf bei Mutter sitzen bleiben, solange ich leise bin und die anderen Patienten nicht störe. Sie glaubt, Mutter werde besser schlafen, wenn ich in ihrer Nähe bin.

Es hieß, sie habe einen Koffer umklammert, als man sie aus den Trümmern barg. Nur einen. Den anderen hatte sie zurückgelassen, aber den braunen Koffer wollte sie nicht hergeben. Ich weiß auch, warum – ich brauche ihn gar nicht zu öffnen.

Mutter schnarchte und murmelte im Schlaf vor sich hin, und der braune Koffer lugte unter ihrem Bett hervor. Ich wusste, dass es nicht richtig war. Die gehorsame Tochter in mir hatte ein schlechtes Gewissen, wenn sie nur daran dachte. Aber der Teil von mir, der alle Vorsicht über Bord geworfen und einem entfremdeten Onkel geschrieben hat, der mit nichts als dem Namen eines Hauses, der auf das Vorsatzblatt eines Buches gekritzelt war, zur Isle of Skye gereist ist, der nach London geeilt ist, um notfalls in den Trümmern nach meiner Mutter zu graben und sie nach Hause zu holen, dieser Teil von mir küsste Mutters schlaffe Hand, die auf der Decke ruhte, und öffnete den Koffer.

Paul, sie haben einander jahrelang geschrieben. Meine Mutter und Davey. Alle seine Briefe waren dort drin. Vom ersten aus dem Jahr 1912 – dem schwärmerischen Fanbrief eines ungestümen Collegestudenten – bis zum letzten von 1917 – einer hingekritzelten, schmutzigen Nachricht aus einem Kriegsgefangenenlager, mit der er ihre Beziehung beendete. Einfach so. Gerade noch blickten sie gemeinsam in die Zukunft, dann machte er mit einem Märchen über die Frau eines Fischers Schluss.

In der Geschichte ging es um sie. Ihr Ehemann Iain war Fischer auf Skye. Er wurde im Krieg vermisst, für tot erklärt und tauchte irgendwann wieder auf. Er erschien mit Daveys Brief in der Hand vor ihrer Tür. Sie hatte überhaupt keine Wahl.

Am nächsten Morgen

Ich habe Dir geschrieben, und dann, als die Sonne orangerot vor dem Fenster aufging, bin ich auch eingeschlafen. Als ich wach wurde, saß Mutter im Bett und betrachtete mich, wie ich inmitten ihrer Briefe dasaß.

»Du hast meine Geschichte gelesen«, sagte sie. Ich fragte, ob sie wütend sei, doch sie schüttelte den Kopf. »Es war nicht richtig von mir, sie für mich zu behalten. Es ist auch deine Geschichte.«

Ich hatte so viele Fragen, doch als ich sie so sah, blass auf ihrem Kissen, die Augen auf die Briefe gerichtet, konnte ich sie nicht stellen. Stattdessen fragte ich, wie es ihr gehe.

Sie richtete sich auf, zuckte aber dabei zusammen. »Viel besser. Ich glaube, ich fahre bald nach Hause.«

Ich war skeptisch und sagte, dass der Arzt ihr womöglich raten werde, sich noch ein wenig auszuruhen, doch sie seufzte. »Ich möchte einfach nur nach Hause, Margaret. Ich war zu lange weg.« Sie fuhr sich mit dem Daumen über die Augen. »Ich hätte nie weggehen sollen. Ich muss zurück nach Edinburgh, meine Spaziergänge machen, still in der Kathedrale sitzen. Ich weiß nicht, wie ich besser zu Kräften kommen sollte als zu Hause.«

»Elspeth«, sagte eine Stimme vom Fußende des Bettes. »Ich bringe dich nach Hause.«

Ob Du es glaubst oder nicht, es war Onkel Finlay. Er war gekommen.

In Liebe
Margaret

London, Samstag, 21. September 1940

Liebe Gran,

Onkel Finlay ist nach London gekommen. Er traf heute Morgen ein und hat den ganzen Tag mit Mutter verbracht. Sie haben zwei Jahrzehnte nachgeholt, ohne viel zu reden. Er bringt sie morgen nach Hause, nach Edinburgh.

Ich weiß nicht, wie Du es geschafft hast, ihn dazu zu bewegen, dass er endlich mit Mutter spricht, aber ich danke Dir. Zum ersten Mal seit langer Zeit hat sie friedlich ausgesehen.

Alles Liebe
Margaret

London, Sonntag, 22. September 1940

Lieber Paul,

bevor sie gestern Abend eingeschlafen ist, hat Mutter gesagt, dass ich nur die Hälfte der Geschichte kenne. Denn ich hätte nur Daveys Briefe gelesen, aber nicht ihre.

Statt heute Morgen mit ihr und Onkel Finlay zum

Bahnhof zu gehen, bin ich noch einmal zum Langham gefahren und habe nachgefragt, ob sie den anderen Koffer geborgen haben. Darin befinden sich, wie sie sagt, ihre Schreibhefte, in denen sie die Entwürfe all ihrer Briefe notiert hat. Eine Schriftstellerin durch und durch.

Sie hatten den anderen Koffer gefunden, mitsamt den Heften. Ihre Hälfte der Geschichte. Aber, Paul, es war auch ein Brief für Mutter angekommen.

Tatsächlich hat jemand auf einen der vielen Briefe geantwortet, die sie während der Monate in London geschrieben hatte.

Ich weiß nicht, was ich machen soll. Es ist ihr Brief, gewiss, aber ich habe sie im Krankenhausbett gesehen, müde und niedergeschlagen, und wie sie am Arm ihres Bruders zum Bahnhof hinkte, weil sie London um jeden Preis hinter sich lassen wollte. Wenn diese Antwort nun eine Enttäuschung ist? Oder, schlimmer noch, schlechte Neuigkeiten enthält?

Ich nehme den nächsten Zug nach Edinburgh. Mir bleiben siebeneinhalb Stunden, um zu entscheiden, ob ich ihr den Brief gebe oder ihn selber öffne.

In Liebe
Margaret

Detroit, Michigan, 10. September 1940

Sehr geehrte Mrs. Dunn,

bitte entschuldigen Sie, dass ich nicht früher geantwortet habe, aber die Zentrale der American Field Service

Association hat Ihren Brief an mich weitergeleitet. Man war der Ansicht, ich könne Ihre Fragen besser beantworten.

Ich wünschte, ich hätte bessere Nachrichten für Sie, aber mir liegt keine Adresse von David Graham vor. Er hat sich nie an unseren Publikationen beteiligt, keine Adresswechsel angezeigt und keines unserer Ehemaligentreffen besucht.

Ich habe jedoch eine kleine Information, die Ihnen womöglich weiterhelfen kann. Einige der anderen Männer sind nach dem Krieg in Verbindung geblieben. Und ich habe ihn in Paris gesehen. Der gute alte Dave hat den Krieg überstanden. Er war immer ein Glückspilz.

Dave – wir nannten ihn »Rabbit« – war einige Jahre in Gefangenschaft. Er muss 1916 gefangen genommen worden sein, bevor die Vereinigten Staaten in den Krieg eintraten und das Rote Kreuz den Field Service übernahm. Er hat nur seinem engen Freund Harry aus dem Lager geschrieben. Ich weiß aber, dass er nach dem Waffenstillstand freigekommen ist. Immerhin haben wir ihn nach dem Krieg alle in Paris gesehen.

Er war zur Erholung im Lazarett, aber Rabbit hat sich hinausgeschlichen und kam in unser Hauptquartier in der Rue Raynouard. Sie können sich vorstellen, wie überrascht wir waren! Er war gut in Form, wenn man bedenkt, wie lange er im Lager gewesen war. Er bat uns um Ersatzkleidung, etwas Geld und so viel Schokolade, wie er tragen konnte, und erklärte dann, er fahre nicht nach Hause, noch nicht. Er müsse erst sein Mädchen in Schottland besuchen.

Wie Sie sehen, Mrs. Dunn, habe ich Ihren Namen erkannt. Sie mögen verzeihen, aber Rabbit hat ständig von

Ihnen geredet. Er war bis über beide Ohren verliebt. So, wie er sich anhörte, müssen Sie die Verkörperung aller Märchenprinzessinnen gewesen sein. Harry schwieg sich über die ganze Sache aus, aber die anderen wussten, dass während seiner Zeit im Lager etwas schiefgegangen war. Und dann tauchte Rabbit plötzlich in der Rue Raynouard auf und bat uns um Geld, damit er nach Schottland fahren und sich für etwas entschuldigen konnte. Ich vermute, dass auch Sie ihn damals zum letzten Mal gesehen haben.

Einige andere Jungs sind nach dem Krieg in Kontakt geblieben. Rabbit hat wieder unterrichtet. Er wohnte eine Zeit lang in Chicago und zog dann nach Indiana, um näher bei seiner Schwester zu sein. Wohin es ihn danach verschlagen hat, weiß ich nicht. Er hat ein Buch veröffentlicht, ein Märchenbuch für Kinder. Sie hätten sehen sollen, wie wir alle gegrinst haben, als jemand es zu einem Ehemaligentreffen mitbrachte. Unser Rabbit war ein richtiger Schriftsteller geworden!

Immerhin kann ich Ihnen die Adresse von Harry Vance geben. Er ist sehr viel zuverlässiger als Rabbit und bleibt mit allen in Verbindung. Harry unterrichtet in Oxford. Das ist doch nicht so weit von London, oder?

Ich wünsche Ihnen viel Glück, Mrs. Dunn. Und falls Sie Rabbit sehen, bestellen Sie ihm viele Grüße.

Herzlich

Billy »Riggles« Ross

Sekretär, Abt. Mittlerer Westen

American Field Service Association

Edinburgh, Dienstag, 24. September 1940

Sehr geehrter Mr. Vance,

ich schreibe Ihnen im Namen meiner Mutter, Mrs. Elspeth Dunn. Sie hat versucht, David Graham zu finden, den sie vor Jahren gekannt hat. Ich habe Ihre Adresse von Billy Ross über die American Field Service Association erhalten. Er dachte, Sie würden vielleicht Mr. Grahams derzeitige Adresse kennen.

Mir sind alle Nachrichten willkommen. Meine Mutter sucht schon seit einer ganzen Weile nach Mr. Graham. Wir beide wären Ihnen dankbarer, als Sie jemals ahnen können.

Mit freundlichen Grüßen

Margaret Dunn

Oxford, 27. September

Sehr geehrte Miss Dunn,

ich habe lange überlegt, ob ich Ihnen Daves Adresse geben soll. Er ist ein Einsiedler und schätzt seine Privatsphäre. Aber er hat viel zu viel Zeit allein verbracht und sich selbst bemitleidet. Er hat sich viel zu lange gewünscht, die Vergangenheit zu verändern.

Seine Adresse finden Sie unten. Er wohnt in London, gleich um die Ecke vom Langham Hotel. Er hat immer gesagt, London sei voller Erinnerungen.

Harry Vance

27. Kapitel

Elspeth

Isle of Skye, 1. Mai 1919

Lieber David,

vermutlich bist Du überrascht, wenn Du das hier bekommst, aber wenn ein neuer Gedichtband erscheint, kann ich doch nicht meinen ehemaligen »Fan« vergessen.

Ich habe zwei Jahre nichts von Dir gehört und weiß nicht, wo Du jetzt steckst. Ich hoffe, dass Dich dieses Päckchen irgendwie über Deine Eltern erreicht.

Wie ist es Dir nach dem Krieg ergangen? Ich habe Dir ins Gefangenenlager geschrieben, nachdem Iain heimgekehrt war, aber Du hast nie geantwortet. Geht es Dir gut?

Es ist seltsam, aber vor ein paar Monaten dachte ich, ich hätte Dich gesehen, auf der Straße gegenüber vom Haus meiner Eltern. Ich habe weggeschaut, und dann war das

Bild verschwunden. Du weißt ja, dass auf dieser Insel die Geister der Vergangenheit umgehen.

Iain ist kürzlich gestorben. Bittere Ironie – er überlebt Festubert, die deutsche Gefangenschaft, die Flucht und stirbt zu Hause in seinem Bett an der Grippe. Er war seit seiner Rückkehr gesundheitlich angeschlagen und wurde leicht krank. Daher kam es nicht so überraschend.

Ich glaube, er hat darauf gewartet zu sterben. Er hat immer geglaubt, er hätte mit seinen Freunden in Festubert fallen sollen. Nach seiner Heimkehr war es einfach nicht mehr wie früher. Ich glaube, er hatte das Gefühl, nicht mehr hierherzupassen. Er wusste nie, was er mit sich anfangen sollte, und vor allem, wie er mit mir umgehen sollte. Wir haben es versucht. Wir haben es wirklich versucht, Davey. Alles war anders, aber wir haben es versucht.

Ich konnte jahrelang keine Gedichte schreiben. »Ruhe« war eines meiner letzten. Ich wusste nicht, worin das Problem bestand, doch dann ist es mir schließlich klar geworden.

Der Grund warst Du, Davey. *Du.* Ohne Dich gibt es keine Poesie in meinem Leben. Du bist immer meine Muse gewesen. Bevor ich Dich kennenlernte, habe ich die Gedichte mit meinem Stift geschrieben, und meine Leser haben sie geliebt. Sie waren ihnen wichtig. Doch nachdem ich Dir begegnet war, habe ich Gedichte mit meiner Seele geschrieben, und die habe *ich* geliebt. Sie bedeuteten alles für mich.

Ich weiß, dass für mich kein Platz mehr in Deinem Leben ist. Es ist zwei Jahre her, seit ich überhaupt von Dir gehört habe. Du könntest verheiratet sein und eine Familie haben.

Aber ich werde es Dir nachtun. Ich werde die Augen schließen und geradewegs aus dem Schützengraben stürzen.

Davey, ich kann ohne Dich nicht leben. Ich kann es einfach nicht. Erinnerst Du Dich an all die Versprechen, die wir uns gegeben haben, und die Träume, die wir hatten, damals im Krieg? Komm zurück und versprich mir das alles noch einmal.

Wir können hingehen, wohin Du willst, an jedem Ort leben, den Du aussuchst. Edinburgh? Skye? Urbana, Illinois? Mit Dir an meiner Seite kann ich überall hingehen. Ich werde Deine Frau, Deine Geliebte, Deine Gefährtin. Solange ich Dir gehöre.

Ich schließe mein Cottage ab und fahre nach Edinburgh. Seit Finlay weggegangen ist, ist Màthair nicht mehr die Alte. Vielleicht kommt er zurück, wenn ich nicht mehr da bin. Das zumindest kann ich für sie tun. Kommst Du nach Edinburgh? Kommst Du mich holen?

Ich werde jeden Morgen nach St. Mary's gehen, um auf Dich zu warten. Ich weiß nicht, wann Du diesen Brief bekommst, aber ich verspreche, ich werde auf Dich warten. Ich werde jeden Morgen auf Dich warten, so lange wie nötig. Ich habe Dich einmal aufgegeben, damals, als nicht Du zur Tür hereinkamst, sondern Iain. Ich werde Dich nicht noch einmal aufgeben.

Ich habe nie aufgehört, Dich zu lieben, Davey.

Sue

28. Kapitel

Margaret

Edinburgh, Dienstag, 1. Oktober 1940

Sehr geehrter Mr. Graham,

ich hoffe, Sie halten mich nicht für aufdringlich, aber ich möchte meine Bewunderung für Ihr Buch *Lieblingsmärchen für Lieblingskinder* ausdrücken. Obwohl ich längst aus dem Märchenalter heraus bin, verspürte ich den Drang, zwischen den Zeilen zu lesen. Hinter jedem Märchen verbirgt sich eine Geschichte. Eine Allegorie, aber auch Magie und Poesie. Diese Märchen sind nicht nur für Kinder gedacht.

Vor allem das letzte, »Die Frau des Fischers«, hat mich angesprochen. Es fühlte sich so echt an, als käme es aus tiefstem Herzen. Es war wie im wirklichen Leben, wenn wir versuchen, uns durch die Wirren der Liebe zu tasten, und feststellen müssen, dass es einfacher ist, als wir geglaubt haben.

Ich finde es interessant, dass Sie das Ende von *Die Frau des Fischers* geändert haben. Ursprünglich endet die Geschichte damit, dass sich der Wassergeist opfert, damit der Fischer sicher ans Ufer gelangt. Ein sehr nobles Ende. Doch in der gedruckten Fassung kämpft er um Lucindas Liebe. Er gibt ihr die Möglichkeit, frei zu entscheiden. Das ist vielleicht weniger nobel, aber realistisch, voller Bedauern und Hoffnung.

Natürlich haben Sie nicht nur die Märchen in diesem Buch geschrieben. Vor über zwei Jahrzehnten haben Sie eine Liebesgeschichte in Briefen geschrieben, eine Liebesgeschichte, die ebenso magisch ist wie Ihre Märchen – vielleicht noch magischer, denn sie ist wahr. Es ist eine Geschichte ohne Ende. Eine Geschichte, die in einem noblen Augenblick abbricht und alle weiteren Fragen offen lässt. Fragen, die auch dreiundzwanzig Jahre später ungeklärt sind.

Ich weiß, Sie können sie vollenden. Sie sind einer der beiden besten Schriftsteller, die ich kenne.

In großer Bewunderung
Margaret Dunn

London, 5. Oktober 1940

Sehr geehrte Miss Dunn,

es scheint ein ganzes Leben her zu sein, seit ich diese vier Worte zum ersten Mal geschrieben habe. Dieses Leben hat mich über einen Ozean geführt, in die Schützengräben, in die Hölle und wieder zurück. Doch dieses »noble Ende« zu schreiben war bei Weitem am schwersten. Kein Wunder, dass ich meine Meinung darüber geändert habe.

Von der ersten Version existiert nur eine Kopie. Bitte sagen Sie mir: Wie geht es ihr?

David Graham

Edinburgh, Dienstag, 8. Oktober 1940

Sehr geehrter Mr. Graham,

sie grübelt. Sie grübelt seit dreiundzwanzig Jahren darüber nach, weshalb Sie ihr nicht mehr geschrieben haben. Weshalb Sie nie auf die Briefe geantwortet haben, die sie Ihnen nach Iains Heimkehr geschickt hat. Weshalb Sie verschwunden sind.

Meine Mutter hat mir nie von Ihnen oder ihrem Leben vor meiner Geburt erzählt. Aber ich konnte sehen, wie sehr die Reue sie belastet, die ganzen Jahre der Ungewissheit und des Wartens. Dieser neue Krieg hat sie tief erschüttert. Er erinnere sie an den anderen Krieg, wie sie sagt. Er erinnere sie an das, was sie gewonnen und verloren habe. Der Krieg sei impulsiv, hat sie gesagt, und dass einem nur die Geister blieben.

Eigentlich steht es mir nicht zu, einem Fremden auf diese Weise zu schreiben, aber mir ist, als würde ich Sie kennen – nachdem ich all Ihre Briefe gelesen habe, die sie seit dem Ende des letzten Krieges in einer Wand versteckt hatte. Obwohl wir einander nie begegnet sind, verstehe ich Sie. Ich bin ebenso ruhelos, ebenso furchtlos, suche ebenso nach meinem Platz in der Welt. Ich kann verstehen, dass man Dinge infrage stellt, nicht aber, dass man ohne einen Blick zurück verschwindet. Warum haben Sie das getan?

Mit freundlichen Grüßen

Margaret Dunn

London, 11. Oktober 1940

Liebe Margaret,

ich habe nie aufgehört, ihr zu schreiben. Das konnte ich gar nicht. Ich habe das »noble Ende« schon bereut, während ich es schrieb. Ich habe ihr danach einen Brief nach dem anderen geschickt, aber nie eine Antwort erhalten. Weshalb sollte sie mir auch schreiben, wo doch ihr Mann wieder zu Hause war? Wenn sie eine zweite Chance bekommen hatte? Warum sollte sie mir schreiben, wenn sie Sie hatte?

Sie hat mir nie mehr geschrieben, er hingegen schon: Iain hat mich gebeten, damit aufzuhören. Er bat mich, ihr nie wieder zu schreiben.

Sie sei glücklich, nachdem er heimgekehrt sei. Sie würden neu anfangen und sich eine Zukunft aufbauen. Sie würden eine Familie gründen, was sie sich sehr wünsche. Und das ergab durchaus einen Sinn. Weshalb sollte sie einen Jungen wie mich wollen? Einen Kerl, der nicht sesshaft werden konnte? Der sich nicht an eine Familie binden wollte, so wie sie? Kein Wunder, dass sie froh war, als Iain heimkehrte.

Einmal habe ich versucht, mich persönlich bei ihr zu entschuldigen. Obwohl Iain nicht wollte, dass ich je wieder mit ihr spreche, und obwohl ich vermutete, dass auch sie nicht mit mir sprechen wollte, war Sue es mir wert. Als ich nach dem Waffenstillstand aus dem Lager freikam, bettelte und borgte und stahl ich, um nach Skye zu fahren. Ich musste unbedingt mit ihr sprechen.

Jemand schickte mich zum Haus ihrer Eltern. Als ich dort ankam, hörte ich Gelächter und blieb auf der Straße stehen. Ich habe nie den Klang ihres Lachens vergessen. Ich schaute in den Garten, und da sah ich sie. Sue zusammen mit Iain und einem kleinen Mädchen. Ihnen. Iain hatte Sie schwungvoll über einen Bach gehoben, und Sie kicherten wild. Sie haben alle drei gelacht. Ich zögerte. Sue blickte flüchtig auf, und ich dachte, sie hätte mich gesehen, aber dann haben Sie weitergelacht, und ich konnte mich nicht von der Stelle rühren. Ich konnte dieses Familienglück nicht stören. Ich konnte nicht in ihr neues Leben eindringen. Ich bin gegangen und habe nie wieder Kontakt zu ihr aufgenommen.

All die Briefe, die ich ihr aus dem Lager geschrieben habe, und nie eine Antwort. Und in all den Jahren hat sie nie versucht, mich zu finden. Weshalb sollte ich das jetzt wieder aufwühlen?

David Graham

Edinburgh, Montag, 14. Oktober 1940

Lieber Mr. Graham,

ich habe jeden Brief durchgesehen, den sie aufgehoben hat, und sie enden mit Iains Heimkehr. Sie sagen, Sie hätten ihr geschrieben. Warum hat sie die Briefe nicht aufgehoben?

Wenn sie sie nun nie bekommen hat? Vielleicht hat Iain sie verbrannt. Sie kamen von Ihnen, der ihr Herz nur mit seinem Stift gewonnen hatte; das war ihm zu gefährlich.

Sie sagte, Sie seien immer der Einzige für sie gewesen. Ihr Liebster, ihre Muse, ihre Poesie. Als Iain starb, ging auch sie ein Risiko ein. Sie schickte einen Brief und hoffte das Beste. Sie schrieb, sie wolle nach Edinburgh ziehen und dort jeden Tag in der St. Mary's Cathedral – Ihrem alten Treffpunkt – auf Sie warten. Denn Sie würden kommen. Sie würden ihren Brief erhalten und zu ihr kommen. Sie war sich ganz sicher.

So sicher, dass sie auch jetzt dort wartet, so, wie sie jeden Tag in all diesen Jahren gewartet hat. Sie hat Sie nie aufgegeben. Sie hat das noble Ende nicht gewollt.

Margaret Dunn

London, 17. Oktober 1940

Liebe Margaret,

sie hat die ganzen Jahre in St. Mary's gewartet?

Das wundert mich eigentlich gar nicht. Sie war immer stur wie ein Esel. Elspeth hat nie etwas aufgegeben – selbst, als sie mich hätte aufgeben sollen.

Ich habe ihren letzten Brief nie gelesen, in dem sie von dem Umzug nach Edinburgh schreibt. Jetzt habe ich ihn gefunden. Meine eigene Dickköpfigkeit hat mich daran gehindert, ihn zu lesen. Er steckte nämlich in den Seiten ihres letzten Buches, *Aus dem Chaos*. Aus dem Chaos – das schien Iains Situation auf den Punkt genau zu beschreiben. Er war den Schützengräben und dem Kriegsgefangenenlager entkommen. Er hatte seinen einzigen Rivalen hinter Gittern zurückgelassen. Er kam nach Hause, um Frieden zu finden.

Von dem Augenblick an, an dem wir uns im Lager begegneten, steckten wir in einer Sackgasse. Er begriff, dass nicht alles verloren war – nicht, solange ich mich hinter einem Zaun befand –, und mir wurde klar, dass es mit Elspeth nicht so einfach sein würde, wenn ihr Ehemann noch lebte. Ich hatte ihr einmal versprochen, mich zurückzuziehen, falls er heimkäme.

Einige Jungs und ich hatten einen Fluchtplan entwickelt. Wir nähten uns deutsche Uniformen aus unserem Jackenfutter, Teilen von Decken und Bettlaken. Wir wollten sie anziehen und geradewegs zum Tor hinausmarschieren. Tollkühn, aber so war ich damals. Iain bekam Wind von dem Plan und wollte mitmachen. Die anderen Jungs bewahrten mich davor, ihm eine Antwort geben zu müssen. Sie sagten, für ihn sei kein Platz mehr. Sie sagten Nein, damit ich es nicht tun musste.

Aber ich fühlte mich nicht wohl dabei. Hier war ich nun, schrieb an Sue und träumte von dem Tag, an dem ich sie wiedersehen würde, während sich ihr Mann mehr und mehr in sich zurückzog. Er hatte wieder einmal aufgegeben. Das mit anzusehen und zu wissen, dass ich selbst der Grund dafür war – ich konnte es nicht.

Am Abend vor der Flucht schrieb ich »Die Frau des Fischers« mit dem Ende, das Sie gelesen haben. Ich schrieb dazu einen Brief und erinnerte sie an das Versprechen, das ich ihr gegeben hatte, mich nicht zwischen sie und Iain zu drängen. Dann steckte ich Brief und Geschichte in die falsche Uniform und ließ alles unter Iains Kopfkissen.

Erst als er nach Skye kam und Sue mich fragte, weshalb wir über ihren Kopf hinweg entschieden hätten, begann ich mein Tun infrage zu stellen. Ich habe ihr so oft geschrieben. Ich habe geschrieben, bis Iain mich bat, damit aufzuhören. Bis er mir sagte, es sei ihr egal.

Weshalb habe ich ihm geglaubt? Keine Ahnung. Dass sie mit ihm zusammen glücklich war, war durchaus glaubhaft. Er hatte so viel durchgemacht, nur um mit ihr zusammen zu sein. Er war aus dem Chaos gekommen. Daher auch der Titel ihres Buches. Und ich konnte kein Buch über Iain für Iain lesen. Er hatte mir das Einzige genommen, das ich mehr als alles auf der Welt brauchte.

Doch ich habe mich geirrt. Sie hat mir weiterhin geschrieben. Und nicht nur den Brief, der zwischen den Seiten, neben dem Gedicht »Ruhe« steckte. Sie hat mir ein ganzes Buch geschrieben. Jedes Gedicht in *Aus dem Chaos* – vom Erröten über die Sehnsucht bis hin zum Vermissen – handelte von uns. Hätte ich das Buch vor all den Jahren aufgeschlagen, wäre mir sofort klar geworden, dass sie mich nicht aufgegeben hatte. Ihre letzte Bitte, ihr letztes Gebet, gebunden in jaspisrotes Leder. Sie hat mich nie vergessen.

Ich hätte das Buch nur aufschlagen müssen, um alles zu lesen, was sie im Laufe der Jahre für mich geschrieben hatte. Doch das habe ich nicht getan. Ich habe sie erneut im Stich gelassen. Als es am meisten darauf ankam, habe ich mich wieder einmal als Feigling erwiesen.

David

Edinburgh, Samstag, 19. Oktober 1940

Lieber David,

ich habe in ihrem Schreibheft einen Brief gefunden, den sie nie abgeschickt hat. Sie hat ihn an dem Tag geschrieben, an dem Iain vor der Tür stand. Einen Brief, der mehr enthüllt als alle anderen. Lies ihn, und dann komm nach Edinburgh. Lies ihn, und komm zu uns nach Hause …

Alles Liebe

Margaret

Isle of Skye, 10. August 1917

Lieber Davey,

ich weiß, dass ich lange nicht geschrieben habe, aber bitte glaube mir, ich hatte meine Gründe.

Ich habe Dir geschrieben, ich hätte das Baby verloren. Aber, wie meine Mutter sagt, »das Gute an verlorenen Dingen ist, dass man sie eines Tages wiederfinden kann«. Ich hatte keine Fehlgeburt, Davey. Ich habe das Baby bekommen.

Nicht dass ich es nicht versucht hätte. Nachdem Harry mir schrieb, Du seist tot, wollte ich nicht an Dich erinnert werden. Es wäre wie ein Schlag ins Gesicht gewesen, das Zerrbild der Familie, die ich hätte haben können. Also habe ich versucht, es loszuwerden. Ich habe alles getan, was man in einer Schwangerschaft angeblich nicht tun soll – Fenster putzen, über das Grab eines Selbstmörders laufen, unreife Pflaumen essen, bei Neumond draußen stehen, Whisky trinken und dabei heiß baden. Nichts hat geholfen.

Dann erfuhr ich, dass Du am Leben warst, und alles war perfekt. Ich hatte mein Baby und meinen Davey. Aber mir fiel ein, wie Du empfunden hattest, wie Dich die Vorstellung, Vater zu werden, geängstigt hatte. Ich konnte nicht zugeben, dass ich die Vorstellung, Mutter zu werden, ebenso beängstigend fand. Also habe ich gezögert, es Dir zu sagen. Länger. Und noch länger. Schließlich konnte ich meine Lüge nicht eingestehen, ohne mich vollkommen lächerlich zu machen. »Ich hoffe, Du hast das Essenspaket erhalten. Ach, und ich habe gestern übrigens ein Kind bekommen.«

Ich wünschte, ich hätte es Dir gesagt. Ich wollte Dich während der Geburt an meiner Seite haben. Ich wollte, dass Du meine Stirn küsst und mir sagst, dass ich es gut mache, dass ich Dein tapferes Mädchen bin. Ich wollte, dass Du Deine Tochter in den Armen hältst und der erste Mensch bist, den sie sieht, wenn sie die Augen öffnet.

Ich habe sie Margaret genannt, das bedeutet »Perle«. Sie ist ein wahrer Schatz.

Doch es war schwer. Ich will nicht lügen, Davey, die

Nachbarn haben es alle gewusst. Sie haben beobachtet, wie mein Bauch unter der Trauerkleidung anschwoll, und hinter vorgehaltener Hand geflüstert. Sie wussten, dass ich jahrelang Briefe aus Amerika bekommen habe und auch von den drei schicksalsträchtigen Tagen, an denen Elspeth Dunn die Fähre bestiegen hatte. Sie waren nicht überrascht, als ein Jahr nach Iains angeblichem Tod ein Kind geboren wurde.

Ich spiele mit dem Gedanken, von hier wegzugehen, mir Margaret auf den Rücken zu binden und ein letztes Mal an Bord der Fähre zu gehen. Weit weg von Skye kann ich sie ohne Gerede großziehen. Wenn ich weit weg bin von Skye, wird Finlay vielleicht heimkehren. Màthair vermisst ihn so sehr.

Du hast einmal gesagt, die Wohnung in Edinburgh sei für Dich wie ein Zuhause. Könnte sie das nicht werden? Komm nach Hause zu Margaret; komm zu mir nach Hause. Komm nach Hause zu Deiner Familie, Davey.

Ich warte auf Dich.

Sue

29. Kapitel

Elspeth

Edinburgh, 25. Oktober 1940

Liebe Màthair,

Margaret hat lange nach dem ersten Band meines Lebens gesucht; ich habe die ganze Zeit auf den zweiten gewartet.

Auf der Rückfahrt von London hatte ich beschlossen, dass es genug ist. Kein Warten mehr. Kein zweiter Band. Was hat es mir gebracht? Neuntausend Tage, an denen ich in der Kathedrale gewartet habe, eine Tochter, die nichts über die Vergangenheit weiß, und einen Bruder, der nichts davon wissen will. Im Zug hatte ich Finlay an meiner Seite, Margaret würde mir mitsamt den Briefen folgen. Sie beide waren wichtiger als das Warten auf einen Geist.

Doch dann hat Finlay mich in Edinburgh allein gelassen,

und ich habe all meine Vorsätze vergessen. Ohne es wirklich zu begreifen, haben meine Füße ihren üblichen Weg nach St. Mary's eingeschlagen. Es hat mich nicht überrascht, als ich aufblickte und die geschnitzten Türen vor mir sah. Ich weiß nicht, ob das Warten eine Droge oder schon Gewohnheit geworden ist, ich konnte es nicht einfach aufgeben.

Am Mittwoch saß ich wieder in der üblichen Bank, meine kleine braune Bibel auf dem Schoß, in der der Name »David Graham« in runden, kindlichen Buchstaben aufs Titelblatt gekritzelt ist. Wie immer fuhr ich das kleine d am Ende seines Namens nach und nahm mir wie immer vor, es wäre das letzte Mal. Neuntausend Tage sind eine Menge, zehntausend sind zu viel. Es musste sein. Denn an diesem Abend, Màthair, hatte ich begonnen, Geister zu sehen.

Denn als ich York Place vor der Kathedrale überquerte, war ich einem Mann begegnet. Und mein Herz hatte einen Sprung gemacht.

Das gleiche rötlich blonde Haar, die gleichen gebeugten Schultern, die gleiche Art, mit dem Daumennagel über den Mund zu streichen. Braungrüne Augen wie die Hügel im Winter. Ich hätte bei meiner Seele geschworen, dass er es war.

Doch dann donnerte ein hupender Bus vorbei, und er berührte flüchtig seinen Hut, bevor er über die Straße eilte. Ich stand einen Moment wie erstarrt da und fragte mich, wie ich mich so hatte irren können. Ich war mir *sicher*, dass er es war. Aber der Verkehr war hektisch, die Leute wollten vor der Verdunkelung nach Hause. Ich wusste, ich musste aufgeben.

Als meine Finger in der Kathedrale den Namen in der Bibel nachfuhren, schwor ich mir, es sei das letzte Mal. Und, Màthair, es war mir ernst damit.

Ich saß dort, bis die Kirche dunkel wurde, bis jemand neben mir in die Bank glitt: meine Margaret mit einem neuen grünen Hut. Sie ist von zu Hause ausgezogen, und ich vermisse sie schon jetzt. Als ihr Paul letzte Woche auf Urlaub kam, haben sie geheiratet. Eine kurze Zeremonie, kurze Flitterwochen in den Borders, und jetzt ist sie Herrin ihres eigenen Hauses. Als sie sich neben mich in die Bank setzte, hatte sie ein verstohlenes Lächeln auf den Lippen.

»Ich wollte dir nur etwas bringen.« Sie legte einen makellos aussehenden Briefumschlag auf meine Bibel. »Eine Sondersendung.«

Briefumschläge. Immer diese Briefumschläge. Ich begann zu zittern, noch bevor ich den Namen las.

Für Sue.

Meine Hände zitterten, und ich ließ ihn zweimal fallen, bevor ich den Finger unter die Lasche schieben konnte. Ich zerriss beinahe den Umschlag.

Der Brief war kurz, mit Bleistift auf ein einzelnes Blatt gekritzelt, die Handschrift so vertraut wie meine eigene.

London, 23. Oktober 1940

Liebe Sue,

mit Briefen haben wir angefangen; mit Briefen haben wir aufgehört. Vielleicht können wir mit einem Brief von vorn anfangen? Ich muss Dir von den letzten dreiundzwanzig Jahren erzählen, aber das Papier reicht dafür nicht aus.

Ich habe nie aufgehört, Dich zu lieben.

Davey

Die Worte verschwammen.

Margaret ergriff meine Hände. »Mutter …« Sie nickte zum Vorraum der Kathedrale.

Ein Mädchen aus dem Hochland rechnet damit, Geister zu sehen. Das hast Du mich gelehrt.

Doch als er im Kerzenlicht in den Mittelgang trat, stockte mir der Atem. Ich hatte alles erwartet, aber nicht ihn, nicht dort, nicht nach all dieser Zeit.

Er war es. Die Augen groß und verwundert. Der Daumennagel näherte sich schon seinem Mund. Er sah aus wie damals, als wir uns zum ersten Mal begegnet waren. Mein Davey. Oh, Màthair, er ist gekommen. Er ist gekommen.

Braungrüne Augen, wie die Hügel im Winter, richteten sich auf mich. Spiegel meiner Seele. Plötzlich fühlte ich mich keinen Tag älter.

Ich stand auf, die kleine Bibel fiel mir vom Schoß. Ich zerdrückte den Brief in der Hand. Ich trat auf ihn zu, hatte Margaret, den Krieg und alles andere vergessen.

»Hallo, Sue.« Er streckte die Hand aus. »Hier bin ich.«

Ich fiel in seine Arme. »Da bist du ja, Davey. Da bist du ja.«

Und wem schreiben Sie?

Mehr unter: www.herzenszeilen.de

Danksagung

Obwohl der erste Entwurf von *Eine Liebe über dem Meer* heimlich entstand, spätabends, wenn meine Familie schon schlief, wäre das Buch ohne die Unterstützung und Ermutigung vieler Menschen nie so weit gediehen.

Mein aufrichtiger Dank gilt allen Lesern, die meinem Roman Flügel verliehen haben, vor allem Bryn Greenwood und Christine Roberts. Elaine Golden für den letzten, perfekten Satz. Sue Laybourn und Louise Brennan, die meinen Figuren die richtigen Worte gegeben haben. Richard Bourgeois fürs Lesen, Anfeuern und die Meeresungeheuer. Kate Langton für ihren unbeirrbaren Glauben. Ich habe es geschafft. Den Nanobeans für ihre Respektlosigkeit, Ermutigung und die Käse-Scones. Seit ich Edinburgh verlassen habe, versuche ich, diese Atmosphäre schriftstellerischer Energie, Unterstützung, Albernheit und Kameradschaft neu zu erschaffen. Ich wünschte, es wäre möglich.

Danielle Lewerenz, Resonanzboden, Cheerleaderin und Freundin. Du hast mir geholfen, Davey zu einem Helden zu machen, in den man sich verlieben kann. Rebecca Burrell, weil sie da war. Ich weiß immer noch nicht, wie ich Bücher geschrieben habe, bevor ich dich kennenlernte.

Meiner Agentin Courtney Miller-Callihan, weil sie mich mit solchem Vertrauen unter Vertrag genommen und mein Manuskript mit solcher Überzeugung in die Welt hinausgeschickt hat. Meiner Lektorin Jennifer E. Smith, die in meinen Worten dieselbe Geschichte gesehen hat wie ich und mir geholfen hat, daraus den Roman zu machen, den wir beide wollten. Mein Dank gilt dem Team bei Random House/Ballantine, vor allem der unermüdlichen Lizenzabteilung.

Ich danke meinen Eltern und meiner Schwester Becky, die nie an mir gezweifelt haben. Ich hoffe, ihr seid stolz auf mich. Ellen und Owen für ihre Geduld und Nachsicht, wenn ich die Wäsche vergessen hatte. Ich liebe euch. Ich danke Jim für Schottland und alles andere.

Es erstaunt mich noch immer, dass Elspeth und Davey für andere Menschen ebenso real sind wie für mich. Ich danke allen, die geholfen haben, sie zum Leben zu erwecken.